U0805048

周末修禧 2

ZHOUMO XIU XI 2

酥油饼/著

ARTTIME 时代出版
时代出版传媒股份有限公司
安徽文艺出版社

图书在版编目（CIP）数据

周末修禧.2/酥油饼著.--合肥：安徽文艺出版社,2021.5
ISBN 978-7-5396-7086-7

Ⅰ.①周… Ⅱ.①酥… Ⅲ.①长篇小说—中国—当代
Ⅳ.①I247.5

中国版本图书馆CIP数据核字(2020)第230256号

出 版 人：段晓静　　特约编辑：号 号　李姣姣
责任编辑：姚爱云　　装帧设计：苏 荼　张 强　徐 睿

出版发行：时代出版传媒股份有限公司　www.press-mart.com
　　　　　安徽文艺出版社　www.awpub.com
地　　址：合肥市翡翠路1118号　邮政编码：230071
营 销 部：(0551)63533889
印　　制：北京盛通印刷股份有限公司　(010)52249888

开本：880×1230　1/32　印张：10.75　字数：300千字
版次：2021年5月第1版
印次：2021年5月第1次印刷
定价：45.00元

目录

Contents

目录

Contents

第1章

吃完饭，蒋潇云就要赶赴下一个约会。

她歉疚地抚摸小周的手：“我这次回国的时间太短，要见的人太多。等下次，我们一起腾个时间去旅行吧！最好你爸妈也有空，可以一起去国外走走，我们自驾游，想去哪儿去哪儿，也不拘景点行程，就找好玩好看好吃的地方去。”

哇，好心动，想辞职。

正满怀憧憬，手腕就被套上一个沉甸甸的玉手镯：“这是修文外婆给我的，本来是传女儿的，刚好赶上计划生育，修文又长得人高马大，当手镯太小，当戒指太大。还好他长相随我，不丑，还能找到女朋友，总算能将它传下去。”

传女的手镯……不就是传家之宝吗？

她和蒋先生虽然见了双方家长，但还没有结婚，宝贝会不会给得太早了？

感觉手腕已经不是自己的了，上面仿佛竖了块“蒋”地界碑。

小周为难地看向蒋修文。

蒋修文连手带手镯一起握住，给自家老妈一个赞赏的眼神：“蒋女士高招。

订金都给了，你儿子应该不会被退货了。”

蒋潇云得意地笑：“我就是这个意思。”

今年见家长，都流行这种套路了吗？

初四的行程，蒋先生在离别前就规划好了，去附近的知名度假山庄吃农家菜，顺便还能钓鱼踏青。

但计划不如变化，小周远在北方的太外婆大半夜打电话来，说做了噩梦，难受得不行，想见见所有亲人。

近百岁老人家的心愿，自然是千方百计也要达成——这时候买火车票已经来不及了，飞机还没通航，如果飞到省会再转车，也要坐三四个小时的大巴。

小周的外公外婆早在初二就坐火车去了，周妈又不愿与姐妹们同行，当下决定自驾前往。

周妈特意问小周，要不要叫上蒋修文。

小周想也不想地拒绝了：“八字才写了一撇……进展太快了吧？”

看太外婆，姨妈们都去，她已经能想象出是什么样的场面了。

周妈说：“有本事手别抖，早点写完这个‘八’，把自己嫁出去。你以为自己还小吗？再拖下去，妥妥的高龄产妇。”

小周抱着枕头，一边睡眼惺忪地给蒋先生发爽约通知，一边说：“根据我最新的研究，我可能属于越老越吃香的人群。君不见，蒋先生出现的时间，正是我青春的尾巴滑不唧溜的时候。”

周妈回房去了。

第三天，小周拎着两个箱子下楼，就看到蒋先生倚在那辆黑漆漆的奔驰车门上。

小周惊愕：“你没看到我的短信？”

蒋修文笑着打开后备厢，想将她手里的箱子放进去，小周抵死不从，还扯了一面大旗：“这个箱子里装的是我爸的衣服裤子……你腿长，会穿成七分裤的！

不要抢……”

话音刚落，后脑勺就被轻敲了一下。

周爸面色通红，气得不轻：“不要胡说八道。”

小周立马放开箱子，咕哝道：“不信你让他穿穿看。”

周妈最后一个下来，闻言立即替自家老公解围，道：“你爸的意思是，最多五分裤。”

看老爸老妈不见外地坐上了车，小周后知后觉地问蒋修文：“你要和我们一起去？”

“我妈昨晚的飞机，我一个人待在家里正好无事可做。”他关上后备厢，正要绕到驾驶座，被小周扯到一边。她眯起眼睛：“你什么时候决定的？”

因为是家事，他一看到小周发来的短信，就打电话给周妈应征司机——由初二的见闻可知，她才是周家的话事人。他微笑：“和岳母大人商量完之后，发现女朋友已经踏踏实实地入睡了，只好先斩后奏。”

小周鼓起脸颊：“你都不回复我的短信。”

蒋修文戳她的脸：“那你现在看到我，有没有惊喜？”

“勉强……一点点吧。”

她用手指比出了一厘米的距离。

其实，何止一点点。

嘴里说八字只有一撇，不想这么快在姨妈们面前曝光，其实在蒋先生出现的那一刻，她雀跃的心情已经明明白白地宣示了，自己就是个戴着游泳圈在爱河中央扑腾还自以为离岸很近的傻瓜。

太久没回老家，周妈也记不太清路了。

小周和蒋先生下车问路，还遇到了追《明星天梯》的村民，硬拉着小周合照签名。

虽然有了“一直向前开，到岔路口往右走一段路就能看到了”“就是在山脚下，黄黄的房子，他们家隔壁有条狗”“你往东走，往东开五百米左右，能看到的”

等提示，他们的车还是在村里绕了一圈又一圈。

终于找到太外婆家门时，村里已经流传起太外婆家出了个大明星的消息。

蒋修文刚停好车，就看到几个小孩冲上来，笑嘻嘻地要他签名。

还有个小姑娘问他："你是歌星还是影星啊？你出过专辑吗？演过戏吗？"

见小周在旁边笑弯了腰，他从容不迫地说："我是经纪人，她才是艺人。"

小周笑声骤止，惊讶地看着他指过来的手。

一个小男孩看看小周又看看蒋先生，突然发出惊天动地的大笑声："你骗人，哈哈哈……"

其他人也哄笑起来。

小周咬牙，捋袖子准备找小鬼头们算账，蒋修文连忙搂着她进屋。

她委屈极了："他们嘲笑我。"

蒋修文说："小孩子没见识，别计较。"

将一切都看在眼里的周妈冷不丁地接了后半句："的确，他们不知道谐星也是星。"

呜呜呜，小周把头埋在蒋先生的肩膀上，不想见人了！

以家为单位，小辈跟着长辈，一个接一个地问候太外婆。虽近百岁高龄，但她精神极好，还能一个个地喊出周妈这一代人的名字。看到蒋先生时，她的眼睛简直放出了炽热的光芒："这是谁家的孩子？真漂亮！"

周妈难掩得意："是我家周末的男朋友。"

因太外婆年纪大，只记得小周出生报喜时的名字，众人迁就她，于是仍称小周为周末。

"好看哪，好看哪！"

太外婆连连称赞。

见完面，天已然全黑，众人分了好几批次吃饭。轮到小周和蒋修文的时候，姨妈们都已经去别的房间唠嗑了。小周很奇怪，一向八卦的姨妈们竟然没人问起蒋先生。

周妈听完疑惑，小声回复："大冷天的，谁想上杆子扎心啊？"

听完蒋先生各方面的条件后，姨妈们就指望他长得歪瓜裂枣，如今见了真人，最后一丝期待都没了，还有什么好问的，个个装聋作哑，不肯接受现实。

入夜，他们住在村里的民宿，因为房间有限，小周与周妈一个屋，蒋先生与周爸一个屋。周妈说："正好让你爸看看小蒋的生活习惯。"

一个小时后，隔壁的呼噜声摧枯拉朽地穿墙而来。

周妈淡定地说："是你爸。"

这噪音……小周握住她的手，动容地说："妈，你居然忍了这么多年没有分房，我相信爱情了。"

周妈说："谁让家里房间不够。"

怕遇到初六的出行高峰，初五一大早，众人就纷纷和太外婆辞别。

太外婆热泪盈眶，却一句挽留的话都说不出，只是点头说："走好走好。"

小周的外公外婆仍留下来陪老人。

回程路上，周妈感慨道："人年纪大了，总喜欢合家团圆、热热闹闹的。我们赶上了计划生育，人丁兴旺横向发展是不可能的了，只能纵向指望。"

催婚催生得如此含蓄，那就当听不懂吧。

小周正襟危坐，不肯东张西望。

倒是蒋先生，点头称是。

第2章

连开了十个小时的车，蒋修文身体疲惫得不行，但精神仍很亢奋——结婚之日可期，对一个打了近三十年光棍的人来说，何止大旱逢甘露，根本是沙漠见绿洲。

是时候约室内设计师朋友出来吃饭了。

蒋修文送完小周他们回家，经过大堂，物业管家提着两箱土特产追过来：“蒋先生，昨天您不在家，有位姓余的先生送了东西来。我确认过，是土豆之类的农产品。”

“谢谢。”

他抱着箱子上楼，一进家门，脸色就挂了下来。

姓余，送的又是土豆。完全不用猜送礼的人是谁。

他打电话给蒋女士。

“哦，亲爱的儿子，我们分开不到一百个小时，你就开始想妈妈了吗？这一定是我儿媳妇的功劳。”爽朗的笑声压过了嘈杂的背景音，绵绵不绝地传过来。

“我的家庭地址是你告诉余先生的？”

蒋潇云说：“哇，你不说我都忘记他姓余了。”

“蒋女士，请正面回答问题。”

“他说欠你钱，想送点东西给你，我觉得有赚头才告诉他的。如果你不想他知道的话，这样吧，你再买一套房子，我付钱。反正你快结婚了嘛，正好买新房。”

蒋修文并没有被糊弄过去：“你们什么时候开始联系的？”

“呃。”

随着开门、关门声，蒋女士那头的背景音渐渐弱了下去，她缓缓叹了口气：“我回国前的某一天，那位物理老师打电话给我，说她生了重病，可能撑不了几年，怕自己死后余先生余生孤苦，希望我能劝劝你。你这么大了，我当然不能为你做主，所以，我就提供了一点机会给他，结果怎么样我不会管的。”

蒋修文久久未答。

“但我不希望你因为我，影响你的决定。当年你姓余，一样是我蒋潇云的儿子；如今你姓蒋，也不等于要和姓余的划清界限。”她感慨道，“我当余太太，觉得爱情、家庭重如山、大过天，但这些年，我只当蒋潇云，才发现自己都很渺小，姓余的又算什么？”

蒋修文沉默了更长时间，就在蒋潇云以为手机信号出了问题时，他轻声道：“如果，晶晶也那样了呢？”

蒋潇云也沉默了。

母子俩拿着手机，无声地站了好一会儿，蒋潇云才说：“我觉得晶晶不是这样的人。”

哪怕知道她的保证不能起决定性作用，蒋修文仍是打起了精神：“真的吗？”

“但可怕的是，当初我觉得余先生也不是这样的人。”

蒋潇云鼓励他：“人生就是一张试卷，你总要遇到选择题的。‘曾经拥有’总好过‘一无所有’吧？想开点，儿子。你看你妈一把年纪了，还经常在订正错题呢。”

“如果我出家当和尚了，一定是您开导有方。”

“大过年的，你怎么这么丧呢？你和晶晶是不是出什么问题了？妈妈作为过来人，可以传授你一点走错路的经验。”

“当然没有！昨天我们还和她的爸妈一起去见了太外婆。”蒋修文将这两天发生的事娓娓道来，说着说着，心情就飞扬起来，到最后，几乎是炫耀的口气。

蒋潇云听得很疑惑：“我有点不明白，儿子，你打电话给我到底当我是树洞，还是晒恩爱？”

蒋修文一怔，收到土特产时的烦躁，不知不觉已经消失在对这两天的回忆中。他想了想，又找出一个理由：“我讨厌吃土豆。”

“这个简单。你讨厌一个人，就把他碎尸万段；你讨厌土豆，就把它碾碎成泥啊……土豆泥味道不错的。”

“一滴水和一碗水，不都是H_2O吗？”

受了余先生的刺激，蒋修文精心策划了假期最后一天的约会，直接导致小周产生了严重的厌班症，到了上班那天，整个人卷在被子里面，不肯出来。

周妈将手机塞进去：“再不起来，我让小蒋打电话过来了。”

小周在被子里打滚：“蒋先生才不会催我！”

周妈去洗手间拿湿毛巾，前后不超过一分钟，回来的时候，小周已经精神抖擞地穿好衣服了。

“你不是不怕小蒋吗？”

小周光着脚跑进洗手间：“当然不怕，我这么敬业爱岗。”

周妈疑惑地看着正好探头过来的周爸：“刚才年怪显灵了吗？”

周爸耸肩表示不知。

急急忙忙地收拾完，小周吃饭也很急。周妈看不下去了：“你要去救火吗？”

小周三两口喝完粥，嘴巴一抹：“公司群里说，今天早上陈总会发开门红包，准时上班的人才有！”

看着她飞奔离去的背影，周妈了然，破案了。

小周匆匆忙忙跑到单位，孔小杰果然站在门口发红包。

“恭喜发财！”

她高高兴兴地接过红包，一摸厚度，笑容更真挚了一点。

孔小杰提醒：“找个人少的地方看。”

人民币最大面额一百，根据红包厚度，最多六百块，不需要这么隆重相待吧？

正好王星语和孙兆麟还没到，小周躲在办公室里，将信将疑地打开红包。

她慢吞吞地走回门口。

孔小杰说：“幺八幺八，要发要发。是个好意头！”这句话显然不是第一次讲了，十分顺口。

小周微笑：“难为陈总还凑齐了三张一元纸币。”

孔小杰说道：“换个角度看，如果你在微信红包里抢到十八元，会不会觉得很多？”

回想连发三十个两百元红包的蒋先生，小周非常直白地摇了摇头。

好吧，不管怎么说，都是十八块意外之财，去基地的路上，小周决定贴钱点个下午茶。

由于工作人员和选手都是刚放假回来，还没有进入录制的节奏，所以今天只播放了庞朵雅宣布舞蹈考核内容的视频——不拘形式，任意舞种，三天的准备时间，考核顺序抽签决定。

其余就是拍些小花絮。

小周点下午茶的这一段也被拍摄了进去，厚厚和王曦瑶在旁边起哄，点下午茶就变成了请下午茶。

厚厚握着奶茶，调侃道：“感谢董事长夫人慷慨解囊。”

小周微笑摆手：“低调，低调。”

王星语从旁边经过，脸色不佳，但是与小周对眼的一刹那，立刻绽放出了明朗的笑。

放假期间，《明星天梯》节目的点击率剧增，选手人气水涨船高，基地的位置曝光，已经有粉丝过来蹲点，还有看中了某些选手人气潜力的广告商抛来了橄榄枝。

但是，森微、经纪人和选手三方的关系微妙，尚处于某种不确定之中，不可能有针对性，只能以批量处理的形式笼统地管理。

这些事小周不是看高勤做过，就是向高勤学过，自然得心应手。孙兆麟更不用说，老牌经纪人的实力不容小觑。唯一手忙脚乱的是王星语，但康棠适时地展现出了个人应变能力，稍微弥补了她的不足。

经过三日，经纪人的工作渐入轨道，舞蹈考核也随之结束。

按照老规矩，三位经纪人进入考核教室，协助导师整理成绩。由于舞蹈是最后一项考核，它的成绩一出来，就意味着总分确定。所以，小周等人计分加倍认真。

算着算着，小周的脸色就微微变了。

不止她，王星语和孙兆麟两人也露出了惊讶的表情，还互相交换了眼色。

小周偷瞄坐在旁边看他们算分的庞朵雅，内心掀起了惊涛骇浪，最后在脑海中形成了一个念头:罗少一定会发飙的。

考核是十分满分制，而舞蹈考核的成绩竟然出现了差距高达三四分的两极分化!

声乐组大多数选手的分数在四五分徘徊，而舞蹈组几乎都是七八分。按照现有的规则,保守估计,仅舞蹈考核一门,舞蹈组的总分就比声乐组高出两百多分。

看过其他几门考核成绩的她，不用算也知道，两组比拼，声乐组已经输了。

第3章

小周定了定神，状若不经意地开口："声乐组的舞跳得很不行啊。"

沉默太久，静谧已然结成冰山，骤然被打破，冰屑飞溅，扎得人耳膜疼。

庞朵雅抬眸，精致的眉眼带着一丝不耐烦："成绩更眷顾努力的人。在舞蹈上，舞蹈组一直比声乐组刻苦。"

孙兆麟打圆场："小周大概没想到两组的分差会这么大。"

"有什么奇怪的？"庞朵雅淡然地说，"内行人看门道，外行人看热闹。我对舞蹈的标准，只有及格和不及格。罗导师考核的声乐分数，不也是声乐组拿了前三十，舞蹈组拿了后三十吗？"

分明是以偏概全。

且不说舞蹈组有选手进了前三十，声乐组也有人掉到了后三十，就算没有吧，声乐组本来就是按照歌唱水平录取的，声乐成绩更高有什么可奇怪的？

小周抿唇，怒火已经冲到了喉头，目光对上孙兆麟微摇的脑袋，又慢慢地舒了口气。

往常这个时候，王星语总要跳出来刺几句，但今天分外老实。经历种种挫折之后，她终于学会了安静。

舞蹈组前三十名和后三十名的成绩很快就公布了，但总成绩要等晚上另外录制。

三个经纪人一从教室出来，就把情况告诉了各自的编剧，然后汇报给总导演。几个编剧被叫去开会，没多久，三个经纪人也参与了会议。

因为《明星天梯》节目的侧重点不同，总导演很尊重经纪人的意愿，特意询问了他们对庞朵雅打分的看法。

王星语和孙兆麟习惯性地将目光投向小周。

经过一段时间的沉淀，小周的心情平复了许多，已然能客观地看待问题："从节目的角度，庞导师的做法的确增加了看点。"情理之外、意料之外的情节，哪个导演不喜欢？

别看方竞雄的几期节目被骂得热火朝天，总导演心里不知多欢喜。这就是恶毒配角经久不衰的缘由。

"但是，"小周不等总导演嘴角挂笑，就来了个一百八十度大转弯，"我们也要考虑到其他导师及选手的情绪。六位导师的联合考核却由一位导师主导了总分走向，会叫人误会我们节目的淘汰机制存在漏洞。"

"淘汰机制总体而言，是没有漏洞的。"孙兆麟接话，"集训考核的最终目标是留下三十六强。除去经纪人手中的六张复活票，考核通过的只有前三十名。声乐组和舞蹈组，无论淘汰哪一组的一半选手，剩下的都是更优秀的前三十四名，成绩落后的选手早晚都要被淘汰。"

小周说道："话不能这么说，就算选秀节目最后留下的是少数，但先淘汰和后淘汰的名次不一样，出场机会也不一样，这难道不是不公平吗？这难道不算漏洞吗？"

孙兆麟说："一百三十六和一百零二的差距没有那么大。"

见两人火药味渐浓，总导演看向未曾表态的王星语："小王怎么看呢？"

王星语缓缓道:“让庞导师改分……是不大可能的吧?”

想到庞朵雅的大小姐脾气,会议室沉默下来。

总导演说:“目前有两个方案,一是照实宣布分数,二是将舞蹈考核的所有分数除以二。”这样,两组的总分差就拉回到一百多,与声乐考核的两组分差相近。

“你们认为呢?”

王星语看孙兆麟,孙兆麟看小周,小周低头看手机。

人有远近亲疏,事情一出,她就微信通知了罗少。

对方刚刚回复:“随意。”

不动声色的生气最吓人。

小周抬头的时候,王星语和孙兆麟已经表完态了。孙兆麟坚持原分发布——无可厚非,他与庞朵雅关系好,当然不愿意违背她的意愿,王星语却选择了“分数除以二”。

一票对一票,小周就成了关键票。

小周心中冷笑,就算除以二,舞蹈组依旧占据优势,声乐组难道不憋屈了吗?声乐组事后甚至不好抱怨,因为节目组已经给予了“公平”的解决办法。

但眼下她独木难支,只能指望罗少给力了,她说:“我选择,原分宣布。”既然庞朵雅选择不要脸,那就不必给遮羞布了!

总导演很满意这个结果。节目暗箱操作,不管是出于什么原因,总容易留人话柄,而且节目有争议才能引发话题,分数是庞朵雅自愿打的,有锅她直接背。

节目组继续留下开会,三个经纪人先出来。

王星语假惺惺地拉住孙兆麟:“孙老师,你要不要劝劝庞导师啊?我怕这件事播出以后,又会变成另一则方竞雄事件。”

孙兆麟收住脚步:“你们觉得庞导师有问题,不过是因为她的分数反常。可是,反常一定是错的吗?”

王星语愣了下,站在原地看他的背影渐渐远去,转头问小周:“孙老师是什么意思?”

小周边走边说:“大概是让你少管闲事吧。”

晚上要公布两组一半选手的去留，食堂吃饭的气氛很压抑。小周打了份炒饭，刚吃了两口，就收到了蒋先生的外卖电话。她抱着外套跑到大堂，蒋先生正好拎着外卖盒上来。

小周看着盒子上的标志，两眼发光：“蒋先生万岁。”

蒋先生含蓄地问：“‘岁’可以读成翘舌音吗？”

两人跑到小会议室吃饭，外面有选手路过，不时发出戏谑的怪叫声。

蒋先生看着闷头吃饭的女朋友，有些不满：“我们似乎并没有做什么值得发声的事情。”

小周专心致志地对付着眼前的红烧肉：“晚上就要宣布集训考核总分排名了，他们只是发泄一下压力。”

蒋先生很同情他们：“不如我们做点什么，让他们发泄得更彻底？”

小周夹了块豆腐给他：“好吧，让你吃豆腐。”

蒋先生不但吃了豆腐，还轻轻地舔了下筷子。

“咕噜。”小周看着那两片湿润的嘴唇，吞了好大一口口水。

美色当前，想亲。

让人坐卧不安的紧张时刻终于到来。

为了增加气氛，节目组特意请来了曾在海选时期担任过主持人的郑昆。他拿着话筒，环视一圈神情紧张的选手们：“是不是充满了期末考试后发成绩的紧张感？”

“是！”

“可能不是期末考试，是高考哦。因为，这次考试失利的选手，将会暂时离开基地。”

选手们面色凝重。

郑昆指着桌面：“台上有很多写着名字的信封，你们的成绩就在里面。现在，被点到名字的选手，将上前拆开信封，并把自己的成绩写在黑板上。同组的下一位选手，在前一位选手的下方，写上自己的成绩，并通过加法得出‘和’。依此类推，两组的总分将通过选手们的自行计算，得出最终结果。”

“今天的比赛，你们不是一个人在战斗。我们是互相依靠、互相扶持的集体，我们将积沙成塔，共同通向胜利之门。”

“现在，我将读出第一位选手的名字。他，来自声乐组。”

选手上台的顺序，是经过节目组选择的。两组分差近的，被安排在前面，所以越到后面，分差越明显。等双方分数的差距拉到五十多分时，舞蹈组的选手们已经露出了胜利在望的喜悦笑容。相反，声乐组，尤其是分数低的选手，面色灰败中还藏着不服的怒火。

分数报到最后，已经是一场煎熬，尽管有郑昆调节气氛，教室里已经阴云密布。两组总分出来之后，舞蹈组还有人窃窃私语，声乐组几乎鸦雀无声。

郑昆握着话筒，轻声道：“根据规则，我们必须做出艰难的决定，今天将有三十四位选手离开。但是，这并不表示他们不能成为明星，恰恰相反，我认为每个明星都是在千锤百炼中诞生的。短暂失利，可能是为了让你们能更坚强地踏上更长远的征途。”

声乐组后三十四名选手诞生，教室内哭声一片。

因为这次考核的规则，两组的集体荣誉感达到顶点。考试期间，到处是选手间互帮互助的场景。可以说，这是节目组预设的最热血励志的情节，没想到大结局却倒在了庞朵雅的分数前。

做完赛后采访，安抚完选手的情绪，已经是深夜两点。小周与郑昆等人告别，拉着刚刚一觉睡醒的蒋先生往外走，走到车边，看到了一辆颇为眼熟的车。

对方还闪烁车前灯打招呼。

她绕到车边：“罗少？”

罗少晨按下车窗，正要讲话，车里射出了一道光束，沈慎元捏着开着手电筒的手机，努力从副驾驶座伸过来脑袋，吃惊地问：“你们为什么牵着手？”

蒋修文抬起交握的手，微笑着在小周的手背上亲了亲：“因为爱。”

回去的路上，小周看到沈慎元在微信群里高声疾呼：“蒋修文把小周骗走了！”

变成时差党的高老板冒出来：“不是走得很远了吗？”

沈慎元难以置信：“你知道？”

高老板：“她普天同庆得那么明显，很难装作不知道。”

小周在群里发了个挠屁股装死的图。

第4章

时间不早，群里没多少人醒着，在沈慎元强烈要求小周找时间详细汇报之后，又恢复了安静。

小周吁了口气，扭头欣赏认真开车的蒋先生。

蒋修文一心二用："遇到为难的事了？"

"提交一份万字恋爱报告算吗？"没想到躲过了父母，没躲过朋友，她幽怨地说，"都怪你。"

"嗯，报告我写。"

愿意帮女友写论文的男友，价值千金。

周小姐立刻舒坦了："要引经据典，文采斐然。"

"保证惟妙惟肖、栩栩如生。"

"栩栩如生就不必了。"她没有当小说女主角让人阅览的爱好，"主要是客观。"

客观的感情史……年表吗？

蒋先生迟疑的片刻，周小姐的眉毛已微微扬起："我们的感情难道经不起客观检验吗？”

帽子被扣得太大，他只能曲线救国：“你的朋友不知道我们交往？”

小周瞬间㞞了：“高老板知道啊。”顿了顿，又说，“孔小杰也知道，曦瑶、厚厚也知道……”说着说着，腰杆又挺起来了。

两人的关系不知不觉中已经在半个朋友圈公开了，四舍五入就是半个娱乐圈，相当隆重的规格，完全不需要心虚。

蒋修文慢悠悠地来了一句：“大乔不知道？”

“呃……”小周说，“他正处于交通、信息都不发达的偏远地区。”

“他巡回演唱会的下一站似乎是首都？”

“所以快知道了。”

如此有理，无可辩驳。

前方红灯，他缓缓将车停下，用手轻刮了一下女友略显心虚的脸：“担心大乔反对我们交往？”

这个问题简直多余。当初是谁奉了张知老爹的命令，跑去压榨张知干活，过生日都不让他和大乔见面？

那段时间，蒋先生手捧反派剧本，简直花样百出。

小周没好气地说：“你当初对他们好一点，我就不用担心了。”

蒋先生无辜地问：“难道我对他们不好吗？”

她被他理直气壮的反问惊呆了：“哪里好？”

他叹气：“你不会以为，我真心要对付人的话，只是恶作剧般地停掉电梯，让人爬楼梯吧？”

小周被问住了：“那为什么？”

为什么？当然是因为，能一下子解决掉心上人身边的两个雄性生物，欣喜还来不及，怎么舍得从中作梗？

老板的指示虽然重要，但终身大事更重要。

他缓缓说：“消极怠工。”

蒋先生，你的精英人设崩塌了，你知道吗？

一晚上，“消极怠工”四个字在小周的脑海里死循环，以致第二天醒来，浑身上下还弥漫着“消极怠工”的情绪。

但打了鸡血的微信群并不想让她睡个回笼觉。

大乔：“什么叫蒋修文把小周骗走了？”

大乔：“什么叫走很远了？”

消息下面紧跟数张抓狂的图，最后一张竟然是他的自拍，凌乱的发型证明他的确处于抓狂的状态中。

这个时间，沈慎元竟然又出现了：“师兄！小周被大灰狼骗走了。”

大乔：“二师弟，冷静。”

沈慎元发了一张“猪年快乐”的图。

大乔陷入了遥远的回忆：“说起来，小周当初的确提过要打入敌人内部。”

大乔：“她不会做了什么傻事吧？”

小周实在看不下去了：“我们是正经地谈恋爱。”

沈慎元自动忽略了当事人的解释，单方面陷入“小周为了大乔，卧底蒋修文”的情境中：“无论发生了什么事，你都要说出来，不要硬撑。毕竟，我们是个正经的故事分享群。”

大乔：“你是不是有什么把柄落在蒋修文的手里？不要怕，我们一起想办法。”

小周：“没有。”

沈慎元：“那就是蒋修文有什么把柄落在你的手里？也说出来，让我们一起开心开心！”

再这么没完没了地聊下去，她今天就别想准时上班了，于是小周祭出撒手锏：“我和蒋先生已经见过双方家长了。”

群里安静了一会儿。

沈慎元：“请准时递交恋爱报告。”

那抓心挠肺的好奇心，几乎要从屏幕冲出来。

小周随手将任务转移给“论文代写人”。

临出门，大乔的回复姗姗来迟：“等我回来，约个时间一起吃饭啊。”

沈慎元立刻在下面跟了个“+10086”。

小周果断关掉了群，假装没看到。

今天的基地，消沉压抑。

小周人还没到基地，就听说声乐组全体选手昨夜写了联名信，要求公开评分。总导演早料到了这个情况，宣布网站播出这期的时候，网页将同时公布每位选手的各科成绩。

至此，结果尘埃落定。

春运已过，被淘汰的选手很快订好了车票，陆陆续续离开，三个经纪人站在门口，一一送别。

留下的选手还来不及感受劫后重生的喜悦，就收到了节目组公演赛的通知——余下的一百零二名选手，将分成六组，以十七名成员的组合形式，登台表演。

每次表演结束，观众对十七名成员一一投票，每个选手获得的现场票数与除以一千的网站个人票数相加，票数最高的三十名选手，将进入特训。

小周从食堂出来，就看到罗少晨的身影在楼梯口一晃而过，她拉住随后从楼上下来的孔小杰：“刚刚是罗少？”

孔小杰说：“是啊，来开会。”

罗少这么快就要对庞朵雅动手了？战前来放一波狠话吗？

耳边仿佛响起了磨刀霍霍声，她问：“他单枪匹马杀过来的？”

孔小杰说：“具体内容微信群一会儿会发通知。”

“谁发？”

“我啊。”

一个大活人站在面前，还发什么微信群？

正好孙兆麟和王星语也从食堂出来，在小周的带头抗议下，孔小杰只好先口头通知一遍：“就是为了公演分组。原本打算舞蹈组分四组，声乐组分两组，但罗少希望同组选手在音域、风格各方面尽量配合和谐，所以要把两组选手全部打乱重排。”

“这不好吧？”

小周和王星语还在琢磨新的规则，孙兆麟就提出异议：“我建议维持原来的分法。”

孔小杰说：“陈总已经同意了。”

“我跟陈总说。”

虽然小周还没揣摩出罗少的用意，但看孙兆麟风风火火的样子，事情必然对舞蹈组不利，于是紧跟着上楼。

孙兆麟门关得极快，小周慢了两步，差点被砸中鼻梁。

她推开门，就见孙兆麟挨着陈墅，对总导演说：“组合最需要默契，同组的默契肯定是最好的，贸然拆开，会影响公演效果。”

总导演看向陈墅：“陈总怎么说？”

自从知道蒋修文是小周的男朋友，陈墅就佛了，很少抛头露面，大大提高了总导演的存在感。

陈墅望向小周：“我想听听小周的看法。”

这个毫无疑问，她的看法就是赞成罗少的方法：“十七个人一起唱歌，歌肯定要重新编曲，少不了罗少把关。我对罗少的专业判断有信心。”

孙兆麟说：“罗少的想法当然也很好，但是十七个人的组合，每个人都要有独唱环节，衔接的默契很重要。一个环节出错，整个演唱就垮掉！”

小周飞快地整理思绪：“演出的瑕疵是不可避免的。就算很有经验的老歌手独唱，也不能保证每次都做到零失误。相较之下，歌手曲风和音域的和谐，是更可控的情况。而且，让擅长说RAP（说唱）的人比赛唱情歌，对他本身也不公平。”

孙兆麟眉宇间隐有怒意，但克制得很好，他转向陈墅：“这件事是不是听听庞导师的意见再做决定？”

“说起这个，”小周慢条斯理地说，“舞蹈组打分的事情还没完全过去，我们多听听罗少的意见吧。”

这句话戳中了总导演的心。

本来，罗少晨是被特意请来给方竞雄擦屁股的，为这事，初期还惹了一身骚，现在又遇到护短的庞朵雅，可人家罗少不但没发飙，还兢兢业业地给节目出谋划策，这样的高风亮节，不举双手捧高高，简直没良心。

他说:“嗯，按罗少说的做吧。”

第5章

小周脚刚踏出办公室的门，肩膀就被轻轻地拍了一下。孙兆麟笑吟吟地看着她，仿佛争执从未发生：“工作上意见有分歧很正常，你不会放在心上吧？”

小周笑眯眯地说：“正常正常，大家都很正常。”

两人都笑得虚伪，气场意外地合拍。孙兆麟趁机提出经纪人内部晚上去KTV联络感情，王星语一口答应，轮到小周表态，自然不能不合群。

正好下午没什么事，三个人早早地收拾东西走了。

晚饭时赶到KTV，一人一盘炒饭，就着果汁饮料，吃完开唱。

小周吃得胃不舒服，趁另两人放声高歌，悄悄发微信给男朋友诉苦：“这家KTV的炒饭又硬又油又难吃。”

蒋先生很快回过来：“办公室又冷又黑又空虚。”

小周：“你不开灯吗？”

蒋先生：“你不在，什么都不想看。”

今天的蒋先生一定偷吃了巧克力，嘴巴这么甜。

小周："你来吧，我去隔壁给你开间房。"

蒋先生："为什么？"

小周："我们这间房实行AA制，不适合大佬过来抢单。"

新年刚过，整个集团都没进入工作氛围，这两天人人都是浑浑噩噩地上班，又迷迷糊糊地下班，他也不例外，情绪还停留在春节长假里不肯出来。

于是女友一鼓动，他立刻心动了，将积攒的工作重新理了一遍，腾出更多的地方留给将来的工作，然后拿着车钥匙，直奔KTV。

好在张总裁正陪着老婆在国外度假，并不知道自己的心腹爱将再度"消极怠工"。

知道蒋先生要来，小周的态度明显积极了起来，抓着麦克风开始练歌。作为大乔的前助理，必须不能给歌王丢脸——至于她还当过儿歌王子沈慎元的助理这件事，就选择性遗忘了。

一首歌练了五遍，听得孙兆麟和王星语两眼翻白。

孙兆麟趁着歌结束的间隙，急忙说："很不错了，快歇歇。"

小周喝了口水："我觉得可以再提高一点。"

王星语无语道："你打算在《明星天梯》的公演舞台出道吗？"

提起工作，轻松的氛围荡然无存。

小周借口尿遁，去前台又开了一间房，还在里面等了一会儿——因为堵车，蒋先生迟迟未到，王星语打电话问她在哪儿，她只好拿着手机从包厢出来，随意找了个迷路的借口，抬头看到王星语正往这边走。

"这么小的地方也能迷路？"王星语随口抱怨了一句，突然低声道，"庞朵雅打低分的事被选手知道了。"

小周脚步一顿，又若无其事地往前走："知道的人这么多，早晚会传出去的。"

王星语收住脚："你和孙老师坚持原分的事……好像也有人知道了。"

知道这件事的人，屈指可数。一间会议室，椅子都没坐满。

王星语见她看过来，不悦地冷哼："就知道你会怀疑我，我才主动跟你讲的，不是我！”

小周顺着她的语气接下去：“还有谁？”

王星语抓狂：“我发誓，如果是我说出去，就罚我一辈子找不到男朋友！”

小周说：“那你现在有男朋友吗？”

王星语双手在胸前比了个“大叉叉”：“友谊破裂！”

她们什么时候建立起友谊的？小周望着她的背影，不禁陷入沉思。

到底不是专业歌手，每人唱了七八首，就感到了深深的力不从心，早早地散了局。下楼前，小周又尿遁一回，屁颠颠地跑去另开的包厢，蒋先生已经到了，正在拆某外卖的包装。

小周震惊：“你居然偷渡外带食物？啊！这么大的盒子是怎么带进来的？求传授秘诀！”

蒋先生说：“出外带费。”

嗯，这很蒋先生style（作风）。

吃完外卖，小周对着话筒懒洋洋的，不想动，于是鼓动蒋先生唱歌。

蒋先生脱掉外套，捋起袖子，坐在点歌台前认真地选了一首英文老歌。

开唱前，小周有点期待又不敢太期待。毕竟，沈慎元讲话的声音也是很好听的，但蒋先生一开口，她就知道期待度给低了。这个水准，进声乐组绝对是前五名啊！

她捧着脸，听得如痴如醉。

一曲毕，掌声如雷——她按了墙上的鼓掌喝彩键，然后拿起水果盘上装饰的鲜花，亲自送过去。

鲜花收下，人也扣住了，直到满脸通红、气喘吁吁才被放回来。

蒋修文没有再唱歌，而是点了一部电影看。

不到两分钟，他就感受到了看小电影的好处——动静再大也不怕。

至于小周……

当然是满脸通红、气喘吁吁。

既然公演要打乱重组，每个选手的情况都要慎重考虑。罗少晨特别抽了一天时间，与每个选手进行一对一交谈，然后根据选手的个人特点分成六组。

拿到分组名单的那一刻，小周突然明白了孙兆麟反对的理由。

同组表演，是队友，更是对手。

观众看表演的时候，同一首歌的选手之间的比较是最明显的，所以投票一定会投给表现最好的几个。如果按照舞蹈组和声乐组来分，就等于内部PK。舞蹈组组数和人数都多一倍，优势不言而喻。而如今，由罗少分组，等于掌握了比赛的阵容。

以他对音乐的把握、观众的了解，无须田忌赛马，舞蹈组就会输得很难看。

果然，庞朵雅坐不住了。

名单出来没多久，她就与总导演关起门来聊了很久，之后，公演就增加了很多舞蹈内容。她还特意抽时间过来指点，毫不掩饰地只指点舞蹈组。

小周震惊于她的直白。

这……比方竞雄还熊啊。她准备在节目播出之后，直接金盆洗手了吗？

这个疑惑埋在小周心里很久，直到有一天，王曦瑶无意中道出真相：“庞朵雅没有微博号吗？我搜不到啊。”

小周跑去问孙兆麟，才知道她真的没有开通。

越往下挖掘，越觉得庞导师可能压根不把自己当娱乐圈的人，根本不在乎别人怎么看，一点经营形象的意思都没有。据说《明星天梯》播出以后，她吃饭被观众认出，上去找她签名，她直接甩脸子让对方不要骚扰她。

小周对她刮目相看。不管怎么说，这把年纪，不知经历过多少事情，还能活得这么自我，得有一颗多么强大的心脏啊？

她感慨着下楼，迎面走来了一个穿着声乐组衣服的选手。她做好了迎接招呼的准备，对方竟只是对着她一笑而过，然后，小周脑海里就开始回荡“你伤害了我，还一笑而过”的歌声。

哎？等等，刚才那个人……不是周向野吗？

小周找到正和其他编剧讨论怎么拍花絮的厚厚，将人拉到一边：“我刚才看到周向野了。”

厚厚说:“他出了什么奇怪的事情吗？”

“他不是被淘汰了吗？他居然还在基地！”

没错，当初分组考核时，周向野超常发挥，以吊车尾的名次进了声乐组，这次集训考核中，他的名次依然吊车尾，于是毫无悬念地被淘汰了。

厚厚对她的后知后觉充满怜悯:“王星语用挽留权留住了他。”

为免选手来回奔波，如果经纪人看中了已淘汰的选手，可以及时向节目组提出，然后该选手可以继续留在基地接受培训。

小周难以置信:“王星语被下降头了吗？”周向野除了黑，还有什么？

“这你就不懂了吧？周向野是话题人物，留下来有热度啊。你没看到网页投票里，周向野的排名已经冲到了前二十吗？这样的选手，难道你不想挽留？”

“我只想抓刷分。”

第6章

周向野的事，燃起了小周久违的好奇心。她点出高勤的微信，询问大老板的离婚进程。

高老板大概是真的闲，完全不受时差的困扰，一如既往地快答道："暂时离不了。"

短短五个字，真是字字珠玑，每个都值得掰开、碾碎，开展一篇三千字的说明文！

小周的八卦之魂被迅速点燃："为什么？"

高老板："怀孕四个月了。"

砰，重磅炸弹。

小周捂住嘴巴才阻止自己发出狼叫声。大老板结婚这么多年，一直没有孩子，没想到快离婚的时候，老婆突然有了，这下肯定纠结得要死。

她问："孩子确定是大老板的？"

高老板："不知道。"

高老板："她不肯验。"

这种挤牙膏一样的爆料，真是太讨厌了。但小周不敢抱怨，生怕他说"预知后事，下回分解"："为什么不肯验啊？"

他回复："大概不知道孩子是谁的吧。"

小周顿时明白了。

如果查出来孩子是马瑞的，离婚的事就悬了；如果查出来是周向野的，分割的财产就少了。所以，前老板娘应该是又想逍遥，又想拿很多钱逍遥。

就是不知道，周向野知不知道。

当了男小三还想明星出道已经够异想天开的了，现在还未婚生子，突然好奇周向野的人生规划——不会根本没有规划吧？

约会的时候，小周就和家属分享了这个前公司的八卦。

蒋先生若有所思。

小周眼皮一跳，察觉其中并不简单："这桩离婚的背后，是不是隐藏着不为人知的秘密？"

蒋修文看着小周，半晌才说："周向野几岁？"

"啊？"

他喃喃自语地回答："应该不到二十五岁吧？"

"应该吧。"在《明星天梯》，二十五岁已经算高龄了。

"年纪轻轻就有孩子了。"

羡慕之情，溢于言表。

话题好似朝着不可控的方向前进，她急忙夹了一大块肉到他的碗里，僵硬地转移话题："我们吃完饭去哪里？"

他低头看表："珠宝店这个时间应该还没有关门。"

她咬着筷子："去珠宝店干什么？"

"试试婚戒的尺寸。"

她差点把筷子喷出去，期期艾艾地说："婚……戒？"

蒋修文夹起肉，细嚼慢咽："嗯，想吃肉。"

小周不敢说话了。

最终还是没去成珠宝店。

小周拖延的态度太明显，蒋先生又一向依着她，于是就近在餐厅隔壁的花店逛了逛。花店老板正和朋友聊最近时兴的新娘捧花，原打算买玫瑰的蒋先生就这么听得入了神。

老板问想要什么的时候，他随口问小周："你喜欢什么样的捧花？"

"是订新娘捧花吗？"老板耳朵一竖，意识到是个大单子，立刻从花堆里站起来。

小周一边干笑着摆手一边拖着蒋先生往外走。

店外寒风凛凛，吹散了小周脸上的热意，她回头看蒋先生，表情温和如常，但望着车流的眼睛分明写着恋恋不舍。

"蒋先生，对于谈恋爱这件事……"

他低头看来。

她硬着头皮继续说："你列过计划表吗？"进度超前不说，还想一出是一出，作为合作方，她真的跟得很艰辛啊。

蒋先生幽幽地吟了一句："情不知所起，一往而深。"

男朋友逼婚不成，开始强行走文青路线，怎么办？

小周决定"凉拌"："怎么会不知所起？说好的男人都是见色起意呢？你难道不是因为我的美貌吗？"

她捧起脸，眨巴眼睛。

诚实的蒋先生上线，一脸深情地说："不是。"

呵呵。

婚戒，戒了。

捧花，化了。

男朋友，有……了总比没有强。

至少能开车接送。

小周坐在车里，看着街边景色倒掠，含泪安慰自己，作为直男，蒋先生的情商只是有点起伏不定，谁的人生没个潮起潮落呢？

但还是好气。

车开到小区门前，小周手抓着安全带，迟迟没有解开，只用眼角悄悄地看着蒋修文，脸上写满了“快哄我”。

蒋先生自然不会错过她的小眼神，握住她的手，轻轻凑过去，在她唇上亲了亲。

“哼哼。”小周想翻白眼，又怕不雅观，一双眼睛瞪得滚圆，“不是嫌弃容貌吗？亲什么亲？”最后四个字，声音轻得像小猫咪叫。

心痒难耐的蒋先生忍不住又亲了两下：“我的喜欢与外貌无关。因为是你，所以喜欢。”

奈何情话过了期限，效果就大打折扣。

小周依旧不大满意：“想了一路就想了这么一个答案吗？”

蒋修文说：“还有一个。”

“说来听听。”

“从我有谈恋爱、结婚的念头起，对象只有你。”

听起来是很令人感动，但是，蒋先生也太晚熟了吧？以他们见面为始，满打满算才多久？

她眼睛里的狐疑和同情太明显，叫他无法忽略，只好暗示她：“我很正常。”

“当然当然。”她小心地捧住他玻璃般的自尊心，“正常正常，存在即合理，这世上本没什么不正常的事，就是大惊小怪的人太多了。放心，我三观正，不歧视。”

交男朋友后，小周经常晚上九十点回家，周妈习以为常，听到开门声，至多说一句“记得关门”，但今天有些反常，门锁打开以后，迟迟听不到关门声，于是老两口一个拿吸尘器，一个拿iPad，探头探脑地从里面出来。

只见女儿中邪了似的站在门口，眼神涣散地看着地板，缓慢地脱掉鞋子。

周爸想喊人，被周妈捂住了嘴巴。她蹑手蹑脚地走进厨房，从米缸里抓了一把米出来。小周听到动静，懵懂地抬头，就被一把大米撒了个正着。

周妈撒完还喊："周晶晶，回家了！周晶晶，回家了！"

"妈，你再喊下去，我就要回老家了。"

"呸呸呸，童言无忌。"周妈见她没事，转身就关上了门，然后戳她的额头，"你半夜三更站在门口吓唬谁呢？"

小周终于放下了手里的鞋："我在思考问题。"

"工作又遇到什么麻烦了？又是那个叫方竞雄的人为难你？"为了深入了解女儿的工作，《明星天梯》播出以来，周妈一期不落地追着。

要不是周妈提起，小周几乎要忘了这个人："不是工作的事。"

"那就是小蒋的事？"

周妈明显感兴趣起来。

小周无语地看着就差捧一桶爆米花听戏的父母："我就是觉得……他今天说的话好像在暗示我们以前见过。"坐在车里，被美色所迷的她，智商并不在正常水准，等下了车，天寒地冻中一抖，脑袋立刻清明了起来，隐藏的信息被延迟接收。

周妈没有爆米花，却抓了把过年没吃完的瓜子，边嗑边问："那你们见过吗？"

"当然没有，除非他整过容，不然这样的帅哥，我肯定过目不忘。"

周妈深以为然。

小周从她手里捞了几颗瓜子："所以……蒋先生会不会认错人了？"瞬间脑补了无数个认错人的替身虐恋文桥段！她手里的瓜子差点从指缝里滑落，幸好周爸用手接住了。

周爸说："想太多了吧？"通常情况，岳父看女婿，越看越嫌弃，但蒋先生的魅力不分男女。至少，在周爸这里，蒋先生在摘掉鬼鬼祟祟偷窥男的帽子之后，很吃得开。

"男人对喜欢的女人说'我们以前是不是见过'，不是很正常吗？就是甜言蜜语的一种啊。"

小周和周妈同时锁定准备嗑瓜子的周爸。

周妈微笑:“套路很熟嘛。怎么我听都没听过，你用在哪里了？”

周爸求助般地看向小周。

小周默默地抓走周妈手中的瓜子，用行动表明自己只想做一名吃瓜群众的决心。

尽管周爸为自己的话，付出了“惨痛”的代价，但小周还是从中得到了启发——就是蒋先生的隐藏情话吧。果然，这种情话只有同为直男的老爸才看得穿。

她回到房间，想想还是有些不甘心，从抽屉里翻出大学时期拍的艺术照，用手机拍下，然后用微信发过去，附言:“一见钟情否？”

蒋修文刚刚进门，看到微信，笑着回复:“泥足深陷矣。”

第7章

集训太苦闷，节目组决定增加游戏环节。

但选手人数太多，为了人人都能参与，就提出了拔河比赛。三个经纪人原本在旁边看热闹，遭选手起哄，被拉到了双方阵营的最前面。

因为经纪人是单数，为了凑整，总导演也被拖下了水。

“预备……起！”

哨声一响，小周就被总导演狠狠地踩中了脚，疼得差点魂飞魄散，好不容易把自己的脚从他的脚底下拔出来，他们就被对方一口气拖了过去，轰轰烈烈地输掉了。

看王星语欢天喜地的样子，小周用杀人般的眼神狠狠地盯住了总导演的后脑勺。奈何总导演后脑勺比长城还结实，他毫无察觉，兀自站在人群中傻笑。

王星语突然喊：“赢了有什么好处啊？”

两方阵营的选手沉默了一瞬，突然叫嚣起来。

输的一方说：“不算不算，事先没说过。”

赢的一方说："让他们表演跳舞！"

双方僵持不下，孙兆麟鬼使神差地来了一句："不如经纪人之间做个约定吧。"

话说出口之后，他倒是淡定了许多，迎着众人的目光，缓缓道："进入特训之后，每个经纪人有一次交换选手的机会。"

没有参与规则制定的选手们听得一脸茫然。

王星语下意识想反对，但仔细想想，又觉得不错，给了经纪人更高的容错率，一时犹豫不决。

总导演见另外两名经纪人都没表态，便说："这个，要不要经纪人内部商量一下？"

孙兆麟的目光扫过王星语，落在小周脸上。

她不配有意见吗？王星语冷笑，那她反对定了。

小周心念电转。

进入特训的三十六名选手，将通过经纪人与选手的双向选择，组成三个阵营进行训练和PK。如果能够交换选手，是提高了容错率，还是加大了三支队伍私下的不当竞争？

见过娱乐圈太多龌龊的她，更倾向于后者。

她说："我觉得原规则挺好。"

又是一对一。

总导演和孙兆麟都看向王星语。

哈哈！王星语顿时有种掌握了全世界命运的满足感。她故作沉思地低头："这个问题嘛……"

反应快的选手已经猜出了规则的轮廓，在旁边鼓噪：

"选手能不能提出交换啊？"

"要我们答应才行吧？"

一百零二号人，好似个个进了特训，都十分操心。

王星语的声音被淹没在声浪里，焦急地想讲话，但总导演已经一锤定音："每个经纪人有一次交换选手的机会，但必须得到选手自己的同意。"

“哦！”

王星语失落地看着选手为挣得的自由与光明欢呼。

同样格格不入的还有小周。

难得同病相怜的王星语凑过来安慰她：“你不要总想着别人会从你手里挖走什么，说不定是你撬走了别人的宝贝呢。”

小周难得与她说了句肺腑之言：“你听过一句话吧？人最难忘的是得不到和已失去，但身为经纪人，我们能把握住的仅是签约艺人。”

总盯着锅，迟早被人端掉饭碗。

“讲那么多，还不是为了朱玉轩？”

王星语咕哝了一句，不等小周反应过来，就转身跑进了人群。

小周眉头微皱，朱玉轩又怎么了？

中午吃饭的时候，小周买了一瓶果汁，放在厚厚面前。

厚厚受宠若惊：“和我吃饭不用上贡，人来了就行。”

旁边的王曦瑶摊手：“我的呢？”

小周说：“你们分着喝吧。”

厚厚无语地说：“过年你家蒋先生没给够压岁钱吗？”

小周发出一连串的“嘻嘻”声。

这年头，听个笑声都像吃了一碗狗粮。王曦瑶看不下去，将餐盘往旁边挪了个位置。

小周凑到厚厚面前：“问你个事。”

“你讲。”

小周问：“朱玉轩最近有什么新动向吗？”王星语的话，绝对有所暗示。

厚厚将果汁挪给王曦瑶：“原来是你的part。”

王曦瑶厚着脸皮打开果汁，喝了一大口，舔了舔嘴唇，豪迈地说：“今天喝你的果汁，明天请你喝喜酒。”

小周震惊：“下药犯法你知道吗？”

王曦瑶没好气地说:“吓人也犯法。”

“那你和朱玉轩……”

王曦瑶捧着果汁，笑眯眯地说:“最近我做的点心，他都吃了。”

这算什么进展？小周吐槽:“这只说明他贪吃不要命啊。”

这等不解风情之徒，竟然还很有行情！婚姻市场的最大规律就是毫无规律吗？怪不得她这种循规蹈矩的人都被淘汰了。厚厚无言地摇头，对王曦瑶说:“你们董事长怎么会看上她的？”

王曦瑶沉吟:“响应国家的结对帮扶政策吧。”

小周暗自琢磨起来，从伊玛特到森微，为什么交个温柔又善良的朋友这么难呢？

下午训练，罗少晨和庞朵雅都没过来，是节目组特意请来的各专业指导老师带队。因为有六组选手，所以工作量很大，几个老师在几个教室里连轴转。

经纪人们也不能袖手旁观，要做好后勤保障工作。

这是刷选手和观众好感的好时候，三个人都瞪大眼睛，严阵以待。

然后——果然，不负众望地出事了。

一个选手跟腱拉伤，一个选手唱到失声，一组选手因为舞蹈动作的分歧，吵翻了天，原本经纪人还害怕一件工作几个人分，僧多粥少，这下好了，个个分身乏术，恨不能对方有三头六臂，多挑点担子。

小周忙到半夜才从医院出来，上出租车后看手机，有两个未接电话。应该是医院太吵，没有听到。点开一看，果然是蒋先生。微信里还有他半个小时前的留言:“需要司机接送吗？”

她的嘴角不自觉上扬，慢慢输入:“你知道上哪里接？”

他很快回复:“不是在医院？”

她正想问你怎么知道，就听一直安安静静的司机突然骂了一句，随后，车仿佛化身喷射机，猛然蹿了出去。

“啊！”

毫无防备的小周被重重地甩在椅背上，手机差点脱手。好不容易抓稳手机，又因为转弯，整个人侧摔向车门。脑门撞上玻璃的一刹那，她心里想的是：还好门关得很紧！

“师傅！你超速了。”

她用力拍前后座之间的保险杆。

司机仿佛彻底魔怔了，压根没理会她说什么，嘴里时不时地蹦出一句国骂。

小周一边系安全带，一边眯着眼睛往前面看。司机打了大灯，但光照的区域有限，只能隐约看到前方有几个车尾灯在黑暗中左右摇晃。

“师傅，你冷静点。为了这种人渣不值得！”

她尽量用轻松的语气安抚，但司机根本不为所动，径自嘀嘀咕咕骂骂咧咧。

小周抖着手，悄悄拨打了122。

挂掉电话之后，她的脑海有三秒钟的空白，灵魂出窍般，不知道今夕何夕，她又是谁，随即各种负面情绪全面迸发！

周爸、周妈、蒋先生三张面孔走马观花一般，在脑中交替出现。

爸妈年纪大了，受不得刺激，她想发条微信，给蒋先生留个遗言，万一真出事了，不至于一点念想都留不下，可临说话了，声音就抖得不成样子，完全没有报警时的从容镇定。

好不容易交了个这么好的男朋友，没走完最后一步就死了，多亏啊！

早知道这样，当初蒋先生说买戒指的时候，她就应该拉着他连夜去民政局排队登记。

现在说什么都晚了。

事发突然，交警不知道什么时候才会采取措施。每一秒钟，都如拉了丝，无限拖长。

微信通话突然响起。

她刚接通，就听见蒋先生略带焦急地问：“你在哪里？为什么不说话？”

委屈的情绪排山倒海而来，她哭着说：“我在出租车上，司机在飙车。”

话音刚落，车就倏地打转，车头重重地撞向另一辆车！

她的身体弹了一下，手机飞到车顶又砸到了脸上。

巨响后，是死寂般的宁静。

“啪嗒”，前方驾驶座的门从里面推开，司机生龙活虎地冲下去，对着被撞的另一辆车的车头就是一脚。那辆车上好像也冲下来了人，两人直接在外面厮打了起来。

小周捂着额头，一只手在座位上摸索，摸了半天都没有摸到手机，只好稍稍坐起身，但后颈肌肉酸痛得厉害，头几乎转不出角度。她梗着脖子，又在脚边摸了一会儿，终于摸到了手机。

手机一片漆黑，屏幕也裂了。

她按了一会儿开机键，手机成了一块板砖，死得很慈祥。

第8章

密闭空间里，她失去了唯一的联络工具，怎么看都是密室逃生的剧本，好在难度不是太高。她匆匆收起手机新鲜的遗体，一寸寸地挪动屁股到后座的最右侧，打开车门。

室外的冷风毫不客气地入侵，她哆嗦了一下，镇定地迈出腿去。

凌晨时分，街边还有两家店亮着灯，店里的人听到动静，好奇地走出来。她的眼眶一下就湿润了，这不是从云霄飞车回到地面，而是从地狱归来人间。

她挺着僵直的脖子，艰难地下了车，飞快地朝街边走去。

那店员打烊的时候听到撞车，本是出来看热闹，见她动作迟缓、神色慌急，脸色顿时凝重起来，以为是某拐卖妇女的恶贼遭遇车祸，于是掏出手机准备报警。

忽地，十米开外的地方发出刺耳的刹车声，一辆黑色轿车失控般地冲过来，停在离出租车尾部不到半米处。

那车的门仿佛从里面被撞开，一个身材高大的男子跳下来，三步并作两步，扑向那刚刚死里逃生的女子。

连环绑架案！

那店员一下子紧张了，手指飞快地按下拨打键，等110接起电话，那疑似绑匪的男子与那疑似肉票的女子，难分难解地抱在了一起。

110迟迟听不到回应，有些着急：“请问您能听到我的声音吗？”

这就有点尴尬了。

好在店员机智，很快反应过来，说：“这里出了交通意外，两个司机正在斗殴。”

被蒋先生抱住时，小周还有些回不过神。

并没有来得及报地址，他怎么可能比知道位置的交警来得更快？

奔驰的大灯打在小周的身上，蒋修文借着灯光将人仔仔细细地检查了一遍：“有没有哪里受伤？”

他的手掌贴着脸颊，肌肤相触的位置，她能够感觉到他细微的颤抖。

“我没事。”

说完这句话，提在喉咙处的一口气猛然泄下，粉饰惊惧的坚强轰然坍塌，她抬起双手，抱紧他的腰，头埋在他的胸膛上，贪婪地呼吸熟悉的气息来安抚骤然涌起的后怕。

“我以为……我以为……”

哽咽到无声。

以为她的人生就在戏剧般的猝不及防中戛然而止，那她必然会死不瞑目。

即使抱着人，蒋修文的魂魄依旧在九霄云外飘荡，不得归所。

在视频通话里看到她发生交通事故的一刹那，他几乎跟着撞死了一回。屏幕黑掉的瞬间，他的力气随之抽尽，手几乎握不稳手机，身上的冷汗一阵接着一阵，只有脑袋还算清醒。

他如今已经回想不起来自己如何克服应激反应，好似魂不附体，只是本能地沿着回小周家的路开车，在无尽的绝望中，拼命地为自己挣扎出一个希望来。

好在……她还在。

两个司机经过几个回合的交手，终于分出胜负，另一名司机靠着粗壮的短腿攻击，略占上风，出租车司机挨了几下，绕着车跑，嘴里还不干不净地骂着。

情绪稳定后的蒋修文理智归来，冷眼旁观片刻，在对方跑过来时，慢悠悠地伸腿，将人绊了一跤。

“谁啊！”出租车司机骂骂咧咧地想爬起来，蒋修文已经蹿出去，一脚踹中他的腹部，让他瞬间痛到失声！

小周忙拉住他的袖子：“别打，别打！”

蒋修文站在那里，整个人优雅到冷酷，反手握住她的手，居高临下地看着司机在地上呻吟，淡然地说：“没打。只是夜太黑，不小心碰了一下。”

怕他上去补脚，小周忙说：“我突然想起一件事。”

“嗯？”他的目光依旧冷冷地盯着蜷缩在地的司机。

“我的脖子好像……扭到了。”她略微动了下头，就疼到不行。

他立刻紧张起来。

正好交警赶到，蒋修文让小周先坐到自己的车里，他出面处理。其间，除了回答交警几个问题，她全程望着蒋修文的背影。

他在笑，但笑得很生气。

他在说话，说话的时候也带着股寒气。

这是他们交往以来，第一次与蒋先生在一起，自己却以第三人的视角来观察。那是蒋先生温柔以外的一面，笑里藏刀、绵里藏针、杀人不见血、皮笑肉不笑……

脑海中闪出很多贬义词，但每个词，又仿佛都刻写着蒋先生独独向她展开的温柔。

终于处理完，蒋先生带着一身寒气回到车里。

她急忙伸出手去：“到底发生了什么事？”

事发突然，司机加速之前，她一直没有注意到周围发生了什么事，所以至今不晓得，好好一辆出租车为什么坐着坐着就成了云霄飞车。

蒋修文沉默了一会儿，才缓缓吐出三个字：“路怒症。”

怒意完全压抑不住。

多么可笑！仅仅因为一次超车，就差点酝酿成一场生死攸关的车祸！

听到理由的那一刻，他生剥了那个司机的皮的心都有了！

小周有些恍惚，觉得原因简单得可笑，又觉得简单得可怕。

二十多岁的年纪，总以为人生走了不到三分之一，未来还有无限可能，还有很多时间，于是想着循序渐进。可是意外来临，才发现生命的脆弱，不堪命运一击，而预料中的按部就班，也许只来得及按部，未及就班。

而未及的那些，斑斑都是遗憾。

人，当活在当下，及时行乐。

她心里涌上一股冲动，脱口道:“蒋先生，你愿不愿意……”

蒋修文神色微动，好不容易平复的心跳又加速起来，他期待地扭头:“愿不愿意什么？”

她脖子不能动，目光也像凝住了，直愣愣地盯着前方:“看前面！”

愿不愿意看前面？这个答案显然和他想象中的相差了十万八千里。

他按捺住满心的不甘，诱哄道:“不是这句。你是不是有其他的话要问？”

小周一手捧着他的脸，强扭向正前方:“警察来了。”

两名司机不仅是交通肇事，还有打架斗殴，于是交警处理完，还要去派出所做笔录。

过程中，小周一直紧紧抓着蒋先生的手，生怕那司机说出蒋先生打他的事，事实上，那人的确说了，只是蒋先生轻描淡写地撇清了关系，顺势将事情引回两个司机身上，于是一顿胡乱掰扯，司机们被带回警局，小周被蒋先生送去医院。

因为才送选手进医院，急诊医生都认得小周，正好今天晚上空闲，于是一群人七嘴八舌的，让蒋先生带着她，从头到尾查了个遍，再住院观察。其间，蒋修文给周爸周妈去了个电话，二老当即要赶过来，被劝住了。

小周躺在床上，眯着眼睛打量蒋先生温声细语讲电话的样子。

大难不死，必有后福。她已经这么幸福了，要怎么样才能更幸福呢？

生个小蒋先生？

思路一打开，不免胡思乱想，直到蒋先生将电话塞过来，她才仓促回神。

周妈在手机另一头问：“你是不是在外面得罪人了？”

小周无语：“你是不是警匪片、谍战片看多了？我拦下那辆出租车纯属偶然，不是有人买通司机来杀我啦。如果这样，和他一起打架斗殴进派出所的就应该是我才对啊。”

“你就是太年轻！你怎么知道不是有人在背地里扎小人害你？”

小周很想说要相信科学，但底气不足，只好说：“我人缘很好的。”

“明天我去给你求个平安符，上次让你带你又不带。算了，你早点睡，也让小蒋早点睡。你自己衰就算了，不要带衰他。”周妈讲完就挂了电话。

蒋修文看她苦大仇深地盯着手机，不禁问：“怎么了？”

小周异想天开：“你会不会是我妈的亲生儿子，因为某种原因被送走了，然后抱养了我？我总觉得，我妈对我的态度更像婆婆对儿媳妇。”

“像我妈对你？”

小周击掌，为自己臆想中的狗血剧补齐了结尾：“刚巧，我又是你妈亲生的！”

第9章

病房是双人间。

灯一关，听到旁边一张床上的窸窸窣窣声，小周猛然意识到，她和蒋先生现在不就是孤男寡女，共处一室？

房间的空调刚开，原本还有些清冷，但这个念头一起，身体自发地持续升温，手脚不知往哪里摆，换了几个姿势都别扭。

“哪里不舒服？”

连番的动作引起另一张床上的人的关切，小周一下子静了：“没有不舒服，就是……”仓促间想不到太好的借口，于是道，“有点想家。”

讲完，立刻给这个借口打了个十分！

以一百分满分为标准。

蒋修文沉默了一会儿：“你婚后想和爸爸妈妈一起住？”

哎，怎么会跳跃到这个话题上？

小周的思绪狂奔出三百米，才跟上了蒋先生的问题。为了刷走自己刚才的烂答案，她回答得专心致志："应该不会……这个问题的关键是我妈妈想不想。"

周妈现在就常常希望她自觉消失一两个小时，给老爸老妈腾出二人世界。照此趋势，自己领结婚证的那一日，就是被扫地出门之时。

她婉转地说："我妈一直很想把我的房间改造成舞蹈室。"

蒋先生不经意挖了个陷阱："嗯，那男方要有房子。"

见气氛太温馨，小周顺口说："不一定啊，我名下有两套房子。"

本打算说"恰好我有"的蒋先生只好硬生生把话一拐："那我什么时候能住进去？"

哪里条条大路通罗马？分明条条大路都有坑！

小周结结巴巴地说："还，还在按揭……"顿了顿，又干巴巴地解释，"我也没住过。"

"这样啊。"蒋先生叹息，"只好先住我家了。"

小周心道，月球表面那么多坑，都是您挖的吧？

毫无还击之力的她决定鸣金收兵："我困了，晚安。"

蒋修文听着隔壁床拉被子的声音，暗暗叹了口气。

他对机会的感知向来敏锐。

今天小周在车祸现场那句"愿不愿意"后面没说完的话，应该是他心心念念的目标。但时机如战机，一鼓作气，再而衰，三而竭。小周的气比别人泄得更快些，错过第一次，第二次就枯竭得连点水渍都找不到了。

他所想不差。

缩在被子里的小周正在咬指甲。大难不死，鼠胆又生。想向蒋先生求婚告白的勇气，随着时间的迁移，又像乌龟一样，一点点地缩了回去。

果然，绝境中的爱情最浪漫。不问俗物，只求相守。

但死里逃生之后的她，依旧是俗世中的俗人，所以还是会考虑很多。生活中那么多的问题，与其婚后慢慢克服，不如婚前想想清楚。

还是想想，再想想。

烦恼的周小姐因为脖子不能动，只好直挺挺地躺着，无所适从的手脚放久了，就有些麻，她不敢乱动，怕发出声响又吵到“室友”，于是脑袋浑浑噩噩地东想西想，到天色蒙蒙亮，才迷迷糊糊地睡过去。

睡之前，有个朦朦胧胧的想法：难得同居一室，也算试婚了。明天要早起……要看“不修边幅”的蒋先生……

一觉醒来，天色尚青。

她转头看另一张床，已然空了，连忙去摸手机，一看已经十点三十五分。

她从床上坐起来，两只脚丫子在床底下晃来晃去地找拖鞋，门从外面轻轻推开，来人带了一阵清风过来。她来不及看清面容，对方已经蹲在面前，一手握着她的脚踝，一手抓起了一只被她踢到柜边的拖鞋。

小周呆呆傻傻地看着自己脚上套好的拖鞋，脚踝处的余温热辣辣的。

然后闻到了饭菜香。

闻起来真的很香，但看到它的本来面目后，她就皱起脸，两只拳头可怜巴巴地抵住下巴：“我肚子好饿啊，吃粥不抵饱。”想吃烤鸭、烧鹅、白斩鸡！

“粥是早饭，先吃了再说。”

他将保温瓶打开，把粥倒到碗里，连勺子一起递给她，却发现她半天没动。

小周揉了揉眼睛，揉掉了眼屎，但蒋先生脸上的胡楂依旧在。

蒋修文迟疑了下：“你洗漱了吗？”

“啊！”小周后知后觉地惊叫一声，匆匆跳下床，跑进洗手间。

蒋先生虽然体贴周到，准备好了各种洗漱用具，连洗面奶和面霜都有，但他到底不是女人，并不知道女人就算素颜，也可能用了保湿水、精华、面霜、妆前乳、粉底、散粉……

至少眉笔是一定要的。

昨天用洗面奶强行洗掉妆容的小周纠结地看着自己浅得若有若无的眉毛，好半天，才蹭到门边，打开一条缝，细声细气地说：“把我的手机拿来。”

蒋先生将手机递给她，看她只伸出一条胳膊、不肯露面的样子，有些担心：“脖子疼？”

脖子？小周动了动脑袋，一直没察觉，她的脖子好像能动了，虽然动作大了依旧有些疼，但小范围活动毫无问题。

“不是。”她正要发短信，突然想起今天是工作日，“我还没有请假！”不对，蒋董事长在这里……

果然，他说：“我通知过了。”

小周发短信让周妈来的时候把家里的护肤品、化妆品带过来。

周妈回复，今天早上他们已经来过了，东西晚上再带来，下午某商场打八折，她要和好姐妹过去逛街。

小周忍不住发了条语音，用颤抖的语气说：“亲妈啊，我这么不舒服，你居然去逛街！”

周妈很快问：“哪里不舒服？”

脖子也在迅速康复中的小周想了半天，理直气壮地回复：“心里不舒服！”

她在里面待得太久，久到蒋先生考虑破门而入的时候，才终于捂着脸出来了。

蒋先生无奈地说：“这么不想喝粥吗？”

小周视死如归地放下双手，看着他温柔的目光，脑袋一抽，脱口道：“蒋先生，你有没有觉得……我的眉毛跑到你的下巴上去了？”

蒋先生买齐了她的生活用品，却忘了给自己买剃须刀，本来是多么让人感动的事情啊，她居然……居然……说出这么无厘头的话！小周努力地喝粥检讨。

喝完粥，蒋先生竟然借到了一支眉笔。

浓黑的颜色……画完整个人精神百倍。

等她“眉清目秀”地走出洗手间，蒋先生带她去让专家检查。她全程乖乖配合，连建议她多住几天观察，都默默地接受了。乖巧的样子，让原本不生气的蒋先生装得更生气了。

小周小媳妇一样地跟在后面，途经楼梯口，她急中生智，抓起蒋先生的手就往楼梯里跑。

开门关门的一刹那，蒋修文的心怦然一动。

密闭空间，没有第三个人……

小周说："如果我一口气跑到十二楼，你能不能不生气了？"

准备绽放笑容的蒋先生面容僵住了，发出不敢置信的疑问声："嗯？"

她活动手脚做准备运动："如果我一口气跑……"

蒋先生直接拉过人，低头亲了下去。这样的馊主意多听一遍，血压飙高一丈！

被亲得全身软绵绵的时候，小周还有心思关心蒋先生的下巴，短短的胡楂在脸上轻轻磨蹭，还蛮舒服的。

不专心的她被蒋先生抓到，下唇被咬了下。

"疼。"

她下意思地发出呢喃。

他的眸色顿时沉了下去，而欲念节节高升，抱住她的手微微用力，好似要将人一点点地揉进自己的身体里。

身后传来推门声，两个护士说说笑笑着进来，看到抱在一起的两人，说话声立时停了，探究地看着他们。

小周反手抱住蒋先生，语带哭音："我没事，你不用特意安慰我！我一定会好好听医生的话，按时吃药！我们一定能一起挺过去的！"

两个护士连忙收回目光，加快脚步往下走。

小周听脚步声远去，小心地舒了口气，抬头看蒋先生戏谑地盯着自己："好歹我也是混娱乐圈的。"不要以为她只当过助理就没有演技，谁能想象得到，她在生活中需要的演技比一般演员在影视剧里用的还要多？

蒋先生的关注点显然是另外一个："你现在应该知道，拉男人进楼梯间，有多危险了吧？"

输人不输阵！小周挺胸："我拉自己的男人，哪里危险？"

蒋先生微微一怔，笑弯了眼："你说得对。"答案正确得令人想用力鼓掌。

下午，蒋先生回公司处理事情，回来的时候，就"脸上无毛"了。看过胡楂蒋先生，再看清清爽爽的蒋先生，小周便觉得好像少了点什么。

晚上送走周爸周妈，蒋先生又留了下来——原本周妈想陪夜的，但主观意愿和积极性上……都输了。

小周向蒋先生提出了留胡子的建议，还夸张地赞美道："留胡子的蒋先生超级帅！"

蒋先生说："留多长？"

"今天早上这样就好！"她后悔没有拍下照片回味。

蒋先生微笑："胡子每天早上都会长出来的，只要把握住准确的时间。"

什么是把握住准确的时间呢？

当然是——每天早晨都和他一起醒来。

小周不知道月球背面有多少坑，她只知道，蒋先生每一面都很坑。

住院期间，小周依旧爱岗敬业。她将部分拍摄任务移交给了王曦瑶，然后坐在幕后，遥控指挥。王曦瑶和厚厚会每日报告基地的大小事务。

这日午休，王曦瑶站在基地前的广场上，边呵气跺脚，边给她打电话。

小周很无语："室外不冷吗？"

"冷啊，但是，四周没有障碍物，不容易被偷听，呦。"

"你可以去洗手间里打。"

"十个被偷听的事件里有九个发生在洗手间。"

小周回想看过的影视剧桥段，好像是真的。

"我这几天探了好几个人的口风。"王曦瑶压低声音说，"你在选手中的好感度很高，特训的时候，一定有很多选手选你。"

"他们这么回答，是因为你是我的助理。"

总不能当着助理的面说你家经纪人很讨厌吧？多大仇？

王曦瑶说："别人可能，朱玉轩不可能。"

"咦？你问了朱玉轩？"

王曦瑶笑出声："嗯，他很欣赏你的处事风格！"

听着手机那头抑制不住的笑声，小周想，朱玉轩这么清冷的人会对她说这么掏心窝子的话，看来，猪网恋也不是不可能嘛。

第10章

离公演的时间越来越近，基地的气氛越来越紧张，在医院养胖了一圈的小周终于磨着蒋先生让她出了院。她总感觉住院的这七天，好像在预习坐月子，就差衣来伸手，饭来张口了。

销假第一天，蒋先生坚持亲自开车送她到基地。

探病的零食和水果都被她拿来犒劳前线战友，但路途遥远，她一个没忍住，就拆开吃了起来。

咔嚓咔嚓的咀嚼声，听得人食欲大增。

半途中，蒋先生将车开进了某个停车场，在小周的满目疑惑下，倾过身去分享了她口中的美食。

等他餍足地开车出来，停车场管理员递出发票：“超过十分钟，五块钱。”

明知道对方没别的意思，但挡不住自己心虚，面色刚刚恢复正常的小周忍不住又烧起来。

为免某人再度狼性大发，余下的路，小周正襟危坐、闭紧嘴巴、优雅得体。

于是，到基地的时候，一大包礼物还是一大包礼物。

只是厚厚看到包装被拆开的痕迹，很是疑惑："你是不是买到别人退货的东西了？"

小周说："没有，我只是试吃了一下。"

厚厚意兴阑珊："那看来不好吃。好吃的话，你不可能只吃这么一点。"

"我是省给你们吃呀！"

见她恼羞成怒，厚厚和王曦瑶相视哈哈一笑，开心地吃了起来。

看来最近基地气氛是真的紧张，都已经苦中作乐到这种地步了。

她们挑了几包喜欢的零食，余下的都放在大堂前台上，供其他人取用。原本是件小事，可晚上的时候，厚厚气呼呼地找小周，说选手都以为零食是孙兆麟买的，一个个跑去感谢，孙兆麟竟然没有否认。

小周窘道："几百块钱的东西……"

厚厚义愤填膺："没错！几百块钱的人情都要抢！"

"不是，我是说这么点东西，没必要计较吧？"而且这事还不好计较，总不能眼巴巴地跑出去说，这零食都是我送的，你们快来感谢我吧。她说："而且我送零食，也不是为了别人的感激。"

厚厚说："那是为什么？"

吃不完浪费啊……

当然，人是不能这么诚实的！会损及塑料友谊。

小周想了想说："为了炫富。"

紧锣密鼓准备公演的时刻，这种小事也仅供茶余饭后闲聊，小周很快抛诸脑后，谁知临走时，林杏菲又特意为这件事跑来道歉。

"我真的以为是孙老师买的，所以选手来感谢时我没有否认。后来孙老师看我承认了，以为是我买的，也就认了。"大概深受此事困扰，她清丽纯真的双眸蒙了层霜雾，瞧着十分楚楚可怜。

奈何，小周笔直，思路依旧清晰："你怎么知道是我买的？"

林杏菲说："我问了星语姐，她说不是她，那时我不知道你回来了，后来孙老师说不是他，我才去问了曦瑶姐。"

小周说："你后来有解释吗？"

林杏菲呆了呆，小声说："没有找到机会。"怎么解释呢？先前都已经说不用谢了，然后说对不起，其实你们谢错人了？

小周笑了笑："我没有其他意思，就是问清楚，以免以后说起来穿帮。"

这是要帮他们圆谎的意思了。

林杏菲脸红得更厉害了："不好意思。"

小周摆摆手，不以为意："小事，别放在心上。"

换位思考，她是孙兆麟，遇到这种事，大概也像喉咙卡了刺，咽不下去，吐不出来，难受忐忑得很。都是月薪上万的人，哪至于为了几百块钱的东西冒功？但既然闹了乌龙，之后无论是解释还是揭穿，都极掉份儿，所以只好将错就错了。

晚上蒋先生接她的时候，她随口讲起了这件事。

蒋先生说："不如网购一些零食，收件人写你。"这样就不会弄错了。

小周觉得这个主意糟糕透了："本来就是吃不完才带去的，为了避免浪费。如果另外网购的话，就是刻意浪费了。"

"有人吃就不是浪费。"

她慢慢吐出三个字："浪费钱。"

他侧头，看着她的脸，认真地想了想，说："对，要存老婆本。"

虽然阻止了蒋先生，小周第二天还是收到了以她"命名"的零食大礼包。礼包的分量比昨天大了一倍，厚厚和王曦瑶私底下给她竖了大拇指。

"不愧是'壕'无人性！"

"被冒领了一次，就用更大的分量打脸！"

小周摇头："不是我买的。"

厚厚若有所悟："难道是……"

不等她说完，小周就否决了："也不是蒋先生买的。"

厚厚纳闷地说："难道有人想效仿你，买了零食博好感，但被你调包了名字？"

小周翻白眼:“在你心目中，我竟如此机智？”

在旁边认真思考的王曦瑶说:“会不会是孙老师买的？还你一次。”

“虽然不知道正确答案，但我的想法和你一样。”

一门心思在零食上较劲的人，想来想去也只有孙兆麟了。在楼梯上遇到正要下楼找她的林杏菲，对方毫不犹豫地承认了零食的来处:“礼尚往来嘛。”

小周无奈:“真的不用客气。”

适逢两个选手拿着零食过来，连忙向小周道谢。

林杏菲俏目一转，水盈盈地看着她。

明知是冒领还要硬着头皮答应的感觉，实在不怎么美妙。她淡淡地笑:“我和孙老师轮流做东，也是希望你们能出好成绩。”含糊地带过了这次大礼包到底是谁的问题。

不管小周体验如何，反正林杏菲满意地回去了。

小周只好自我安慰，不管怎么说，这件事总算完美解决。

她转身下楼，就见王星语鬼魅般地幽幽飘出来。她捂着差点被吓出来的小心脏，无语地说:“能不能在白天尊重一下万有引力？”

王星语噘着嘴巴:“你什么时候和林杏菲这么好了？”

比起她什么时候和林杏菲这么好，小周更好奇，为什么王星语要用“妻子抓出轨丈夫”这种醋意十足的口气说这句话。

王星语见她不答，以为她是心虚了:“幸亏我今天走楼梯，不然就错过了这一幕。”

小周恢复神志:“那我不打扰了，你加油走！”

“等下。”王星语拦住她的路,“昨天的零食是你放在前台的吧？”

小周无数次后悔送零食这件事，这么小的事，哪有那么多文章可做？怎么人人都来问？她说:“你觉得昨天的零食和今天的零食哪个更丰盛？”

王星语哪知道，只能从外形判断:“今天的更大。”

“我只送了一次零食，你猜是哪一个呢？”

会这么问的话……今天的礼包才是小周送的？

王星语默然。

昨天林杏菲问零食是不是她放的时候，她就意识到选手们可能搞错人了，于是盼着后面爆出精彩后续，谁知一等，等到了今天更大的礼包。

真的是自己猜错了？

她见小周抬脚欲走，急于扳回一城，追问道：“你知道王曦瑶的日记是谁爆出去的吗？”

王曦瑶的日记……就是她暗恋朱玉轩的事？

小周停下脚步。

王星语凑过去，低声说了三个字，然后不等她有所反应，就趾高气扬地上楼了。她的想法很简单，不管自己和小周的关系好不好，都不可能让孙兆麟和小周关系好！

厚厚看着“大”字形瘫在沙发上的小周，不过上了趟楼，怎么看起来像跑了一场马拉松？

小周的自我调节能力一向优秀，躺了一会儿，很快又生龙活虎地坐起来：“曦瑶呢？”

“公演的演出服到了，她正去安排。”

为了节目的可看性，很多幕后工作都由几个经纪人和助理分摊完成。

不得不说，车祸归来的小周还是受到了一定照顾的，比如说，在其他经纪人忙得晕头转向的时候，她还能坐在休息室里烦恼一些有的没的。

她也觉得休息室里太闷，于是背着手出去溜达。

正好溜达到分发服装的教室，摄像机运转着，但现场沉默得好像按了暂停键。

慢悠悠走进去的小周好似无声曲里的不和谐音符，一下子引起广泛关注。王曦瑶最先反应过来，她拿起桌上一套白色的演出服，对小周说：“衣服破了。”

其他人的演出服都穿在身上了，只有一个人尴尬地裹着羽绒服。剩下的那件就在王曦瑶手里，胸口的位置破了个洞。

小周看了看其他人的演出服，一个个挂得跟圣诞树似的，这件衣服的洞很可能是被其他衣服的挂饰钩破的，要补救也可以，但是，她摸了摸衣服，因为设计的关系，这件衣服拼接了很多丝绸，特别薄，胸口的破洞只是较明显的一处，其他地方也有勾丝。

“重新做吧。”

她将衣服收起来。

穿羽绒服的选手担心地问：“来得及吗？”

后天就是公演了，明天要去现场彩排……

小周摸着衣服，说：“来得及。”

对曾经处理过很多大乔演唱会意外的她来说，时间还是很充裕的！

小周拿着衣服出来，刚走到走廊尽头，那个选手就穿着羽绒服大步追上来。追上以后，他没急着说话，对着她干站了好一会儿，还是她不耐烦了，他才支支吾吾地说，其实破的演出服并不是他的，而是舞蹈组一名选手的。那人先进教室，发现自己的衣服有问题，立马就抢了身形最相近的他的衣服。

到底是十几岁的孩子，说着说着就红了鼻头：“万一赶不上的话……能不能把我的衣服要回来？”

生怕他号啕大哭的小周只好一再保证，绝对不会让他在演出的时候没有衣服穿。

第11章

在伊玛特的这些年，小周积攒了不少人脉，其中就有服装设计师团队，晚上把衣服一丢，他们保证明天中午之前出货。恰好明天的彩排就在市体育馆，拿衣服不必长途跋涉地来回折腾。

基地不少选手为彩排和公演彻夜难眠，小周倒是一觉睡到了大天亮。以前在伊玛特，她还经常失眠，到森微之后，睡眠质量噌噌地提高。

唔，也许是谈恋爱的buff（魔力）。

毕竟，和蒋先生谈恋爱太省心了——无须计划，效率就高得可怕！

连带的，事业也有助益，至少上班不会迟到了。

自从蒋先生包揽接送任务之后，周妈每天按时叫早，准备两份色香味俱全又不容易留味道的早餐，让她打包带走去车里吃。每次和蒋先生坐在车里吃早餐，她都有种经营小家的错觉。

悄悄的，甜甜的，又……压力山大！

自己就像跳棋，再怎么努力地越坑，最终都会掉进一个。

彩排当日，所有人严阵以待。

小周被派去接待特邀媒体。

公演没有媒体投票环节，他们的具体作用是，演出时对着摄像头吹嘘一番，播出时在网上宣传一波。

她一大早就在酒店里张罗这事。安排接人的车辆，安排食宿，给媒体代表分派红包。偶有飞机误点，车辆又要重新安排;偶有媒体代表提出食宿的要求，又要另做调整。事情都不大，但琐碎得很。

忙到中午，衣服做好了，她实在腾不出时间去取，就叫了个“跑腿”。跑腿的人到体育馆，又找不到人。她让王曦瑶联络林杏菲，林杏菲说自己忙得抽不开身，最后还是康棠收的。

小周趁着吃饭的间隙，喘了口气。想起那日王星语爆的料，问王曦瑶:“你和林杏菲关系怎么样？”

王曦瑶简单地说:“室友。”

集训前期，几个助理都住在市区的酒店里，后来因为基地事情太多，来回不便，节目组就安排他们在基地住下。林杏菲和王曦瑶作为唯一的两个女生，自然共处一室。

小周说:“你知道你的日记是谁透露出去的吗？”

王曦瑶顿下筷子:“你是说林杏菲？”

“有人这么说，不过那人也不可靠。”小周对王星语并不信任。

王曦瑶想了想，说:“有可能。”波澜不惊的样子。

看她这么淡定，小周也无话可说。

过了一会儿，王曦瑶好似想通了什么:“那我是因祸得福呀，看来我和阿轩是天赐的缘分啊。”

小周听得牙酸:“你这样单方面地撒狗粮，问过朱玉轩的意见吗？”

王曦瑶不以为意:“哪个明星没几个女友粉啊？他是干大事的人，会习惯的。”

下午，媒体代表大批量抵达，小周忙得分身乏术，到晚上十点才消停，然后厚厚就捧着方便面来找她分享八卦了："今天彩排庞朵雅和罗少都去了，差点没在现场打起来。"

小周没吃晚饭，正饿得前胸贴后背，于是抢过她的方便面："让我吃两口。"

说两口，就两口。

只是一口半碗，一口半碗，还的时候，只剩汤了。

厚厚接过碗看了好几眼，将叉子推回去，悲愤地说："叉子还有什么用？"

小周很体贴："那我们来聊聊八卦吧？"

她伤心地看着没有面的泡面，说："没什么好聊的。"

小周说："说说罗少和庞朵雅见面的情况呀！"

"能怎么样？干瞪眼呗。后来总导演把两人隔开了，一个在彩排现场，一个另外开了个训练室练习，两人到现在还没回去呢。"厚厚想了想，又说，"对了，王星语今天带了很多零食去体育馆，被总导演说了。"

她不知听谁说的，还模仿总导演的语气，道："平时吃个鸡爪、薯片也就算了，穿着演出服彩排的时候还给这些油腻腻的东西，是怕衣服太干净，演出太顺利吗？"

小周想了想说："我突然觉得孙兆麟很够意思。"

"啊？"

以王星语的性格，自我检讨是不会的，既然被骂了，一定是别人害的。

比如说，好端端的，谁开了给选手送零食的头？

嗯，是孙兆麟。

公演当日。

天没全亮，小周一大早就到体育馆熟悉环境，一群选手正在台上彩排。他们没有唱歌，只是来回地踩节拍、熟悉走位和舞蹈动作，看到她来，纷纷鞠躬打招呼，然后继续训练。

汗水洒下，那是奋斗的青春。

她坐在观众席不同的位置，认真地看他们彩排，每一遍完毕，就以多年参与演唱会的经验纠错——

“整体偏右，最右边的人快出镜头了。”

“你挡住后面人的镜头了，你们几个距离靠得太近。”

“你太出来了，再往后退一点。”

“记住与旁边人的间距，就是这样，刚刚好。”

太阳渐渐升起，金色的光芒照耀大地。

其他经纪人和选手陆陆续续到场，公演即将开始！

节目组开始录制公演倒计时。

几个经纪人在不同的房间接受采访。

“有特别看好的选手吗？”

小周说：“本来脑海里有一份实力更强的选手名单，但是，看彩排的时候每个人都那么拼命、那么努力，这份名单就扩散为所有努力的选手。努力总会有回报，未必是这个舞台，但一定有他们的舞台。”

“与选手相处了这么久，你觉得他们是否已经做好了成为明星的准备？”

小周说：“他们就是冲着这个来的，通过这个平台，一定会变得更好。”

“每个选手吗？”

蒋先生的坑踩多了，她的脑袋自主研发了“防坑系统”，此时，警报正哗啦哗啦地响着。

哦，对了，周向野也是选手。

小周立刻把话吃回去，含蓄地说：“这是我美好的愿望。”

能不能实现？那要看天上有没有划过流星。

六点一刻，观众开始进场，半个小时后，嘟啦视频的当家主持人花妞、慢叔登台暖场。

公演快开始的时候，庞朵雅和罗少晨进入后台给选手们加油打气。小周站在角落里，远远地就能感觉到从他们身上散发出来的杀气。高手过招，靠的就是气势！

放眼娱乐圈，敢和罗少正面硬扛气势的人实在屈指可数。

小周感慨，庞朵雅不愧是圈外人。

体育馆隔音一般，他们在化妆间也能听到观众台传来雷鸣般的倒计时声。

“5！”

“4！”

……

“1！”

公演正式开始。

主持人读完广告，宣布规则。第一、二组的选手站在舞台的入口处待命。庞朵雅跟着他们一起过来，捋着袖子鼓劲：“把我平时教给你们的全都发挥出来！你们是最棒的！”

比起热血沸腾的舞蹈女王，音乐教父表现得十分淡定，在化妆间说了几句注意事项后，就怡然自得地坐在休息室里看现场直播视频。

那专注的样子，让一起看直播的小周很想问，家里不给看电视吗？

“现在，有请第一组选手上场！”随着主持人宣布，第一组选手深呼吸着上台，事前经过挑选的优秀观众们立刻发出震耳欲聋的掌声。

他们为我们而来！

选手们激动得热泪盈眶。

音乐缓缓响起——

原歌时长只有三四分钟，为了保证每个选手都有足够的表演时间，每组歌曲都改编延长到十一二分钟，加上庞朵雅编的舞动作幅度很大，他们全程又唱又跳，极其考验体力。

唱到第六七分钟的时候，眼光毒辣的人已经看出有选手后继无力，动作不如先前那么到位。

表演结束后，选手被主持人留下做自我介绍。

每人说话都气喘如牛。

慢叔调侃道:“报自己的号码要报清楚啊,不然观众容易投错票。我们这个投票和英国脱欧投票一样,非常严谨,没有第二次机会的。”

花妞在旁边笑道:“话不要说太满,万一英国投第二次了呢?”

慢叔说:“那说明我们比英国脱欧投票更严谨。”

“现在,投票通道开启,每位观众都可以拿起手里的投票器,为你喜欢的选手投上宝贵的一票。它们将与网络投票一起决定《明星天梯》一百零二名选手中,谁是被留下的前三十名!”

第一组、第二组、第三组……到第六组。

时间似漫长,又似匆匆。

选手们一个个忐忑不安地上去,如释重负地下来,又紧张兮兮地守在屏幕前,等待最后的结果。

所有表演结束,后台开始计票,主持人按台本暖场,采访媒体代表,听他们闭眼一波专业吹。

吹到吹无可吹,结果还没有出来,主持人只好临场发挥,在现场介绍导师。

“今天的比赛现场来了两位重量级的嘉宾。他们一位才气过人,成就了一批又一批的歌王歌后,是歌坛的泰山北斗;一位摇曳生姿,是国内数一数二的舞蹈家。他们就是……”

话筒冲向观众。

观众齐呼:“罗少!庞女王!”

台前疯狂,台后紧张。

三个经纪人如临大敌地等着工作人员算出最后的结果。因为今天网站冲票冲得很厉害,所以计算量比预计的更大,近半个小时才出结果。

“怎么样?”

三个脑袋同时凑过去。

工作人员在EXCEL(电子表格)里,圈出了前三十。

暖场结束,结果送到主持人手中,所有选手重新上台。

庞朵雅在下台第一时间看向了孙兆麟。孙兆麟抿着嘴唇，脸色很是难看，她的心顿时咯噔一声，下意识地看向走在旁边的罗少晨。他依旧满脸淡定，只是清冷的双目望向舞台时，透着志在必得的笃定。

为了制造悬念，名次是从十四、十五、十六开始公布，然后往前三名，往后三名……

小周往常看到这个环节时会很暴躁，恨不能让他们好好学习一下体育比赛报名次时的干脆利落。

而今天，她依然很暴躁。

结果都知道了，能不能说快点？

与她想法一致的人不少，尤其是选手。

伸头一刀，缩头一刀，反正都是一刀，能不能砍快点？

被读到名字的选手自然欣喜若狂，而迟迟没有听到自己名字的，更是焦躁不安。

插了无数则广告，主持人终于念到倒数第四个名字。

“今天比赛的第一名是……”

“朱玉轩。”

观众们吼得声嘶力竭——不是激动的，是累的。

然后是坐上末班车的选手。

“第二十八名，张盛恺。”

“第二十九名，裴源。”

“第三十名，王尔乐。”

读完，现场的所有人都松了口气。

终于……结束了？

并没有。

集训考核的最终名额是三十六名，每个经纪人手里有两票，可以从淘汰选手中挽回两名。

于是经纪人上台，使用手里的生杀大权——

孙兆麟给了舞蹈组排名靠前的两个选手。

王星语一票给了周向野，一票给了人气很高但此次表演失利的选手。

小周给了观察后觉得人品不错的选手。

公演正式结束。

庞朵雅面黑如漆。

参加公演的一百零二名选手中，舞蹈组占三分之二，但进入最后三十名的，声乐组二十五名，舞蹈组只有五名，是前者的五分之一。就算加上经纪人投的六票，三十六名进入特训的选手中，舞蹈组八名，声乐组二十八名。

何等打脸？简直是拿着数据指着鼻子训斥她，有眼力的人都看得出来，声乐组就是比舞蹈组强大！她之前的打分就是水分！就是偏心！就是不公平！而且同为导师，就算她用尽手段，也拼不过罗少晨！

第12章

散场时，孙兆麟一路护送精神萎靡的庞朵雅上车，临行前还劝慰道：“声乐组原本就是挑的好苗子，我们能进八个，已经不容易了。”

庞朵雅的经纪人连忙对他使眼色。

但来不及了，这口气梗在庞朵雅心里这么久，终于找到机会发泄出来：“凭什么舞蹈组的人就是声乐组淘汰不要的？当初口口声声说一样的两组，却叫我带了个差组，你们节目组的规则真是太搞笑了！”说完她瞪着经纪人，“以后少接这种乱七八糟的节目！”

经纪人苦笑。

以后想接也不好接了，这几期节目播出去，还不知道外面反响如何呢。好在庞朵雅不用扒着娱乐圈吃饭，至多像蒋潇云那样，每年多出去走走，避避风头。

为了播出时的新鲜感和悬念，入场的观众都签过保密协议，但架不住人多嘴杂，比赛结果还是随着小道消息传了出去，只好请合作的公关公司处理，却还是留下了蛛丝马迹。

小周的微博下有人问她，周向野是不是和马瑞达成了什么协议，还能在节目里继续蹦跶？

小周能怎么说呢？只能暗暗地想：王星语艺不高，胆子倒大。

随着被淘汰的选手陆陆续续离开这个梦想开启又破灭的伤心地，余下的三十六名选手进入特训环节。

新的阶段，新的规则。

晚上十点，特邀主持人慢叔吹响集合哨。

准备睡觉的，已经睡觉的，还在玩、吃、健身锻炼的选手披着外套，懵懵懂懂地走到大堂。

“欢迎来到《明星天梯》特训动员大会，我是主持人慢慢慢慢来的慢叔！”

西装笔挺的慢叔拿着话筒站在大堂中央，神采奕奕地说：“十点钟，睡觉时间到了，你们是不是很困？那我说点让你们睡不着的事情清醒一下吧！从现在起，三十六名选手将分别加入孙兆麟、王星语、周晶晶三位经纪人的旗下，成为他们的实习艺人，由他们来制定你们接下来的培训内容。”

在他宣布之前，基地就流传过这个消息，选手们内心并不惊讶，但在镜头前还是要装出大吃一惊的样子。

其中，差点在伊玛特出道的少颜时代三小只的表情最为夸张。

目光刚好扫中他们的小周忍不住微微一笑。

王星语立刻说：“笑得这么开心，你确定你的队伍已经十拿九稳了？”

连笑都不能随便笑了吗？

小周心好累：“我随便笑笑，迷惑一下敌人。”

王星语挑字眼：“谁是敌人？”

“你看谁被迷惑了？”

王星语郁郁地住了嘴。

慢叔掏出三张卡片。

“来之前，三位经纪人已经各自写下想招募的十二位实习艺人的名字，如今，名单就在我的手中，所以，我要对经纪人们说，也许你现在或未来后悔，也暂时没有修改的机会了。毕竟，美国人民就算认为自己投错了总统，也要等下次大选才能改过来。”

他顿了顿，有些不习惯地摇头哂笑：“没有花妞在旁边接话，真的很寂寞啊。”

选手们立即鼓掌起哄。

“现在，请你们从桌子上找到印着自己名字的贴纸，依次贴到你们心仪的经纪人胸……好吧，有两位是女士，就贴到她们的手臂上。我将实时宣布，你心仪的经纪人中唔中意……依。”他俏皮地混搭了方言。

“一次不中，还有第二次选择的机会，两次不中，进入待选，等我最后给你们拉郎配。明白了吗？”

选手们中气十足地回答：“明白！”

慢叔打了个响指，道：“趁着夜深人静，四下无人，我们把事如火如荼地干起来吧！”

拍摄持续到深夜两点才结束，每个人都过了睡觉的点，开始精神亢奋。尤其是经纪人，内心火热，无数个培养计划在脑海中翻腾。

孙兆麟直接在基地住下了，反正本来就给经纪人安排了临时休息的房间。

但女生们坚持回家。

节目组准备了一辆小巴车，王星语正准备上车，转眼就看到小周往停车场另一头的方向走去，她心神一动，立刻追了上去：“你男朋友来接你吗？带我一程啊？”

“你家在哪里？”

王星语以为有戏，兴高采烈地报了，小周“哦”了一声，说：“抱歉，不顺路。”

王星语狐疑道：“我家不就在你回家的路上吗？”她调查过的。

小周回头一笑：“你怎么知道我回家呢？”

怕她再纠缠，小周加快脚步，走到黑色奔驰车边，先低头往里看了一眼——

蒋先生仰着头睡得正香。小周心里愧疚不已，以蒋先生的职位，开年时期一定很忙，但这段日子，一直是他迁就自己的日程。

她小心翼翼地打开车门，慢慢坐进去，一只手抓着门把还没来得及关，后面的胳膊就伸过来，将人抱了个满怀。

淡淡的男士香水萦绕，让小周四肢微微发软，说话声音也变得软软的："先让我关门呀。"

缠住她的胳膊松了松，她关上门，然后又被抱紧了。

她哭笑不得："你不是睡着了吗？"

蒋先生亲着她的脖子，闷闷地说："孤枕难眠。"

小周抚摸他的头发："有一句名言，叫'患难困苦，是磨炼人格之最高学校'。"

"我也有一句，'最困难之时，就是离成功不远之日'。"

"那你抓紧更困难一点。"

蒋先生对着她的脖子狠狠地啃了一口。

小周假装疼得呲呲响，他又舍不得了，用舌头轻轻地舔着。

小周反手抱住他道歉："等了六个多小时，累坏了吧？"

原定计划是下午三点开录，差不多七点录完，蒋先生八点过来接人，完美！没想到其间各种意外，一直拖延到十点才开始录。

她主动亲了上去，两人在车里缠绵了一会儿才开车回家，等小周洗漱完躺下，已近四点，外头天微微亮。她头晕得厉害，但意识很清醒，在床上翻来覆去睡不着，好不容易睡着了，脑海里还有个念头起起伏伏，蒋先生这么晚睡，不知睡不睡得好。

事实证明……不大好。

睡眠不足的蒋修文难得开会开小差，虽然凭借着惊人的应变能力没出差错，但没逃过张复勋的眼睛。

会后，他特意将自家的得力爱将叫到办公室，亲自嘘寒问暖一番："最近工作很忙？"

蒋修文淡定道："尚可应付。"

“那就是被其他事牵住了精力？最近和女朋友怎么样？”

提起小周，蒋修文就情不自禁地露出了笑容。

对朋友家的孩子交女朋友，张复勋心里既好奇又羡慕，但面上还要摆出长辈关心晚辈的样子来：“你妈妈这次逗留在国内的时间也太短了，我们都没机会一起吃顿饭。你女朋友你妈妈见过吗？”

不止见过，还很喜欢。蒋修文嘴角的笑意更深：“见了一面，相处愉快。”

见过家长，说明发展稳定，张复勋有了追问下去的兴趣：“我记得她是……森微的员工？”

蒋修文微笑：“嗯，是经纪人。”

经纪人与艺人密不可分，他不免想起家里的那个：“那她负责哪个艺人啊？”

森微的运营模式解释起来有些复杂，而大佬也未必在意细节，蒋修文深知这个问题背后的关注点，直言道：“她是乔以航的前助理，目前在录制节目，还没有签约的艺人。”

“哦。”张复勋拖长音，对着桌上的全家福发了一会儿呆，才说，“我们打算卖森微股份的事，她知道吗？”

蒋修文垂眸，不答反问：“您想听一下她的意见？”

“当然不是。”将资本撤出娱乐圈这件事，他早做了决定，势在必行，不想生出任何变故，“不管知不知道，不影响计划就行。”

蒋修文去森微当董事长之后，其他股东对张知的反对声就弱了很多。他乐见其成之余，也对主动退让的蒋修文心怀愧疚，所以很多事情上便不好像以前那么口气强硬，只是点到即止。

张复勋想了想说：“没有森微，你们还不知道猴年马月才能在一起呢。我也算半个媒人，有空一起吃顿饭，叫上张知和……大乔。”自说自话地做了决定。

蒋修文也想开了，和张知、大乔的这顿饭是怎么也躲不过去了，早吃晚吃都是吃，那就吃吧。

小周并不知道自己和蒋修文交往的事不仅双方家长知道，连张知的家长都惊动了。她正提着大袋零食，准备和加入她这组的选手们好好谈谈心、摸摸底。

路过大堂，孙兆麟和王星语带着各自的助理站在一起说话，看到她时，两人的声音明显轻了下来，虽然还是微笑着跟她打招呼，但浑身上下都充斥着疏离的态度。

这也难怪。

谁叫小周抢到了朱玉轩，抢到了少颜时代三小只，还抢了不少实力强、人气高的其他选手。以打牌来比喻的话，她现在手里捏着大小王、一对二、A炸、K炸……

闭着眼睛打都能赢的牌，不疏离她疏离谁！

第13章

一踏进宿舍范围，小周就收起了笑容。

当了这么久的经纪人，总算有自己的艺人了，哇哈哈哈哈……咔，咳。低调，低调！正经，正经！想笑回去再笑，千万不要把选手吓跑。

她苦苦维护自己亲切中带着些许高冷，精明中不失几分幽默的形象，让选手们做了一套问卷，对他们进行全面的了解。

问卷做完，三小只中最小的一只——靳磊忍不住问："后面这些题目有什么用啊？"

他们本以为拿到的问卷和隔壁王星语的选手一样，就是填写基本资料、个人概况，但这份问卷题量很大，很多问题他们从未考虑过，比如，如果组成二、三、四……十二人的组合，你目前的能力能担当什么职能，梦想担当什么职能？

你成为明星的话，希望粉丝学习你身上的什么优点？这个优点很罕见吗？

请为自己写一个永久性人设。

小周收起问卷："让我更好地认识你们，也让你们更好地认清自己。"顿了顿，她抽出床底下的体重秤，让他们挨个站上去。

靳磊大惊失色："我们不是写了体重吗？"

小周说："再确认一遍。"

靳磊脱掉毛衣、鞋袜、手表，去洗手间换了条轻薄的睡裤，才扭扭捏捏地站上去："我早上饭吃得太多，可能会重一两斤……五六斤。"

看到秤显示的数据，他崩溃了。

"可能早饭吃太多，你以后少吃点。"她手指在问卷上轻轻一点，"回归你理想中的水平。"

脱毛衣时，他的脑袋被带起了一根呆毛，此时一晃一晃的，十分可怜。

少颜时代的两位队友——章金城、吴赫赫赶紧安慰他："没关系，少吃点就少吃点。我们这么多人，一人一口，就把你的饭菜吃掉了，不会浪费的。"

靳磊好像更难过了。

体重之后，是赤脚量身高。

量着量着，小周就听到左边那张床的角落里传来低低的啜泣声。循声望去，靳磊正抱着被子在那里偷偷地哭，怕他被人看到，同队的两个哥哥还拿身体挡着。

看实在掩饰不过去了，章金城给他找借口："他感冒了，难受地哭。"

小周赶开两个护短的大小孩，随手抽了张纸巾给他："哭什么？"

靳磊扁着嘴巴："我只有一米七二。"

小周低头看问卷，上面写着一米七八。

六公分的差距……实在不好硬着头皮说是"误差"，但是……

"一米七二不矮啊。"她说，"娱乐圈的包容性很大的，你没必要给自己设定下限。"

靳磊抽抽噎噎地说："是公司给我写的，让我每天多喝牛奶，喝着喝着就能达标了，但是，我喝了两年了……只长了零点五公分。"

"噗。"

有人笑出来了。

靳磊的脸顿时更红了。

小周安慰他:“挺好的，你现在有一米七二点五,四舍五入就是一米七三啊。”

“不是,”靳磊小声说,“我本来一米七一点五。”

多实诚的孩子啊。

小周很感动:“感谢你的坦诚，作为奖励，让你插个队，先量吧。”

这个奖励可以不要吗?

下午吃完饭，小周约了两个健身教练过来，给每个人制定锻炼套餐。令人大跌眼镜的是，各方面名列前茅的朱玉轩被认为体脂率过高，需要“减肥”。

看着朱玉轩发黑的脸色,小周以绝高的意志力抵抗住了笑意，一本正经地说:“当歌手，你要开演唱会吧，没有体力不行;当演员，你要跑要跳要吼叫，没有体力不行;就算参加综艺，各种游戏都需要体力。所以，有免费的健身卡和私教给你们，有什么不满意的?”

免费两个字果然动人，不少选手终于不再愁眉苦脸。

暂时将选手托付给健身教练，小周回临时宿舍思考培训内容。

陈墅在特训开始前,就在会议上明确过,靠大牌明星撑场的时期已经过去了,趁着节目的热度起来，选手的知名度打开，接下来的特训主要是做内容。

说来简单，内容谁做呢?

当然是……经纪人自己。

所以小周压力倍增。

各位经纪人不仅要在有限的时间里，尽量将选手培养出道，还要让节目精彩纷呈，满足观众的需求。

当然，事情也没那么绝望。毕竟，派给每个经纪人的编剧和助理也是可以好好利用的。

策划案写到一半，她就去健身房将忙里偷闲的厚厚和王曦瑶拉了进来。

“我有个想法，想听听你们的意见。”

王曦瑶和厚厚听完意见，面面相觑。

厚厚问出了心中的疑惑:“你的想法……好像只有想，还没有法?”

“一语中的！”小周感叹不已，“那我们研究一下怎么法吧？”

特训拨款不多，每分钱都要用在刀刃上。她目前最节能的方法，就是借用伊玛特的资源。作为娱乐圈数一数二的经纪公司，他们的培训系统相对完善。

不过，高老板人还在国外，她不敢贸贸然把人送到大老板的虎口下。而且，她想因材施教，但因材施教说易行难，一个做得不好，就是偏心。

选手们还不知道特训的考核形式。

其实……没有形式。所谓特训，其实是给经纪人挑人的机会。等他们挑出自认为合格的选手，就会正式签约艺人。之后，森微会把资源均分给每个经纪人，再由经纪人安排给旗下的艺人。

这将是比赛的最高潮。

当资源利用完毕，已经成为艺人的选手们将进行最后的人气PK，人气最高组获胜。而获胜的艺人，也将顺理成章地成为森微最大牌的艺人，优先获得公司的各项资源。

所以，节目发展到现在，不仅仅是选手之争了，更是经纪人资源和地位之争。

正讨论得热火朝天，有人敲门，小周打开门，蒋先生拎着比萨站在门口。

厚厚拍拍屁股站起来，促狭地说：“唉，有男朋友就是好，比外卖还准时，没有男朋友的人，只能靠两条腿走去食堂吃。”她是嘟啦视频的人，不是蒋修文下属，讲话就随便得多。

小周十分体贴地问：“要不我给你找辆轮椅？”

厚厚拉着王曦瑶往外走：“不用。饭前吃了这么一大碗狗粮，正好走一走，消化消化，省得一会儿吃不下饭。”

等她们一走，小周就锁上门，抱着蒋先生结结实实地啃了一会儿。

蒋修文一边享受一边惊异：“遇到了什么好事？”

“思考太久，缺氧，需要人工呼吸。”

女友的“求生意志”这么强烈，蒋先生自然要用力渡气。

吃完饭，小周去食堂转悠了一圈，看了看自家选手们的伙食。经过健身教练的调整，他们的饭菜看上去很倒胃口。看他们吃得生无可恋的样子，她忍不住摸了摸胃。

蒋先生带来的比萨真好吃啊。

尽管高老板还没回来，小周还是在第二天偷偷摸摸地约了在伊玛特坐冷板凳的小美吃饭，打探大老板的最新动向。

小美毫不客气地大吃大喝："都快成蒋董事长夫人了，不介意接济一下落魄的好朋友吧？"

"千万别这么说……毕竟，你就算这么说了我还是会收红包的。"

小美侧头看她的肚子。

小周说："没有。"

小美遗憾地说："抓紧。"

"不是讨论大老板吗？"小周急忙将话题扯回去。

小美说："大老板最大的动向就是……不敢动。"

"啊？"

"大老板一说验DNA，那个女人就说要打胎。"小美对这位前大老板夫人毫无好感，"除非，大老板同意给她巨额的赡养费。"

小周挠脸："这种态度，孩子应该不是大老板的吧？"

"你年过半百，膝下无子，也不知道未来能不能生出孩子……就算心里这么想，但你敢赌吗？"

不得不说，最了解大老板的人果然是他的妻子啊，一招戳中死穴。

"那怎么办？"

"不知道。"小美说，"前阵子一姐出了一条负面消息，被大老板花钱买下来了，但对方现在好像想持续敲诈，所以大老板忙着给一姐擦屁股呢，没法全身心地投入离婚官司里。"

"一姐？"小周窘了。

据她所知，整个伊玛特敢有资格称"一姐"的好像只有……但是他怎么可能允许江湖流传这个称号？！

“你想什么呢？不是大乔，是梁韵伊，三个月前大老板亲自从唯杰手里挖过来的，人捧在手里还没焐热呢，大老板的心已经拔凉拔凉的了。”

第14章

和小美谈了两个多小时，让小周对借助伊玛特这件事更加犹豫不定。现在的大老板明显是头顶草原的喷火龙，谁凑上去，都会被烤得很惨吧，得想想其他办法。

比如说，让罗少推荐一个好的音乐工作室……

和小美分开之后，小周边思考边打车回基地。分组之后，她就有了鸟妈妈心态，长时间没看到崽崽们，就会患得患失，生怕他们在自己看不见的地方……吃喝玩乐。

车开出两条街，小美激动地打电话过来："你快来，快回来，有奸情！"

"你是不是打错电话了？我不承接捉奸业务。"

"你刚才不是问大老板的近况吗？他正在约会……Three Day还记得吗？公司旁边的那家咖啡店，就是你说除了咖啡什么都好喝的那家。他刚刚和一个美女进去了！"

尽管事不关己，但这么激动人心的时刻，她怕小美一个人承受不来，还是掉头回去了。

到Three Day附近，刚下车，她就看到一个可疑的身影正撅着屁股躲在樟树后面。那猥琐的气质，即便隔着十几米，也能一眼认出是小美。

小周拍拍她的肩膀，对着惊恐回头的小美说：“这么粗劣的跟踪手法，我只在低成本偶像剧里见过。”

小美说：“那我们现在应该怎么办？去买点变装用品？”

“然后呢？”

“然后就大摇大摆地走进咖啡店，偷偷摸摸地观察马总在干什么啊。”

“再然后呢？”

小美想象了一下，觉得很是美好：“好奇心得到满足，感受到了工作之余的乐趣。”

小周无言以对：“你怎么不去当狗仔？”以她刻苦钻研的精神，业绩一定名列前茅。

小美说：“他们哪有我知道得多？”

两人在寒风里吹了一会儿，小周挨不住了，意图战略性撤退。小美不肯放人：“一百二十分钟的电影，最乏味无趣的一百一十分钟都熬过去了，接下来就是十分钟的高潮，现在走太亏了。”

“我们没有买电影票，吃不了亏。”

“你不是打车来的吗？”

也对，车票并不比电影票便宜。

被说服的小周留下了，蹲了将近半个小时，又蹲不住了，要是夏天，她蹲在这里，还能喂个蚊子，效仿一下佛祖割肉喂鹰的精神，但大冷天的，纯属干蹲。

当小周第八次提出要走，马瑞出来了。

已经过了下班时间，他想破脑袋也想不到有人为了蹲他的八卦在樟树下守了半个多小时，所以走得十分大方，还帮后面的美女开门提包。

小美看小周目瞪口呆的样子，得意道：“是不是物超所值？”

“我认识这个美女。”

何止认识，简直是天天见。

小美好奇地问："谁啊？"

小周斜眼看她："你之前不是说每礼拜都看《明星天梯》，一期不落吗？那应该认识她才对。"

"呃……"小美脸上充满了客气话被揭穿的尴尬。

"她是王星语。"

小美吃惊："你的助理？"

小周无奈："我的助理是王曦瑶，不是王星语。音调和笔画都差很多，怎么会搞错的？"已经不是第一个人搞不清楚她们的名字了。

小美理直气壮地说："都是老王家的女儿啊。"

看到马瑞送王星语上出租车，小周小美这支临时狗仔队吃了大八卦，准备撤退，谁知咖啡厅里又转出一个人来。

这个人的出现，把她们结结实实地震回了原地。

小美问小周："我是不是眼花了？"

小周说："人有相似……"但相似到这个程度，起码是双胞胎吧。

她也无法说服自己。

她们对视一眼，异口同声地压低了声音："周向野？"

蒋先生今晚有会议，难得请假，小周原本打算去基地吃晚饭，但发现重大剧情的小美死活不肯放人。

"我们分析一波，分析一波再走！我请你吃饭。"

力气处于下风的小周被她生拉硬拽地拖进了一家快餐店里。

快餐店里人声鼎沸，的确是个谈秘密的好地方——别人就算有心偷听，也听不清楚。

小美给小周加了两个大鸡腿，犒劳她来回奔波，然后兴致勃勃地讨论起今天的事情来："大老板和周向野是情敌，周向野和王星语都在录制节目，大老板和王星语的关系是个问号……你说他们三个人是怎么搅和在一起的？"

小周低头摆弄手机。

她之前把自己的选手拉进了一个微信群，既然人不能过去，就让他们在群里说说今天的成果。

靳磊发了一张挥汗如雨图。

阮阮在下面吐槽："这不是你刚洗完脸的照片吗？"

章金城发了自己称体重的照片，特意注明，比昨天轻了两斤。

阮阮又吐槽："这是你上了厕所又没吃饭的时候拍的吧？"

三小只生气地发起了讨伐阮阮的活动，下面响应者众，可见阮阮的人缘，都是孽缘。

小周看着看着，就忍不住笑起来了。

小美看着稀奇："我发现你有个神奇的体质。"

"什么体质？"她心不在焉地问。

"到哪里都吃得开。"

这种程度的赞美，小周觉得当之无愧："哪里哪里，都是我应该做的。"

于是小美问出了一个大多数闺密都会问的问题："那你和他们待在一起开心，还是和我待在一起开心？"

小周咬了一口小美特别加菜的鸡腿，反问道："你觉得是食堂好吃，还是快餐好吃？"

这顿饭当然吃得没什么结果，毕竟马瑞、周向野和王星语之间的关联不可能靠着她们凭空想象就能得出答案。

送走意犹未尽的小美，再去基地已经太晚，小周决定去探望蒋先生。这段日子一直是蒋先生千里迢迢地接她下班，难得有表现贤惠女友的机会，她当然要多费思量。

点了份出了名又贵又好吃的三明治外卖到滋补营养汤的店，再跑去滋补营养汤店里一边打包汤一边等外卖。提着贵贵的爱心晚餐到张氏集团楼下，她才想起自己并不知道蒋先生的办公室在几楼。

试探着到前台询问，前台立即打电话上楼，不到三分钟，蒋先生就下来了。

小周惋惜："本来想给你一个惊喜的。"

愉悦的笑意几乎从蒋先生的每根发梢散发出来："我很惊喜。"

"不，我安排的剧情是，我直接杀到你的办公室里，在你忘我工作的时候，悄悄蒙上你的眼睛……你给了我一个过肩摔，然后才发现是我，心痛内疚地将我扶了起来。"

这剧情……扶，必须扶（服）。

看过太多剧本的关系，小周脑海里时不时会冒出一些奇怪的情节和念头。比如，过肩摔之后，她又加入了新的任务，发展出了新的剧情。

"优秀如蒋先生，身边一定会有爱慕者。我推开门的时候，蒋先生正躺在椅子上闭目假寐，有个女孩子悄悄地靠近……"小周突然打住，哪怕是臆想其他女孩出现在蒋先生的身边，她也会很难过。

于是故事的画风一变。

"蒋先生猛然睁开眼睛，对那个女孩子说：'何方高手？上来挑战竟然不在前台预约，太不合江湖规矩了，请你下楼重走。'"

她自己说完，自己先笑开了。

蒋先生凝望着她。

她知不知道自己笑起来很好看，对喜欢她的人来说，是诱惑，更是自制力的挑战。

电梯里为什么要装摄像头？

好在办公室里没有摄像头。出电梯后的蒋先生，走路的姿势依旧帅气逼人、风度翩翩，但速度明显加快，小周不得不小跑着跟上去。推开门的一刹那，他做好了将女朋友按在门板上狠狠亲吻的准备，但是——办公室里为什么真的冒出了一个女人？

对方也被急切的推门声惊了一下，看到蒋先生时，脸下意识地露出了笑容，但看到跟在他身后的小周时，笑容僵住了。

出于女性的直觉，小周感觉到了情敌危机，暗暗地摩拳擦掌。

蒋先生临危不乱，冷静地问："你是谁？"

对方有些慌乱："我是财务部的周云娜，一个礼拜前刚来，还是您带我去财务部的。"

他当然记得。

周云娜的父亲是张复勋的朋友，所以她入职后，他被嘱咐要特意关照。但这时候一定要装作完全想不起来的样子，他一脸淡定地问："有事？"

周云娜说："我看你办公室的灯没关，以为你在加班，所以送点夜宵来。"

蒋先生搂着小周的腰往里走，淡然道："多谢。不过我的夜宵一向由女朋友负责，别人不清楚口味，我也不喜欢吃。好意心领了。"

周云娜羞愤地抱起夜宵，匆匆往外跑。

人虽然跑了，但影响还在。

蒋先生正在思考怎么把影响降到最低，就听小周靠着他的肩膀，幽幽地说："蒋先生，一支桨只能划一条舟。"

随时随地准备挖坑的蒋先生，条件反射地问："那什么时候划呢？"

第15章

小周划船的时间未定，但划水无时无刻，借着汤凉了不好喝，顺利地——其实是在蒋先生的纵容下，把话题拉了开去。

蒋先生八点半要开会，三两口吃完三明治，从橱柜里拿出一个看上去有些年头的古董保温杯，把汤小心翼翼地倒到保温杯里。

这家滋补汤出了名的香气四溢，要是带到会议室里……

蒋先生理由充足："女朋友的爱心晚餐，一定要细细品尝。"

蒋先生的额头仿佛有光点跳动，那都是仇恨值啊。

离八点半越来越近，蒋先生的厌工情绪爆发了，具体表现为抱着女朋友不肯撒手，但凡小周有点挣扎，就会用控诉的眼神蔫蔫地看着她。

小周越了解蒋先生，就越觉得他……可爱，怎么办？生小蒋先生的念头简直时不时就会冒出来。

蒋先生见她口中念念有词，问："你在嘀咕什么？"

"我在念清心咒。"

“怎么念的？”他总觉得她的口型不太对。

小周稍微提高了音量：“色字头上一把刀……色即是空，空即是色……色心太大，留不住命……”

女朋友这么可爱，真的想揉进身体里去。

蒋先生猛然将人放下，在小周反应过来之前，快步走出了办公室。

蒋先生一走就没再回来，只是发了条短信说，直接去开会了，让她留在办公室里好好休息。

小周看了看桌上被遗弃的保温杯，问他汤怎么办。

蒋先生发了微信定位过来，于是小周抱着保温杯，摸索着上路了。

夜晚的张氏集团充满了高级鬼片场景的气息，虽然到处亮着灯，不太环保，但是游人稀少，每当看到人影晃动，都是自己在玻璃上的倒影。

所以当她看到蒋先生站在会议室门口的颀长身影时，内心涌起了一股深深的……恐惧。

“蒋……先生？”

蒋修文听出她声音里的颤抖，立刻大跨步走到她身边，一手接过保温杯，一手抚摸她的脸：“害怕？”

“嗯。”她靠在他怀里闷闷地应声。

“是小蒋的女朋友吗？”

会议室里走出好几个人。

小周踮脚，从蒋修文肩膀上瞄了一眼，一群叔叔阿姨辈的人满脸笑意地朝这边看。

这姿势被人围观，未免太尴尬了吧？她急忙从蒋先生的怀里退出来，飞快地整理自己的头发。

“都站在这里看什么呢？”

尽管为了体现老大的威严，每次开会张复勋都是最后一个到，但大家集体站在门口迎接还是第一次。

反常必有妖，他敏锐地看向蒋修文。

立刻有人说:“看小蒋他女朋友呢。”

“是……小周吗?”

不管从蒋修文老板的立场,还是张知父亲的角度,他对小周的印象都极其深刻。

小周乖乖走出来,向各位大佬问好。

蒋修文微笑着扬了扬手里的保温杯:“给我送汤来的。”

你谈恋爱才多久,喝过几次女朋友送的汤?竟然跑来对我们这群婚龄二三十年以上的人秀恩爱,呵呵!

就算他们的老婆现在不送了,当年也……一起喝过的。现在还经常一起喝,下班还能睡同一个被窝!

大佬们觉得这次的会前互动太不友好了。

张复勋进会议室的脚微微一顿:“这样啊,正好我们几个晚饭也没吃饱,拿些一次性的杯子,每个人倒一点,都分一分嘛。”

蒋修文脸色不变:“我已经喝了好几口了,不太适合,下次一定专程煲汤给诸位品尝。”

当时他们还觉得小蒋说的话挺有道理,但会议开到一半,他打开保温杯,香气四溢时,心里、胃里、嘴巴里的感觉就不那么好受了,尤其是看他喝汤时杯子倾斜的角度,哪里喝过好几口,分明是满的,有女朋友送汤了不起啊?

有人偷偷给老婆发短信:“我在开会,肚子饿。”

须臾,老婆推荐了一个外卖APP给他。

马瑞、王星语、周向野三人碰面的事,小周虽然觉得奇怪,但想不出所以然,很快就抛到了脑后,全心全意地钻研培训计划。她和高勤通过消息,高勤让她先用着伊玛特的培训系统。

“本来就是自己人,没什么不能用的,最多就是收取些费用。”

“大老板不会趁机抬价吧?”

“那你就问他,缺钱成这样,是不是傻到戴了绿帽子离婚还被人骗光了钱?”

“微臣不敢。”

有高勤这句话，小周就大大方方地跑去谈合作了。伊玛特上下她都熟，自然没有二话，安排得很顺利，只是有人特意提醒她，最好知会一下大老板。

好吧，是时候提供女式大衣售后服务了。

她上楼找大老板，大老板原本静坐着扮雕像，看到她的瞬间，人就生动了起来，接待态度极好，亲切热情地慰问了工作近况，只字不提之前让她卧底的事。

提起高老板，还感慨了一句：“高勤不在，我身上的担子很重啊。”

小周默默吐槽，一姐的重担不是你千方百计揽上身的吗？表面上笑道：“大老板日理万机，说明公司生意兴隆啊。”

“俗气。”大老板吐槽完，又摸了摸自己并不富裕的头发，感慨地说，“能者多劳，也是没办法的事。”

此番交流虽然虚伪，但结果是很好的。小周和伊玛特的老师们一起研究制订孩子们第一周的计划后，又马不停蹄地找相熟的歌手，看看有没有机会观摩录制歌曲或开演唱会的现场，感受下专业氛围。

但没多久，小美的一条消息，又将她的思绪拉回到马瑞、周向野、王星语三个人那儿去了。

小美说：“我收到消息，有人听到大老板跟律师讲电话，让他发第一版离婚协议过去。这次是真的要离婚了。”

小周的第一反应是：“孩子呢？”

小美说：“既然大老板铁了心要离婚，说明知道孩子不是他的呗。”

如动漫一般，刹那间，小周的脑海劈过一道闪电！

第一版离婚协议的条件十有八九是最苛刻的，马瑞选择这一版，说明笃定孩子一定不是自己的。而笃定的唯一途径，就是马瑞夫人最终验了DNA。

但她知道结果之后，是绝不肯将报告给马瑞看的。

她会给谁看？

周向野。

因为在她心目中，周向野是孩子的父亲，他们是利益共同体。

可周向野未必这么想。

不说他与马瑞夫人因何而开始，且看马瑞夫人怀孕期间，他在基地活蹦乱跳、没心没肺的表现就知道，他对这个孩子没有期待，也不珍惜。

他想要的是——明星出道。

接下来，事情就简单了。

马瑞为了知道孩子是不是自己的，找到了周向野，要他怂恿马瑞夫人验孩子的DNA。周向野趁机提出条件——从《明星天梯》出道，于是马瑞在三个经纪人中，挑了既没有利益关系，也没有背景、经历的王星语下手。

三人各取所需，达成了合作。

虽然以上纯属猜测，但她越想越觉得可能，如今唯一的疑问是，王星语拿了什么好处，这个好处会不会影响《明星天梯》的公正性。

时间很快证明，以大老板和王星语短浅的战略目光，伏笔不可能埋得太长。

某天下午，小周正和某位老歌手谈十二小只去演唱会见见世面的事，就接到靳磊的电话，哭诉自己受到了欺负。

“明明我们先来的，他们一定要我们让出练习教室，还把老师抢走了。”

讲了半天才说清楚“他们”是王星语带的选手。

小周立刻打电话去伊玛特问，相熟的前同事暗示她，是大老板的意思。

大老板这个人，虽然很多时候都让人觉得可怜，但可恶起来也是真的可恶。

第16章

小周匆匆向老歌手致歉，约好了下次再谈，出门坐上出租车，就往伊玛特的方向赶。

司机开车太困，特意放了首摇滚来振奋精神，小周坐在后面，听得热血沸腾，恨不能下了车就申请一个直播账号，表演在线开撕大老板。

一下车她就冷静了。

一个人占了“大”，又占了“老”，可见真的是位“大佬”。作为一根尚在职场挣扎求生的小幼苗，还是不要做什么螳臂当车的事情吧。

临进门，小周特意拿出化妆镜练习了一下“春风般的微笑”，微笑维持了一路，直到靳磊两眼通红地奔出来时，才差点破功。

现场，摄像机已经没有拍摄了。

在方竞雄事件上，节目组虽然洗白了自己，却也给部分黑子拿着隐私、剪辑做借口给节目泼脏水，之后总导演对录制和后期把关很严，要求各组务必将节目引向积极向上的那一面。所以，王星语抢教师资源的动作才能这么肆无忌惮。

小周组的选手就眼巴巴地站在教室外面，看着王星语那组选手在里面跟着教师又唱又跳。

整条走廊都笼罩在沉郁压抑的气氛里。

这一幕如此刺眼，不用小朋友们告状，她的心就像被谁狠狠地扎了一刀。

欺负谁呢！仿佛谁交不起学费似的！

小周好不容易压下去的火气噌地又上来了。她敲了敲门，不等里面应答，直接推开了门。正在培训的老师一看是她，脸色就有些尴尬："小周来啦。"

小周微笑着问："我之前把学费打过来了，汪会计是确认收到的，怎么又不让孩子上学了呢？"

培训老师更尴尬了："好像是课程表排错了，你们的安排在晚上九点。"

"付款是我们比较早吧？之前一直按这个时间上课的，课程表你们是确认过、肯定过的。突然改时间是什么意思？不会是被挤掉了吧？"她越说越生气，声音带起微微的颤音，只有离得近的人才听得出来。

原本站在她后面的朱玉轩立刻绕到她前面撑场子。

培训老师忙道："不是不是，是上面安排的，怪我通知晚了。哎呀，你看这事弄的，太尴尬了。"

小周知道这事培训老师说了不算，也无意为难，这番话是表明态度，也是指桑骂槐。

被针对的"槐树王"全程旁观，眼里闪烁着显而易见的得意。在她看来，小周能招揽这么多优秀的选手，无非是背景硬。她听过传言，不少选手扒上小周，就是为了比赛失利之后，也能在娱乐圈留一条路。

她会让他们看到，路有很多条，但小周那条未必通！

小周打电话给培训负责人，那人下来的时候，还买一赠一。

看着马瑞中年发福的身影，王星语仿佛老鼠见奶酪，眼睛瞬间迸发出了激动、期待的光芒。

"马总……"

娇滴滴的呼唤很快被小周正气凛然的招呼给打断："大老板！"

大老板的嘲讽蓄势待发。

之前的慈眉善目都是为了酝酿此时的大招。他已经想好多种套路，准备狠狠地“隔小周打高勤”，以对这位远在美国出差的董事遥相致敬。

“王星语带着周向野来我们公司，”小周说了句众人皆可闻的“悄悄话”，“这是打谁的脸呢？”

别管打谁的脸，反正马瑞的脸如黑漆、黑墨、黑炭、黑夜……黑得无边无际。

小周淡定地回望马瑞杀人般的眼神，心虽然有点虚，腿虽然有点软，但不后悔。

“为母则强”，为了给十二小只讨回公道，理智啊、后路啊、人情世故啊，统统被她遗弃到了西伯利亚。

总之，谁让他们不好过了，谁就别想好过。

她仿佛看不懂全场僵硬的气氛，继续“煽风点火”：“周向野都被淘汰两次了，偏要一次次地捞回来，不知道特意恶心谁？”

“够了。”

马老板虽然头顶肥沃的草原，却吝啬得很，不允许他人窥探！他说：“你出去这么久，一点团队合作精神都没有学到吗？这么点小事，值得闹吗？”

小周微微一笑，真的和马瑞咬耳朵说悄悄话了：“您确定要在这里和我探讨您曾经闹过多少次小事吗？”

老员工就是这点好——对大老板的黑历史，如数家珍。

马瑞瞪着她。

小周继续得体地笑：“我的人事关系已经转到森微了。”

没有高老板顶在前面又怎么样！卷起袖子，老娘自己刚！

从伊玛特大摇大摆地出来，小周的肩膀微垮。

她回头看十二小只，最初的得意与兴奋散去后，现实的问题横亘在面前——接下来怎么办。

小周带着他们上车，然后叹着气拿出手机：“你们知道我原来是伊玛特的员工吧？”

少颜时代三小只争先恐后地说：“我们知道的。”

“小周姐姐已经在公司里很有名了。”

“她和高勤大佬关系特别好，还和大乔、慎元哥是很要好的朋友，经常一起吃饭。”

他们现在还是伊玛特的签约艺人，所以对自家出现这种事情，深感愧疚，抓住机会努力活跃气氛。

小周干咳一声：“我只是想说，你们在这里培训的费用是可以打折的。本来想省点钱才找的这里，现在看来，钱还是不能省。只好让罗少推荐更专业的音乐室来带你们了。”

她话音刚落，好几个选手就欢呼起来。

还有人问：“能让大乔当我们的老师吗？”

原本靠着椅背昏昏欲睡的朱玉轩闻言也瞪大了眼睛。

小周含蓄地婉拒：“自己唱得好，和教会别人唱歌是两回事。”

“明星的力量是无穷的！只要大乔站在我们面前，哪怕一言不发，我们也会感到斗志昂扬，充满了学习的动力！”

选手们犹不死心。

小周无奈道：“好吧。”

选手们惊喜地说：“真的吗？”

“我想说，好吧，我承认我就是抠和穷，出不起大乔打折后的出场费。”

选手们不得不接受自家经纪人果然很穷的事实，颓丧地坐了下来。

没有老师是肯定不行的，所以小周并不是画了个大饼给他们安慰，而是切实考虑过的。送他们回基地之后，她立刻打电话给罗少，请他帮忙找价廉物美的音乐室，帮忙调教选手。

罗少晨不假思索地说：“的确有个很合适的人选，就看你要不要。”

“不会是方竟雄吧？”小周的心肝抖了抖。

罗少晨诡异地沉默了。

“不是吧？那我不要！”

“不是他。”

听到这里，小周稍稍安心，但罗少晨紧接着说出来的名字，依旧让她的心咯噔了一下。

“傅睿。”

小周装傻：“我虽然手里的钱不多，但也不至于到free的程度。”

“你考虑下。”

小周叹气。这个几乎被遗忘的名字，要不是罗少讲起，早随着方竞雄事件的结束，直接埋进了小周只锁不读的记忆库里。

出于同行的惺惺相惜，罗少晨对他一身才华因为不公而被埋没，多少有些惋惜，听说他沉寂多年终于复出，便关注了消息，知道他最近在接业务。

小周迟疑了一下：“他价格多少？”

傅睿和方竞雄曾经的师徒关系，让她有些忌惮，除非价格合理到让人无法拒绝，不然……

傅睿做了广告，罗少晨还真的知道价格，随口报出数字，成功将小周噎了一下。

她顿了顿，诚恳地问：“他的工作室在哪里？”

第17章

要到了地址，居然在本市，位置离市区远，离基地近。

小周抱着水果上门时，傅睿正穿着毛衣、牛仔裤，坐在落地玻璃窗边，闭目弹唱。悠扬的歌声与吉他声从屋里传到屋外，如冬天的阳光，暖意宜人，吸引了两三个路人驻步聆听，等她推门，才慢慢散去。

推门的气流吹动风铃，清脆的铃铛声如吉他的伴奏。

傅睿睁开眼睛，期待地看过来，见到是她，眸中的亮光顿时黯淡了下去，身体也微微僵住，颇有些无地自容的样子。

小周将水果放在门边，仿佛忘记了之前的龃龉，笑容满面地鼓掌："真好听。"

傅睿不知怎么回答，呆呆地反问："哪里好听？"说出口才觉得这话像是要抬杠。

好在小周对他总算有一丢丢的了解，淡定地回答："犹如晨起山林里静静流淌的溪流，有大自然赋予的纯真生命力，又有虫鸣鸟叫的生动活泼，仿佛用音乐描绘出了一片欣欣向荣的世界。"

并没有想到那么多的傅睿："谢谢。"

小周迂回地询问工作室的情况，傅睿一向藏不住话，三言两语就被套出来，说完又觉得自己遇见她的时候，总是潦倒困苦，不禁有些自卑，借口拿饮料，去房间里躲了一会儿。

小周边四处打量，边暗自盘算，地方是小了点，但设备齐全，可以让选手分批过来。

傅睿终于躲不住，拿着巴黎水从里面出来，羞涩地递给她："请用。"

这是他买的最贵的饮料，专门备着招待贵客的。

相比当初连白开水都没有的待遇，如今真的是大进步，看来此行成功的希望很大。

小周拉过椅子坐下："我看到你朋友圈发的广告了。"

"啊？嗯……"他双手不自然地搓着大腿，"我本来想再在圈子里闯闯的，但是，是我太异想天开了吧？毕竟离开这么久了。"

小周状若漫不经心地问："你怪我吗？对你老师的事。"

他沉默了一会儿："我能理解你，但我真的不想再参与进去。"顿了顿，他有些警觉地问，"你还打算起诉他吗？"

"我吃饱了撑的吗？"小周没好气地瞪他一眼，"你以为我一天到晚没其他事情做吗？"

看她笑了，他情不自禁地跟着笑了起来。

小周解释自己刚才那个问题的起源："你当时说要拉黑我，我还以为你会生我的气。"

"我那时候刚看过老师的体检报告，他身体不太好……对不起，我那时候口气太冲了。"

怎么说呢？真的是老师坑你千百遍，你对老师仍不变。

这份孝心，天地可鉴……人类难鉴。

小周干咳一声，将这件事翻篇："你的业务我研究了很久，一直在想有什么能帮你的。想来想去，我手里只有《明星天梯》一个节目。所以，我昨天特意找伊玛特的马总谈了谈，想从他手里拿点业务回来给你做，但他死活不肯……”

一个萍水相逢的朋友……不，他们一度连朋友关系都很勉强。她肯这样为他，成与不成，他都铭记在心。

他正想说“那就算了”，就听小周抑扬顿挫地说：“我就问他，《明星天梯》存在的意义，不就是为了寻找将歌坛发扬光大的人吗？不就是为了让华语乐坛更上一层楼吗？我当场跟他打包票，虽然你不是选手，但你未来在歌坛的成就，绝对不会低于任何一名选手！”

傅睿怔怔地看着她义愤填膺的样子。

那个满口抱负的人是她，又好像是他。

他也曾满怀雄心壮志，想在歌坛闯出一片天地，但经历告诉他，梦想与现实的距离，遥不可及。

为什么所有人都觉得方竞雄可恶，而他仍然认为他可敬可怜？不过是因为，方竞雄是歌坛里唯一一个向他输送过阳光和温暖的人。

小周看他眼泛泪光，就知道柴火烧得差不多了，立刻将锅放上去：“道不同，不相为谋。所以我想把十二个孩子都托付给你，你有信心吗？”

傅睿的喉结动了动，整张脸因激动而泛红，但小周迟迟等不到他的回答。

难道要谈下价格？

她本来的确想买个团购，再压一压价格，但价格压得太低，让对方不舒服的话，很容易导致偷工减料，所以也罢了。她正打算把价格的事情谈一谈，就听他强忍着哽咽，有些羞愧地说：“但我不会跳舞和主持。”

搞定傅睿之后，小周开心得几乎要飞起来。

她按捺住雀跃的心情，很快与他敲定合作，再一点点地探讨培训内容。他看过伊玛特培训老师的计划后，很快生成自己的想法。有的去芜存菁，有的推倒重来。比起纯理论派的培训老师，经过方竞雄调教和自身才华发酵的傅睿更侧重于实际运用。

这对希望短期内出效果的小周来说，是重大的好消息。

天色将黑，婉拒了傅睿共吃外卖的邀请，小周一出工作室，就直奔张氏集团。

遇到问题时，她不告诉蒋修文是怕他担心，但解决问题之后，必须第一时间找他分享喜悦的心情。

赶到张氏集团时，差不多六点。她拿出手机看了看，蒋先生还没来电话，说明今天不加班，那就不用买外卖了。

她走进大堂做访客登记。

前台小姐虽然笑容专业，表现得体，但小周低头时，能感受到对方不断偷瞄过来的目光。

上电梯前，她去了趟洗手间，正准备出来，就听到几双高跟鞋“笃笃”走进来的声音。一个女孩边走边说：“刚才那个就是蒋特助的女朋友吗？”

小周开门的手微微一顿。

这种时候出去，不管是议论的人，还是被议论的人，都难免尴尬，尤其是她还想洗一下手。

于是在小隔间里憋着。

作为大帅哥的女朋友，她已经做好了被diss（批评）的准备。

“是啊，比电视上好看多了！电视上她的脸圆圆的，但现实里下巴很尖，脸很小，太令人羡慕了。”

“而且超有礼貌，和蒋先生一样，果然人以群分啊，从今天起，我也要做一个有礼貌的人。”

“你算了，你放弃吧，一个打游戏时什么都能喊出来的人，还指望礼貌，不被禁言就是你人生最高的追求了。”

三人说说笑笑了一会儿。

最先提起小周的女孩说到今天被主管无缘无故地骂，叹息道：“我要是像小周那么‘刚’就好了，硬撑回去！她撑方竞雄那一段我翻来覆去看了好几遍，台词已经倒背如流，神态已经惟妙惟肖，什么都准备好了！”

“那你今天怎么不撑回去呢？”

“你以为我不想吗？不到那一刻，你永远不会知道，正面‘刚’上司需要多大的勇气，开口之前，满脑子都是工作、薪水、信用卡、房贷、水电费……下个月我妈过生日，寿宴肯定我出钱。”

“小周毕竟是跟过大乔的人。”

这句话立刻得到另外两个女孩的一致认可：“大乔当年也很‘刚’，掀桌，离席，翻白眼。没啥他不敢撑的人。”

“现在也‘刚’啊，只是没人敢‘刚’他了而已。”

她们大概是进来补妆的，在外面叽叽喳喳地说了半天，没进隔间就走了。

小周从里面出来，洗手时，忍不住看了眼镜子里的自己，两边的嘴角几乎弯成了一条月牙。能进张氏集团工作，果然人品优秀、眼光绝佳。

踏着轻巧的步伐上楼，到特助办公室时，蒋先生刚好从里面出来，手里还捧着一束鲜花。

小周眉毛一挑：“又是另外一条舟？”

蒋先生关门的手一顿，拿出手机，打开支付宝，翻到自己买花的账目表，然后委屈巴巴地看着她。

小周阅完：“有点贵。”

蒋先生让她抱住花，自己抱住她：“谁让我女朋友这么宝贵呢？”

第18章

跟着蒋先生下楼，路过前台，又看到那位小姑娘，小周好心情地打了招呼。

那小姑娘愣了下，随即高兴地说："约会愉快！"

小周开心地点点头，走出门才觉得她和蒋先生的关系虽然没有受到政府认可，但群众认可度很高啊，长此以往，是要造成事实什么什么吗？

她走路心不在焉，已经走完一格阶梯，脚还想往下迈，于是绊了一下，身体往一边倒去，被走在后面的蒋先生长臂一伸，捞了回来。

正想问她走路怎么这么不小心，就见她小心翼翼地检视花。

"还好抱得牢。"

蒋先生缓缓地说："花开堪折直须折，生命价更高。"

小周喷笑："这是什么歪诗？"

"花再美，也比不上你可贵。"

"不是啦，花也挺贵的。"

如此不解风情者，天上地下，唯小周一人，偏他口味独特，视为珍宝。

晚餐的选择，蒋修文难得没有问小周的意见，而是直接去了一家私房菜馆。

小周有些惊讶。

除了刚交往那阵子，蒋先生经常带她出入贵得离谱的餐馆，之后他们一直都随着小周的口味来，有时火锅，有时烧烤，偶尔中式，偶尔西餐，物美价廉又不费时间。

理由掷地有声：存聘礼或嫁妆钱。

只有到重大节日时，蒋先生才会拿回主权。

她手里的花顿时变得沉甸甸的。

所以，今天是什么日子？2月13……情人节？不对，情人节好像是2月14日……还是2月13日？

她用花挡着脸，悄悄拿出手机搜索。

当蒋先生带她进入预订的包厢时，她的表情已经淡定了，昂首挺胸地坐下来，一派“你考任你考，答案我都知”的从容。

嘱咐服务员开始上菜后，他关上门，亲自调节好灯光，才微笑着说：“今天是个特别的日子。”

“我知道。”小周为了不让自己表现得很无知，非常快地接了上去，“今天是世界无线电日。”

小周望着他一言难尽的表情，知道自己大概摆了个乌龙，干笑着喝了口水：“去掉一个错误答案后，你的正确率会很高。”

他打消了直接宣布的念头，有心逗她：“不如你再猜猜？”

“呃，情人节前夕？”

想来想去，最接近的大日子也只有这个了。她想起搜索时看到的某个答案，脱口道：“偷情节？”

那一刹那，蒋先生的表情该怎么形容呢？大概是……高勤黑，加了一丢丢、一丢丢的马瑞绿吧。

蒋先生异常温和地问：“怎么会想起偷情节的？”

小周甩锅迅猛有力：“是搜索引擎弹出来的，我完全没想过！要不是查词典，前两个字组合在一起是什么意思我都不知道！”

蒋先生打开了搜索引擎，查到“偷情节”，看到解释是“有些人提前一天和不是自己伴侣、情侣的人过情人节”时，表情越发高深莫测。

小周默默地摆弄着筷子，眼睛的余光不时偷瞄对面，见他放下手机，连忙正襟危坐，乖巧得像被老师捉到开小差的小学生。

蒋先生微笑着说：“从今年开始，13、14、15我们都一起过吧。”

情人节前后都被垄断了，不愧是“瞻前顾后”的蒋先生啊。

为了表明自己的专一，小周举双手表示赞成，蒋先生的笑容这才显现了几许人间烟火气。

她舒了口气，双手合十，虔诚地问道：“所以，请足智多谋、博闻广识的蒋先生赐教，今天到底是什么日子？”

“今天是213。”

小周点点头，眼巴巴地看着他。

他又强调了一遍：“2、1、3。”

难道是一道高超的数学题？小周恍然：“二乘以一乘以三等于六。是六六六的意思吗？”哎，那干吗不直接过六月六？

蒋先生扶额，须臾才对着她，温柔地说：“爱一生。”

“啊。”原来是这个意思啊。

小周佯装淡定地拿起湿毛巾，贴了贴自己发烫的脸。

服务员推门上菜，话题暂止。

等上菜完毕，小周脸上的热度已然退去，斟酌好了相应的对白：“那明天我请蒋先生吃饭，爱一世嘛。”

合起来就是，爱一生一世。

蒋修文抬眸，不知是光柔和了眼神，还是眼神柔和了面容，她甚至有一瞬间想，此情此景，此时此刻，如果蒋先生求婚，她大概也会盲从了吧？

可惜，蒋先生并不打算“乘人之危”。

在含情脉脉的气氛中吃完饭，去往停车场的路上，小周突然想起：“哎，我们以后要过2月13、14、15的话，不是变成了一生一世爱义乌？但我们好像都不是义乌人哎。”

蒋先生说：“2月15日等我们的宝宝出世，让他自己过。”

小周嘀咕：“我又不能孤雌生殖。”

手臂猛然被抓住，他凑在她的耳边，声音有些压抑：“你知道自己说的是什么吗？”

小周㞞成了一只鹌鹑，被蒋先生直接拎到车里啃。

虽然知道在停车场里不会真的发生什么，但是，被蒋先生灼热到几乎让人产生烫伤错觉的气息包围时，她依旧心慌意乱。

衣服依旧整整齐齐地穿在身上，但某两只不规矩的手早已在身上各处点起了无数火苗。

她垂死挣扎：“我有……嗯，我有很重要的事情，要说，嗯……”

声音渐渐迷失在热吻中，小周的眼神逐渐迷离……

几近失控的前夕，蒋先生缓缓停下，单手抱住她，嘴唇贴着她的脖子轻轻地喘息。

略显粗重的呼吸声在车内狭小的空间里回响，在激情退却的间隙，尤为尴尬。

刚刚找回神志的小周两只手纠结地举上落下，最后犹犹豫豫地搁在自己的大腿上，含着水光的眼睛腼腆地看着车窗外面的反光镜。其实天这么黑，什么也看不见，但她就是固执地想看一眼自己的发型有没有乱。

又过了一会儿，蒋先生终于挪开了身体。

小周松气之余，慢慢地坐直身体，趁着蒋先生调节气息，打开门，飞快地说了一句：“我坐后面。”

关门、开门、又关门，速度快得像在进行地下接头任务。

到了后座，她将手伸入衣服中，正要调整，蒋先生就回过头来：“放心，今晚的自制力告罄，我不会……”

一只手掌挡在他的脸上，强迫他将头转回去。

“不许回头，也不许看后视镜。”

她蹲在前后座的间距里，将整个身体藏入副驾驶座后背的阴影里。

蒋先生明白了什么，干咳一声，系上安全带，等她重新落座，才缓缓将车开了出去。

后座宽敞，而且可以暂时逃避刚才的记忆，小周干脆赖着不回去了。

车开出一段路，小周的手机响起。

包还在前座，蒋先生顺手递给她。

掏出手机，竟然是高勤的电话。

“高老板？”

蒋先生立刻支起耳朵，就听小周声音里都是笑意：“放心，我已经找好下家了。此处不留爷，自有留爷处，我才不受昏君的气呢！”

她受了气？要离开森微？

等小周挂掉电话，就听蒋先生装作漫不经心地问道：“这就是你说的很重要的事？”

“没错，我有个好消息要告诉你。”

蒋先生没说话，但握着方向盘的手紧了紧。

身为董事长，不仅不知道女朋友在公司里受了气，而且离职的消息还是从女朋友和别人的电话中听说……他开了一点窗，来吹吹自己“被打肿”的脸。

“不过这个故事有点长，情节十分跌宕起伏，请专心开车。”

既然女朋友都这么讲了，他当然要找个地方把车停下，以安全驾驶为由，光明正大地增加两人独处的时间。

小周从发现马瑞、王星语、周向野三人私下会面开始，一路讲到自己如何花言巧语地说服傅睿，末了，还不忘为自己歌功颂德一番：“仔细想想，能做到这个地步，真的是人气、勇气、运气缺一不可啊！”

知道女朋友并不是准备离开森微的蒋先生心情一松，有了说笑的兴致：“嗯，果然是‘三气’周女侠啊。”

“听起来怪怪的。好像上一个用到‘三气’两个字的，还是三气周瑜？”她顿了顿，为都督抱不平，“我们周家人真惨，明明心胸宽广、足智多谋，偏偏被塑造得那么小气。”

“但周家有你。”

哎呀，这个赞美真的是说到人心坎里了。

小周靠着椅背，得意扬扬地说：“说得也是。”

停车之后，她并没有坐到前面去，同辆车不同排的感觉，就好像同房不同床，既亲昵，又独立，维持着极微妙的关系，却让谈话极其顺利。

蒋先生重新发动车：“找好舞蹈老师了吗？”

“还没有，不过现在这么多培训班，应该不难吧？”

“培训班这么多，老师素质参差不齐，你应该没有很多时间遴选吧？”

“听蒋先生的意思，仿佛胸有成竹。”

“我妈妈有个学生在舞蹈学院当老师，平时有空，也会带带校外的学生。”他说，“唯一的问题是课程时间要配合她的日程走。”

蒋妈妈可是和庞朵雅齐名的舞蹈大师——庞朵雅脾气虽然不好，但能力毋庸置疑。

小周二话不说地答应了。

蒋先生见后视镜里的她笑容满面，微笑说：“看来我还能帮上一点忙。”

何止能帮上忙，简直是雪中送炭！她半是谄媚，半是撒娇地歌功颂德了一番。

他不动声色地听着，等她说完，才慢悠悠地接上一句：“那你为什么不第一时间打电话给我呢？”

“我怕你在忙。”

“罗少也很忙吧？”

呃，好像，翻船了。

小周的脑袋从驾驶座和副驾驶座之间，慢慢地往前伸。

蒋先生轻敲她的额头：“注意安全。”

她只好坐回去：“我找罗少是因为……他是朋友，使唤起来不心疼。”

“你上次也是这么说的。”

“联系上下文，说明我真心这么想，观念始终如一！”

“但你上次保证下次遇到事情会第一时间告诉我。”

小周努力回想了一下，好像的确有这么一回事。

“对不起。”

前方久久没有回应。

车开到小区门口，小周从后座下车，又从前座上车。

蒋修文一言不发地看着她。

“过了十二点就是情人节，不能生气了。不对，就算没过十二点，还是‘爱一生’呢，不好生气的。”她拽着他的袖子，轻轻地摇晃，像个小孩子一样撒娇。

蒋修文叹了口气：“我没有生气，我只是在想，怎么样才能让我们更信任和依赖彼此。”

“既然你诚心诚意地问了，那我就诚心诚意地回答吧。”

小周抬起一根纤纤玉指，轻轻地戳着他的胸膛：“你一直说我遇到事情不跟你讲，你遇到事情什么时候第一时间跟我说过？我连你办公室在哪里都要问前台小姐。”

虽是强词夺理，却也不无道理，蒋先生陷入了沉思。

认真掰着手指算起来，他们认识以来，蒋先生倾诉的次数的确更少。

原本只想转移他注意力的小周顿时认真计较了起来：“连你当董事长这件事，我都不是第一个知道的。”

为了营造自己很理直气壮的效果，她“哼”了声，双手抱胸，身体转向右侧，盯着小区大门。

一向将自己放在守护者地位，蒋先生头一次意识到女朋友也许也想照顾自己的心情。

但这种感觉真不赖。何况，这也更符合他说的，互相信任、互相依赖。

“对不起。”

他从后面抱住她：“你说得对，我们应该增进相互之间的交流，而不是你单方面的诉说。”

小周见计谋成功，态度稍稍转变，慢慢地扭头："那你要做到哦。"

"好，只要不涉及商业机密，无论你想知道什么，我都告诉你。"蒋先生期待地看着她，做好了知无不言、言无不尽的准备。

奈何夜深，小周只好拿出手机，在备忘录中记下此事，等某日闲暇，再统一算账。

蒋先生自无不愿。

公事私事都圆满解决，小周为自己解决问题的能力暗暗点赞。她抱着花下车，走到一半，蒋先生突然追上来。

听到脚步声，她停步转身。

蒋先生站在一米远的地方，微笑着赞美："周经纪人今天的工作很出色！"

某经纪人仿佛长出了一条骄傲的小尾巴，在月光的见证下，悄悄地翘了起来。

第二天一早，小周就去基地把自己的选手送到了傅睿的工作室，让他们练习乐器的练习乐器，学习声乐的学习声乐，然后马不停蹄地跑去舞蹈学院，找蒋妈妈的学生。

蒋先生事先打过招呼，所以合作谈得很顺利。

学跳舞的人实在气质出众，蒋妈妈如此，眼前的封善妮也是如此。她的脾气虽然不似蒋妈妈那么爽直，却透着一股如沐春风的温柔，看着就觉得脾气好。

把孩子交给这样的人，她也放心。

刚放下两件心事，就看到大乔在微信群里呼唤关注呼唤爱。

大乔："演唱会结束！度假结束！明天飞机，后天归国，热烈期待良心接机。"

沈小朋友："师兄放心，这条消息我已经发到微博。"

罗少："已转发。"

大乔："@吱吱 出来吱一声，证明我不是一个人在战斗。"

吱吱："吱。"

沈小朋友："姐夫！"

吱吱："@大乔 现在可以回房间战斗了吗？我洗好澡了。"

沈小朋友:“你们是要上线打游戏吗?带我一个啊!我嫦娥很厉害的!可攻可守!”

吱吱:“线下游戏。”

沈小朋友:“两个人可以玩什么线下游戏?”

罗少:“晚上我教你。”

看到这里,小周默默地关上了微信群,假装自己并不认识这群“污”合之众。至于沈小朋友,请自求多福。

但山不转水转,大乔直接单独问她:“后天你来吗?”

小周:“伊玛特不是给你配备了专用的司机?”

封亚伦半退隐后,大乔就是伊玛特一哥,怎么可能连个司机都没有?

大乔:“我不出机场,直接中转去E市,只有五个小时的逗留时间。”

小周:“那我的功用是?”

大乔:“请携家属出席。”

躲得过初一,躲不过十五啊。

唉,算了,伤脑筋的事情这么多,像这种“昔日种下恶果,如今被债主找上门”的事情,还是让手欠的蒋先生自己烦恼吧。

随手将大乔的航班号转发给某人,她高高兴兴地做了甩手掌柜。

第19章

《明星天梯》播出至今，留下的选手都有了各自的粉丝群体，作为经纪人，小周不得不分心照管。比如让王曦瑶在各大贴吧申请吧主，实在申请不上的，就领个小吧主，推送消息之余，顺便关注动向，掌握实时需求。

所以，当朱玉轩的大粉号召同组其他选手的粉丝一起到基地探班时，她第一时间得到消息，在控制人数的基础上，干脆安排了一个小型见面会。

好在培训费省出了不少钱。

不过培训费再宽裕，也不能打水漂。

她惦记着被伊玛特坑去的那笔钱，立刻打电话给对方财务。财务部是高老板的势力范围，对方老大与她关系不错，听说来意后，有些为难："老大不在，退钱要找马总签字。"

以前对上马瑞，小周总有些畏首畏尾，自从上次正面"刚"了一次，脑门仿佛被开了光，就爱上了这种酸爽的滋味。

小周当下说："按住马瑞别撒手！你等我，我马上来！"

小周今天穿了件黑长大衣，戴了一副大框茶色墨镜，头发绑得有些松，两鬓落下两绺碎发，慵懒得恰到好处。她大步流星地走进大堂，镇住了一班人，连等电梯的梁韵伊和她的经纪人都回过了头。

听说伊玛特引进了一姐，小周就暗暗关注过，只是没想到会在这里遇见。

努力营造的霸气出场立刻有些虚，她用手指抬了抬鼻梁上的墨镜，假装没有注意到她们。

梁韵伊主动搭讪："你也是伊玛特的艺人？有些眼生啊。"

她的经纪人用手肘撞了撞她，示意她别多话。

小周干咳一声道："不是。"

"那是准备签约伊玛特的吗？"梁韵伊伸出手，"那我们以后就是同公司的师姐妹了。"

电梯正好下来，小周仓促地握了握，先一步走进去，说："不，我是来讨债的。"

梁韵伊看她按了顶楼键，终于相信她来者不善，借着镜面电梯门，不时地打量她，聚精会神得差点错过了自己的楼层。

小周被看得信心倍增。

能让一姐失神，自己果然霸气十足。一会儿冲进办公室，直接拍桌，拍完还不给钱，就掀桌！务必让前任大老板割地赔款！

计划很丰满，然后真的见到马瑞的办公桌时，她脑袋有一瞬间的宕机。几个月没见，为什么换了张这么厚重的实木桌？

"你来干什么？"当众撕破脸后，马瑞拒绝虚与委蛇。

小周被打乱了阵脚，难免气势不足，这时候冲过去拍桌子也晚了，她干脆走到桌子前，顺手整理了一下放歪的笔架和镇纸："培训课程我们不上了，我来退钱。"

马瑞冷哼："违约赔定金，天经地义。"

"别这么客气……"她顿了顿，摘下墨镜问，"你打算赔多少？"

马瑞气乐了："你跟高勤学点好吧！别一天到晚耍嘴皮，能当饭吃吗？定金我是不会退的，培训课我照旧安排，你爱来不来！"

这时，门被敲了两下，然后不等里面的人开口，就直接被一把推开。梁韵伊披着西装外套，婀娜地走到办公桌前，双手用力地往桌上一拍："马总！伊玛特资金困难这么大的事，你为什么不跟我说？"

马瑞脸色难看："我不是让你在家待两天吗？谁让你来公司的？"

梁韵伊冷笑道："待两天？两天又两天，两天又两天！你到底要我待几天？"

"我已经在安排了……"

"这句话你说了多少次！"

"才两次啊。你眼眶红什么，哭什么？你是又陷入什么奇怪的剧情了吗？"马瑞一看她拿出纸巾就头大，"你的经纪人呢？让她来，我和她说。你先别哭。"

"别说了，我再也不相信你了！"梁韵伊愤怒地抓住桌子，用力地抬了抬。

哎？居然有队友。

在旁边看戏的小周忙不迭地伸手援助，两人一起抬了抬。

桌子被稍稍抬起，马瑞急了，直接一屁股坐在桌上："你们什么毛病？一个要钱就要钱，抬什么桌子！一个想哭就哭，抬什么桌子！"

那就要钱吧。小周正要继续，就看梁韵伊跟着一屁股坐到桌子上去了，挨着马瑞瞪眼睛："马总！当初是你跟我说，能给我乔以航同等级的资源我才过来的。但你看看，我过来以后受到的是什么待遇？一天到晚在家里休息待命，还不如我以前在唯杰呢，怎么说那时候我也人称二姐！"

一提这个，马瑞更生气了，直接从桌上下来，拿起手机就拨电话。

梁韵伊急了："你给谁打电话呢？你是不是给保安打电话？我好歹是伊玛特一姐，你让保安上来，是不是太不给我面子了？"

她扑上去就抢，马瑞就跑，两个人在办公室里转圈圈。

为免误伤，小周退到沙发上观战。

马瑞的电话大概通了，劈头盖脸就开始骂："好你个张复满！我说你怎么那么好心，把公司的二姐放出来呢？你是不是早就知道她一身黑料？"

对方不知道说了什么，马瑞气得更凶了："什么？什么叫'二姐'的'二'不是一二三四的二？你给我说清楚。"

小周看梁韵伊追了半天没追上，就提醒她："反方向跑。"

她愣了下，脚步刚停，马瑞就从后面撞了上来，因为跑得急，手机没拿稳掉了出去，人也往前扑了一下，把梁韵伊抱在怀里。梁韵伊吓得直叫唤。

她的经纪人突然从外面闯进来，见状也惊呆了。

梁韵伊推开马瑞，指着他的鼻子骂："你想干什么？想潜规则我吗？价钱都没谈就上手，你想得美！"

马瑞一脸茫然："是你先追我的！"

"放屁！"

两人吵得不可开交。

马瑞想起旁边还有人证，就指着小周："不信你问她！"

终于轮到她出场了。

小周拉直衣服，满脸荣幸地站起来："是的是的，我看得很清楚。不过，回答之前，不如我们先把定金退一下？"

离开鸡飞狗跳的办公室，小周依旧没有把钱要回来，但她心情不错，反正高勤在，钱迟早能要回来的，能看到前任大老板活在水深火热之中，她就心满意足了。

走到马路边，大乔突然发来语音通话。

小周看了看时间，换算成大乔所在国的时间，无奈地接通，问："要起飞了？祝一路平安。"

"航班误点了。"

"啊？不会吧？"她突然感受到久违的"晚自习遇学校停电"的心情，"真的是太好……令人难过了。"

"误了一点点，但是该发生的还是会发生，不用太期待。我只是告诉你，可以晚两个小时过来。"

咳咳，暴露心情了吗？人下意识的反应果然是最真实的。

小周说："在你做任何决定之前，请务必考虑一下我初恋的年龄以及第二春的难度，摸着良心考虑。"

大乔笑得很阳光、很爽朗："那是当然，不然我怎么会约在有安检的地方会面？"

让她重新设置了化妆时间提醒、出发时间提醒的闹钟之后，大乔终于意犹未尽地挂断通话。

小周将时间变化转给某人，顺势消除了紧张。

某人看起来并不紧张："好。"

小周怕他太放松，忍不住提醒他："别忘记当初你设下的那些关卡，有种武学叫'以彼之道还施彼身'。"

蒋先生很淡定："我最近的健身项目已经改成走楼梯了。"

这个准备也是很周到了。

第20章

带着蒋先生见大乔，在小周的生命当中，应该算是打Boss级别的关卡了。她原打算全身心地投入攻克大业中去，奈何工作忙成狗。

集训过半，再过两天就是期中小考核。

三个经纪人都回到基地录制节目。

节目组这次请了花妞做主持，先玩了个听音游戏，输的学员要现场学一段京剧或歌剧的唱段。有几个选手害羞，张不开嘴，耽搁了不少工夫，紧接着还有宣布考核的环节……等录制完成，比预估的时间晚了两小时。

来不及卸妆了，小周拆了头发就往外跑。

蒋先生已在车内恭候多时。

见她急得满头大汗，他不疾不徐地拿出纸巾给她擦汗："航班误点，估计还要一个小时才到。"

"还好还好。"小周长舒一口气，接过递来的矿泉水，润了润嗓子说，"原本只有五个小时的停留时间，延迟了一次，还要再耽误……大乔不会来不及出机场就转飞E市了吧？”

大概过了二十分钟，蒋先生回答了这个问题：“很难说。”

“啊？”

他打开地图APP，然后显示他们通向机场的路上，有两段路被堵成了深红色，预计通过时间……五十八分钟。

所以，在大乔航班延误的前提下，他们雪上加霜地遇到了大塞车吗？

她眨了眨眼睛：“你车上有吃的吗？”

“我买了点特产，原本准备让他路上吃……”他特意向本地演员打听过，每次外出拍戏，都特别想念家乡特产，于是买来当礼物，不过……礼物诚可贵，喂饱女友更重要。

小周从后座拖来特产，三两下撕开吃了：“好吃！这个牌子的最好吃！好像机场也有，到时候再买一包补上就好了。”

有福同享，她边吃边喂，不知不觉吃掉了两包。

抹掉嘴边的碎渣，她沉吟道：“反正你买得多，少了两包不明显，不用补了。”

如此重大的决定，当然听女友的，蒋先生从谏如流。

过了半小时，车终于卡在了第一个深红色地段。高架桥上，有不少车主下来舒展筋骨，小周探头张望。桥前方右拐，能看到上面排着密密麻麻的车辆，拥堵程度，堪比春运。

又过了二十几分钟，车流终于慢吞吞地动了起来。

经历过第一个拥堵路段的教训，蒋先生和小周一致决定从高架上下来，从地面走。地面虽然没有大堵，但红绿灯无数，抢道现象严重，看得小周胆战心惊，不断提醒蒋先生安全第一。

又过了半个小时，大乔来电话了：“你们在哪个出口？”

小周看着地图APP上的位置，心虚地说：“凤凰小区西出口。”

“凤凰小区是什么？”

“一座充满八十年代建筑风情的老小区。”

电话那头诡异地沉默了一会儿，然后响起大乔十分温柔、亲切的询问声：“所以，你们还没有到机场？”

小周说：“自从我和您共事之后，受您爱岗敬业的职业精神的熏陶，我工作起来勤勤恳恳、兢兢业业，深深地具备了‘同事不走，我不走；同事走了，我断后’的高尚情操。”

大乔深吸了口气，勉强接受了这记彩虹屁：“还有多久到？”

小周用口型询问驾驶员。

驾驶员冷静驾驶：“二十分钟。”

大乔说：“我等你十九分钟。”

呃？小周无语地问：“还有一分钟是要我买机票进去追你吗？”

“这一分钟，是我的排场。”

蒋先生预估得十分有余地，事实上到第十六分钟的时候，他已经和小周一起从地下停车库坐电梯上来，到了国际航班到达的出口处。

小周正要给大乔打电话，就被出口处庞大的粉丝队伍吓了一跳。

作为大乔曾经的助理，她一眼认出了站在队伍旁边维持秩序的两个姑娘正是大乔的老粉。对方还没注意，她已经心虚地躲到蒋先生背后去了。

蒋先生非常配合地挡住她往前走。

小周边走边给大乔打电话。

对方正在通话中，她只好去微信群里呐喊：“机场有大乔的粉丝！”

沈小朋友迷迷糊糊地出来，啥都不明白，就惯性吹嘘：“我师兄粉丝遍天下！”

小周：“是你告密的吗？”

沈小朋友清醒了：“不是我，可能是来自师兄的万有引力。”

突然，一个少女推着行李车从出口出来，差点撞上蒋先生。

蒋先生为了躲闪，抱着她往旁边让了好几步。她没有防备，手机在双掌间颠簸了好几下，幸亏蒋先生反应及时，丢下礼物，将手机一把握住。

“对不起对不起！”

少女合十双手，虔诚地道歉：“有没有撞到你们？要不我请你们喝杯咖啡补偿吧？”她的口吻充满了俏皮与欢快，没有丝毫肇事未遂的紧张，兼之外貌秀美，很吸引人。

小周眉头微皱，正要婉拒，就见蒋先生将手机送到她手里，还顺势摸了摸她的额头，柔声道：“吓坏了吧？”

呃，刚才没有，现在有点。

见她呆呆地摇头，蒋先生总算扭头看那个尴尬地站在旁边的少女：“我女朋友不介意，那就算了。以后请小心。”

话讲得这么明白，少女就算有其他的心思，也只能偃旗息鼓。

他们这边的动静有点大，乔以航的粉丝又离得近，自然引起了关注，那两个老粉探头探脑地望过来。

小周当乔以航的助理期间，因为形貌易辨而名声在外，所以她连忙拉着蒋先生往旁边闪。

他跟着走了几步，提醒她：“刚才群里好像有新的消息。”

她低头看，沈慎元又追问了几条机场的现场情况，对自己需要拍戏，不能亲临观看而感到遗憾。罗少晨在后面问他拍戏进展，两人自顾自地聊了起来。

最后一条，乔以航出现。

小周正准备打电话过去，乔以航先一步打过来了：“你们在哪里？”

她说：“混在你的粉丝群里。”

乔以航说：“航班二十分钟后就要登机，我不能出去了。”

有过上次的教训，小周这次口气十分沉重：“祝你一路平安。”

乔以航说：“你这口气像是让我一路走好。”

小周无言以对：“为了埣我，你连自己也不放过？”

他也觉得有点晦气，转移话题道：“你把电话给蒋修文。”

小周压低声音，用手挡着话筒，小声说：“你都出不来了，有话不如到了地方寄张明信片？又有纪念意义，又能深、思、熟、虑。”

乔以航说：“我现在说，大概三千字，再酝酿酝酿，可能就出一篇毕业论文了。”

小周将手机递给了蒋先生。

乔以航说：“蒋助理，好久不见。”

蒋修文微笑道："承蒙惦念。"

"当初你在EF压榨张知的时候，没想到有一天风水会轮流转吧？"

蒋修文客客气气地回答："想过的。"

乔以航当他是死鸭子嘴硬："我把小周当妹妹，妹妹交男友，我一定会慎重考察。"

蒋先生四两拨千斤："我已经见过未来的岳父岳母，非常和蔼可亲。"

"小周还是伊玛特的人。"

"她的关系已经转到森微了。"

火药味渐浓。

"伊玛特是森微的股东。"

"我恰巧是森微董事长。"

乔以航单刀直入："你接近小周到底有什么阴谋？"

蒋修文低头，对上小周好奇又担心的目光，缓缓道："单身多年，唯一所求，就是与所爱之人共度余生。她恰好是我唯一爱的那个人。"

前方乔以航的粉丝突然朝出口的方向动了起来，伴随着几声短促的尖叫，蒋修文一抬头，就看到乔以航隔着玻璃墙，走到了取行李处，正往外看。

视线在空中胶着。

乔以航凝望了一会儿，才说："先实习。"

蒋修文说："我也希望能早日转正，娶到蒋太太。"

距离有点远，看不大清乔以航的神色，但是从周遭人的反应来看，大概是不大高兴。但隔着墙，又隔着人墙，乔以航也没法说太多："你手里拎着什么？"

"礼物。"

"什么礼物？"

蒋修文一五一十地报了。

"到了以后发地址给你，你可以寄过来。"乔以航顿了顿，"不接受到付。"

临近登机时间，乔以航身边的人开始催促他离开。他挂掉电话，朝小周的方向挥了挥手。由于她站在粉丝后面，粉丝们以为大乔在向他们告别，顿时欢呼起来。

乔以航连忙做了个“嘘”的手势，又挥了挥手，这次是向粉丝告别。

小周收回手机，缠着蒋修文的胳膊：“你们刚刚在说什么？为什么我好像看到了刀光剑影……”

“大概，所有的大舅子都不太友好吧。”

对于大乔不够友好这件事，她觉得自己的因素比重并没有那么大，正要反驳，就见大乔的老粉小心翼翼地走过来：“小周你好？你也是来送大乔的吗？”

出来得匆忙，口罩墨镜一概没戴，于是连否认的余地都没有了，小周只好认下。

“你和大乔的感情还是这么好呀，真羡慕！”

“其实我们粉丝群里不少人说，如果大乔以后结婚生孩子的对象是你，我们就能愉快地接受了。”

小周差点一口老血喷出来。

姐姐们，我知道你们是好意，但是这种好意真的容易出人命。唉，这个机场什么毛病？不是少女忽视她的存在，就是大乔粉丝忽视蒋先生，难道飞机没有情侣座，就否定掉所有的情侣关系吗？

她几乎不敢看蒋先生的脸。

但蒋先生什么大风大浪没见过，借机搂住她的肩膀，为自己正名：“她已名花有主，你们大概要另找愉快接受的方法了。”

第21章

蒋先生天生丽质，即使未施粉黛，也自带气质美男光环，大乔的粉丝内心再怎么觉得自家明星英俊潇洒，无人能比，也说不出小周所托非人的话。好在她们原本就是开玩笑，如果小周真的和乔以航发展出什么，可能又是另一种说辞了。

双方在友好的气氛下道别，粉丝们还祝她在《明星天梯》中获得最终胜利！

小周走进电梯时，立刻偷偷地松了口气，蒋修文见状笑道:“这么紧张？”

她靠着他的肩膀，语气凝重:“身为名花，我当然有我的仪态要注意。”

“可否赐教养花手札，供我日夜研读，以期早日修成正果？”

他悄悄地出招，她悄悄地化解:“难也！难也！养花需要循序渐进的过程，揠苗助长不可取。”

说说笑笑地走到地下停车库，乔以航的电话又来了。

当大乔助理的时候，他们的联系也没有这么频繁。

小周无奈地接起:“要起飞啦？一路平安！日进斗金！不耽误你赚钱啦，今年过年发红包的时候再联系吧！”

“你们离开机场了吗？”

她的心微微一颤抖：“航班又延误了？”

乔以航无语：“我坐的是飞机，不是海浪……偶尔还是会准时的。我这里有人要回市区，想搭顺风车。”

小周放下心来，这等小事，当然是……

“欢迎啊！回市区顺风车六十块钱一位，收费方式接受网银和现金，如有小费，多多益善。”

乔以航没说来的是谁，小周以为是随行的工作人员，直到一个身高一米八几的混血帅哥拖着箱子出现在视线范围内，她才猛然想起，张知前阵子去国外探班，大乔今天回国，他当然也回来了。

怕他认不出车，她打开车窗探出头来。

张知浑身散发着不愉快的气息，默默地坐入后座。

“蒋助理。”

“张经理。”

两个男人以极其客套、冷淡的态度打了个招呼，车里弥漫起头凉凉、心凉凉、哪里都凉凉的气氛。

气氛太尴尬，小周挑起话题：“大乔去E市，你不去吗？”

张知周遭的气压更低了：“我回公司。”

蒋修文道：“正好，张董事长有个项目希望您跟进参与。”

小周偷偷地看了眼后视镜，总觉得张小太子的脸更黑了。

回程比去程短了一大半的时间，但小周依然觉得度日如年。

饿着肚子到家，就看周妈和周爸坐在电视机前看电视，小周意外地看了看墙上挂钟的时间：“今天不跳舞吗？”

周妈白了她一眼：“今天晚上有《明星天梯》，你是经纪人，你不知道吗？”

呃，知道，但没想起来。

“你今天怎么回来得这么早？没有和小蒋一起吃饭？”

小周说:“他开了三个多小时的车，我让他早点回家休息了。”

周妈满意地点头:“体贴像我。”

小周毫不留情地出卖了挤眉弄眼的周爸:“我爸好像有不同的意见要表达？”

周妈的目光冷冷地扫向沙发的另一边。

周爸义正词严地坐直身体:“胡说八道！小周这点体贴，哪里能跟你比？差太远，差太远！”

她不知道自己的体贴像谁，但见风使舵一定是老父亲传。

小周进厨房热了一下剩菜，吃完出来,《明星天梯》正好放到那场拔河比赛，总导演一脚踩在小周的脚面上，痛得她瞬间表情失控。

她知道自家爸妈有多护短，生怕他们对总导演有怨言，正想解释一下，就听周妈嘴里发出一连串的爆笑声。

周妈边笑边擦眼泪，还回头看“惨案”的主人公:“你的表情太好笑了！”

小周面无表情地看着她。

关键时刻，周爸体现了这个家庭的“人性”:“你的脚没事吧？我有跌打药，你擦擦，擦擦就好了。”

小周说:“这事已经过去很久了。”

“这样啊,”周爸有些遗憾，不死心地说,“内伤又看不出来的，你还是擦擦吧。擦完以后告诉我效果怎么样。这药是我的一个老朋友给我的，他想做个生意，拉我合伙，我想看看药效再说。”

他们家“人性”的存活率未免也太低了一点。

洗了个澡回房，小周拿出笔记本，原本打算认认真真地写一写期中考核的计划，但坐在床上不到五分钟，就昏昏欲睡起来，手里的笔滑落、拿起、滑落、拿起了好几次，终于放弃与睡神作对，关灯睡觉。

虽然今天的她没有付出什么体力，但脑力耗费过巨，实在心累。

睡得早，醒得也早。习惯性刷微博，然后，她看到了自己的表情包——被总导演踩脚的一刹那扭曲的表情被截图下来，注释是“住脚”。

因为被踩得太痛，所以她之后很关注总导演的动向，生怕他再来一下。于是，她“悄悄观察”的表情也被截图了，旁边写着“屁民放肆！竟敢害朕”。

她好不容易洗刷了“大凶器”之名，难道又要进军颜表情界吗？昨天的心累好像又加倍了。

不想发生也已经发生了，只能坦然接受，天色尚早，她索性坐在床上看起评论来。

不少《明星天梯》的观众在下面留言：

明星粉05487：“之前看她和方竞雄硬杠，以为她性格很强势，没想到越看越觉得她逗。尤其是节目花絮，她讲话很搞笑的！”

爱轩1314：“赞同楼上！她比孙好玩。可能孙上了年纪，总觉得像长辈，不是很能开玩笑，有点硬挤笑点，看着很尬，不如周自然。”

Sky-bird：“节目不易，和平第一。请理性评论，不要踩一捧一，带其他经纪人。”

小都督：“小周以前跟大乔的时候就超级搞笑了，指路‘大凶器’。”

娇乔是我的：“楼上，小周姐姐不喜欢别人这么说她哦。”

看着看着，小周又觉得这是件好事。

《明星天梯》里，经纪人与艺人是互帮互助、互惠互利的关系，她提高知名度，也可以惠及自己的组员嘛。正好，期中考核的题目是指定三日内，搜索指数综合最高的一组免于淘汰；指数排名第二的，淘汰一人；排名第三的，淘汰三人。

以目前三组的人气来看，她这一组的赢面最大。

而且，见面会就安排在考核日的前一天，余温未退，必然有话题度。考核的第二天，又是她带选手去蹭老歌手演唱会热度的日子，简直占尽了天时人和的优势。

考核期是节目录制之前就定好的，只能说她的预判很准确。

但是，在某些人眼里，只要存在竞争关系，对手的优秀就都是投机取巧。

王星语直接在经纪人群里半真半假地抱怨：“小周你运气真好，见面会刚好在考核期前一天。陈总拍起马屁来，真是望尘莫及！”

小周：“机会更青睐有准备的人。”

王星语：“什么意思？”

小周："《明星天梯》有份时间进度表，你还记得吗？"

王星语："哪份啊？什么时候发的？"

王星语追问了一会儿，见小周没理她，又跑去敲孙兆麟，孙兆麟直接发了份文档给她，里面清清楚楚地写明了集训期中考核的时间。

她惊讶之余，私下问孙兆麟："孙老师，你既然知道，为什么不安排一场见面会呢？"

孙兆麟笑了笑："实力差距太大，有见面会也没什么用。有这个时间，不如让选手好好巩固基础。反正我们最后都要挑一些艺人出来，不可能全都签约的，所以淘汰就淘汰吧。"

见他意志如此消沉，王星语看不过去，怎能让她孤军与小周奋战？

"话不是这样讲，有些选手潜力挖掘得比较慢，我们可以留下多观察一阵子，说不定就爆发了呢。而且队友遭淘汰，对选手的心理打击不轻啊。"

孙兆麟呵呵笑着，不以为意地说："各人有各人的方法嘛。"

王星语见他不为所动，郁郁地撇嘴。

小周不是第一次参与见面会，大乔的见面会粉丝数量几乎是十二小只的五倍，但十二小只的人数是大乔的十二倍，有的事情可以借鉴，有的还需摸索。

好在她举一反三的能力不错，这些日子又研究了不少明星团体的经营模式，遇到任何事，都与粉丝及时沟通，挑选的会场又很有经验、很配合，所以见面会举办得很顺利，现场气氛极为热烈。

十二小只第一次面对面地感受到了粉丝的热情，兴奋得不得了，见面会结束后，还叽叽喳喳地说个不停，吵得小周让王曦瑶赶紧把人送走。

她自己累得差点瘫坐在地上，腰也挺不直，和其他人打了声招呼后，就躲在休息室里躺尸，等蒋先生过来营救。

蒋先生怂恿张复勋多给张知一些锻炼机会的事被张知知道了，于是被拖去各种会议和饭局。尽管他脱身有术，却也耗费了不少精力和时间，下班的时间越来越晚。

张氏集团的小股东们感觉到了钦定继承人与理想继承人之间的剑拔弩张，起先很高兴，后来发现——

“他们怎么好像比的是……谁翘班更有技巧呢？”

技高一筹的蒋先生赶到会场时，就看到女朋友席地而坐，两只手艰难地按摩着自己的大腿。

明明是很心酸的一幕，他偏偏看出了性感……回过神来，他也是对自己无语了。

第22章

蒋先生并没有立刻送她回家，而是开了半个小时的车，去了一家推拿馆。

小周从地图APP上看位置，回家还要再开半个多小时，她不解地问："我家楼下就有推拿，何必舍近求远？"

蒋先生笑而不语，进门之后，对前台说："我预约了一位女师傅。"

进了包厢，记起蒋先生刚才说的好像是预约了一位，她迟疑地看看房间里的两张小床，又看看直接坐在沙发上吃水果的蒋先生："你不用吗？"

"我喜欢在家里坐按摩椅。"

"只喜欢在家里坐按摩椅却知道这里有女推拿师？"

蒋先生微微一笑，自夸道："可见，为了我女朋友的身体健康，我下了很多功夫。"

女推拿师进来，小周在小床上趴着。

推了两下，推拿师说："把毛衣脱了吧，衣服太厚使不上力。"

小周坐起来，正准备脱衣服，突然想起今天里面穿的是一件旧棉毛衫，胳膊的位置还起了好多球，周妈一直要丢掉，她因为穿习惯了，不舍得。

坚决不能让蒋先生看到！她猛然捂住领口，对着看手机的蒋先生说："房间太小，三个人一起呼吸的话，容易缺氧，你不如去外面等吧？"

蒋先生按手机键盘的手一顿，抬眸，有些委屈地说："边角福利都没有吗？"

小周脱口而出："忍一时风平浪静。"

蒋先生面带笑意地站起来，提醒道："也可能……为未来忍出一场海啸。"

未来的事情未来再烦恼吧，眼下，棉毛衫上的球比较可怕。

她坚持将蒋先生请出了房间。

一个小时的推拿结束，小周神清气爽地走出包厢，准备向蒋先生展示一下她刚刚偷学到的技术。

本以为蒋先生这一个小时必然枯燥乏味、无趣之极，但前台旁边的茶吧里，他正被三个年轻的女推拿师围绕，她们嘻嘻哈哈地说着养生小常识，哪怕没有得到回应，也互相唱和得十分开心。

小周站在茶吧门口，非常造作地咳嗽了两声。

蒋先生抬眸的一刹那，如获新生。

他飞快地起身，拉着她往外走，边走边抱怨："你把我一个人留在外面，我好害怕。"

她诚恳地说："蒋先生，这个人设不大适合你。"

以蒋先生的阴险狠毒、冷酷无情，如果真的害怕，那三个女推拿师可能见不到明天的太阳。

蒋先生收起委屈，佯作吃惊地说："难道你没有一点点的愧疚吗？"

小周说："下次你可以和我一起尝试，不过要用男推拿师。"

女友心狠，这近一小时白忍了。

"不过呢，"她扑到他的身后，双手抓了抓肩膀，因为衣服太厚，又改成按摩后颈，"我可以先让你试用一下。力道如何？"

蒋先生突然觉得，看来，不算白忍。

驾车时，新功能试用不方便，加上小周今天真的累到筋疲力尽，只好推到下个周末。

小周回到家里一琢磨，才发现自己不知不觉地答应了很多条款。

比如，去蒋先生家过周末，做火锅给蒋先生吃，向蒋先生展示偷学来的推拿技术，如果太晚的话，承诺向周爸周妈请假……

不行，这条绝对不行。

小周拿出手机，调到那一天，在九点设定了一个闹钟，准备时间一到就落跑。

虽然见面会忙得死去活来，但第二天依旧要盯着十二小只练习演唱会的演出。这个机会，她动用了不少人情，老歌手对演出质量的要求一向很高，要是出什么岔子，就得做好“提头去见”的准备。

第三天一大早，她就带着十二小只去举办演唱会的体育馆彩排。

他们只有一首歌的演出，但老歌手很重视，腾出了很多时间让他们练习。

十二小只也很争气，排三次就过了。

小周和老歌手通过气后，私下拍了几张照片，让王曦瑶发给十二小只的大粉，以粉丝的身份带一波热度，还送了几张演唱会门票作为福利。

原本是演唱会当日发新闻比较好，但是，一怕喧宾夺主，抢了老歌手的风头；二怕显得太刻意。这年头买热搜、博眼球的事情太多了，民众的眼睛越来越毒辣，过度炒作容易产生反作用。

好在效果还算不错，小周挨个算了下十二小只这两日的搜索指数，总分远超另外两组，如无意外，期中考核已经胜券在握。

老歌手请的嘉宾不止十二小只，所以消息发出去之后，当地的粉丝比较激动，四处问余票，但在整个网络没有掀起任何波澜。

小周一边刷网页，一边感慨：“看来，不买热搜就能上的热搜，必须有点故事性。”

王曦瑶正和朱玉轩的大粉一起吹嘘朱玉轩的天生玉颜，没有在意说话的内容，随口接了句：“什么故事性？”

“好比……”小周一时半刻也想不起其他的例子，便说道，“我的前任大老板。”

王曦瑶脱离语言环境，直接断章取义，然后吓了一跳：“什么？你和董事长分手了？”

小周无语地说：“我什么时候叫过蒋先生大老板？”

“那什么前任？还大老板什么的。”

“伊玛特的大老板……我上一份工作的老板……不是前任吗？”

王曦瑶佯装擦冷汗：“我还没谈恋爱呢，千万别说前任，ex也不好，都不吉利。”

小周模仿了一个高老板似笑非笑的表情：“哦？比提‘分手’更不吉利？”

王曦瑶打自己的嘴巴，以示歉意。

演唱会七点开始，他们组的演出在九点左右，但是为了表示重视，小周带着十二小只六点就进后台化妆，然后乖乖等候。老歌手上场之前，还特意过来鼓励：“今天虽然是我的演唱会，但是，等你们表演的时候，那一刻，就是你们的演唱会。不要有压力，那时候台下都是你们的观众。”

十二小只坐在后台看直播，听到观众欢呼时，一个个激动得不行。

靳磊说：“我人生的第一场演唱会！天哪，我感觉自己在做梦，好怕一觉醒来我还在伊玛特做练习生啊。”

吴赫赫一下子蒙住他的嘴巴：“你忘了？我们上次出道机会黄之前，你也说你以为自己在做梦。”

章金城从衣服里拉出一根十字架，对准靳磊：“邪言退散！”

靳磊非常配合地做出了痛苦的表情。

小周见他们找到了自我放松的方式，乐得在旁当甩手掌柜。

王曦瑶突然轻轻地扯了一下她的衣服，然后将手机塞给她。

小周瞄了一眼，身体猛然僵住。

须臾，她若无其事地送还手机，拍拍手站起来：“好啦。大家把手机关机收起来，好好听前辈唱歌，学习一下台风。上次你们公演做自我介绍的时候，有的含胸，有的弓背，姿态一点都不优美。且不说一个有内涵的明星是怎么样的，你们先学习成为一个有形象的明星吧。”

选手们被说得面红耳赤，乖乖地关掉手机，认真研究屏幕上老歌手出场时的仪态。

小周向王曦瑶使了个眼色，让她照顾选手，自己拿着手机往外走。

一出门，她整个人的状态就炸了，立刻打电话给与森微合作的公关公司：“你们看到热搜了吗？”

“你是指朱玉轩父亲的事？”

“这么大的事，你们应该第一时间通知我。”

对方脱口道：“不是你买的吗？”

小周觉得自己快要心肌梗死了：“选手正在上升期，我怎么可能放出这种负面消息？”

公关觉得他们要对“负面消息”做一个新的定义了。

在富二代多如牛毛的现在，爆出朱玉轩其实是个星二代，父亲是大名鼎鼎的影帝左耀山，未必会有负面影响，说不定很多影迷还会爱屋及乌，支持影帝的儿子呢。毕竟左耀山年纪不轻，娶妻生子实属正常。

他委婉地表达了自己的想法，还暗示道：“期中考核明天就要截止了。”

这也是他以为小周就是爆料人的重要依据，时间太微妙了。

“没有这条消息，我们也稳拿第一。”

小周深吸了口气，尽量让自己保持冷静：“你们先把热搜撤下来。具体情况，等演唱会结束以后再说。”现在不能影响朱玉轩的情绪。

公关公司拿钱办事，自然没有推托的道理。

小周又打电话给高勤：“你认识左耀山吗？”

高勤说：“不认识。但大神应该和他拍过戏，你找他有事？”

事件已经上升到惊动大神的地步了吗？大神颜夙昂近些年因为在好莱坞发展，已经成为娱乐圈的传说级人物，基本上，提起他就是一副高山仰止的表情。

向这样的大人物要联系方式……也是没有办法的办法了。

小周无奈地说：“我组内的一个选手好像是他的儿子，这件事上了热搜，我要联系下他的经纪人，看怎么处理。”

“你等等。”

高勤大概去要联系方式了，过了五分钟回电过来，报了个手机号给她：“大神还给了一个内部消息，左耀山似乎有意在近期与一个小二十几岁的女孩结婚。”

大神会说的消息，十有八九是真的。

小周整个头都要炸裂开了，左耀山打算结婚的意思是……他现在未婚？所以，朱玉轩真的是私生子？

如果任由事情发展，朱玉轩的母亲很可能被拉下水。王星语曾经说过，朱玉轩当初是因为私生活受到曝光的威胁，才在能红的时候退出了，难不成，还要重演一次？

第23章

小周打电话过去，对方一开始没接，连续打了五个，电话才被很不耐烦地接起："喂，哪位？"

"左先生吗？我是森微的经纪人周晶晶，朱玉轩目前是我的艺人。"

"我是耀山的经纪人，老夏。你有事可以跟我讲。"

"我想谈一谈热搜的事，不知您看到了没有？"

对方冷笑了一声，问："多少钱？"

对于这种哭着喊着要送钱花的要求，她从来都不会客气："要不……二十个亿，您看？"

对方隐约骂了句脏话："你寻开心呢？"

小周气定神闲地说："哦，这样，那我们就谈谈不用钱的解决办法。"

对方深吸了口气："这样吧，我和耀山在吃饭，你过来，我们当面谈谈。"

小周记下了地址，却不敢仓促地赶过去。她先拿出手机查了下地方，是一家私密度出名地高的私房菜馆，所有的包厢都拥有单独的通道，避免了与其他客人碰面的尴尬。

怎么看起来有种叫天天不应，叫地地不灵的感觉？小周原本还跃跃欲试的，但一瞬间脑补了太多的安全提示，她犹豫了下，还是没有贸然上门。

回到休息室，演唱会的第一组嘉宾上场了，是当年与老歌手一起出道的好兄弟，两人肩搭肩，在满场的祝福中清唱了第一次合作的歌曲，旋律不算好听，胜在感情充沛。

靳磊忍不住感慨："等我五十几岁开演唱会的时候，也一定请你们来。"

吴赫赫愤怒地掐住他的脖子："什么叫请我们来？难道我们不是一起开的演唱会吗？说好的少颜一辈子呢？"

靳磊向章金城求救。

章金城拍拍吴赫赫的肩膀："放过孩子吧。"

轮到十二小只上场时，天空下起了绵绵细雨，场馆内的工作人员挨个分发一次性雨衣，观众们自顾自地穿雨衣，擦头发，现场十分混乱。

已经站到台上的几个小选手不知所措地对望着，不知道是该立刻开始，还是再等一会儿。

小周原本站在台下，见状吸了口气，拿起话筒走了上去。

"大家好，我是《明星天梯》的经纪人周晶晶，今天我们组的选手带了两首歌来向大家问好！"

她站在队伍的最前方，仿佛一根定海神针，稳住了忐忑的军心。

见十二小只都恢复了正常，她才放心地下台。

王曦瑶在下面给她竖拇指："帅炸天！"

小周说："幸亏我参加节目，混了个脸熟，也算小有名气，不然还没脸上去。"

王曦瑶笑了笑："就算不能上去，你也一定有其他办法稳定军心的。"

这话的信心委实盲目，至少此时此刻的小周并没有想到在台下稳定军心的方法："呃，王侠女，何出此言呢？"

王曦瑶抱了抱拳："我对周掌门的信心绝非无的放矢，至少门下不少弟子都是冲着周掌门刚毅果敢的个性而来。"

特训期间，王曦瑶就和很多选手的关系不错，进入集训以后，更是和十二小只打成了一片。不少小选手都把她当作知心姐姐，喜欢有事没事找她诉苦、谈心，她趁机也了解了很多选手的心理，包括他们当初为什么要选择小周。

“真的。”王曦瑶看着台上肆意挥洒青春的少年们，微笑道，“他们说方竞雄发脾气的时候那么可怕，你还敢硬杠，可见是威武不能屈的女中豪杰。跟着你，至少不用担心自己在遭受不公平待遇的时候，忍气吞声，无人出头。”

小周摇头哂笑：“年纪轻轻的，他们的思想就不能积极乐观一点吗？”

王曦瑶说：“圈外人也知道这一行的水有多深，居安思危很有必要。哦，对了，朱玉轩的事情怎么样了？”

“热搜已经撤掉了，后续……看看各方反应再说吧。”

目前，她已经不指望从左耀山那里得到帮助了，但求不扯后腿。

十二小只在台上唱了两首歌，唱第一首的时候，现场闹哄哄的，并没有多少人在听，毕竟他们与老歌手的歌迷群重合率不高，唱到第二首时，认真听的人明显增加了。

小周将整段录了下来，包括观众们的反应，事后发给他们。

选手们挤在一起观看，分析得有模有样。

“我这里唱高了，声音都突出来了。”

“这句词我唱串了，哈哈哈哈，幸好听不太出来。”

小周等他们说完，才微笑着提醒：“视频我已经发送到两位老师的手里，我记得明天上午是声乐课，后天上午是舞蹈课……我只能说，祝大家好运。”

“啊！”

顿时哀鸿遍野，惨不忍闻。

热搜的事，小周预感会有后续，只是没想到发生在凌晨。公关公司十分尽责，特意安排了人为此事值夜，于是新消息一出来，就被压下去了。

她拿手机搜索，榜单没有，消息还在。

敌暗我明的感觉实在糟糕，小周早上吃饭也心不在焉，出门很久才发现自己竟然还穿着家里的棉拖。公司配的车去接十二小只上声乐课了，她现在正穿着棉拖坐在出租车上，而出租车行驶的路程已经过半。

索性，就这样亲身地感受一把艺术家的奔放与洒脱吧。

她付了钱，在出租车司机钦佩的目光下，慢悠悠地晃进傅睿工作室。一离开司机的视线，她立刻拖着两只冻僵的脚，哆哆嗦嗦地寻找热源。

这么冷的天，这里难道没有暖气和空调吗？可怜的孩子们啊……

她走到二楼，傅睿不在，想象中冻得瑟瑟发抖的选手们正围着煤油取暖炉，惬意地说话。

正准备凑过去烤烤脚，却发现众人的表情不对，而且一、二、三、四、五……十一、十、九、八、七……顺数倒数，都少了一个人。

她问："朱玉轩呢？不会生病了吧？"

节目录制这么久，好几个选手都生了两轮病了，朱玉轩还神采奕奕，一点流鼻涕的迹象都没有，被认为是钢铁之躯，不会是当时立的flag，拖延至今才应验吧？

选手们面面相觑，都没说话。

小周瞄准靳磊。

靳磊说："我，我不知道啊。"

说话支支吾吾，表情闪闪躲躲，一看就有猫腻。

小周说："你发誓，如果说谎，就一辈子都不能出道。"

誓言太毒了！尤其是对恨不能下一秒就出道的靳磊来说。

选手们一脸被雷电击中的表情。

吴赫赫出来解围："朱玉轩身体有点不舒服，王曦瑶陪他出去了。"

如果他一开始就这么说，她可能还会相信，现在嘛……

她打电话给王曦瑶，铃声在房间内响起。

靳磊颤巍巍地拿起手边的手机，递给她。

小周拿着手机，对这群意图包庇队友的选手们微笑着威胁："你们知不知道，虽然现场没有摄像师，但有自动跟踪摄像机啊？"

小周没有去查看摄像机，因为她几乎能猜到刚才发生了什么事情。

从二楼下来，正好遇到拿着吉他上楼的傅睿。傅睿很惊喜："来看选手啊？我正好有事情跟你说，有几个选手很有弹吉他的天赋，我觉得你可以让他们试着弹唱。"

"没问题。"

她头也不回地答应下来。

傅睿在原地站了一会儿，一抬头，选手们从楼梯口探头看他。

"老师为什么脸红啊？"

不知谁喊了一句，傅睿的脸顿时更红了。

选手们起哄，只有靳磊心事重重。

吴赫赫问他："你在担心朱玉轩啊？"

"不，我在担心我们。"

"为什么？"

"你不觉得傅老师喜欢我们的经纪人吗？"

吴赫赫很惊讶："你居然也看得出来？"

"但我们的经纪人已经有男朋友了。万一他们发生三角恋纠纷，身为学生的我们很可能也会被记者缠上的吧？询问我们傅老师和经纪人私底下有什么交流之类的。"

吴赫赫以为他在开玩笑，可是看表情，他是真的在烦恼。

吴赫赫说："比起小周姐、小周姐的男朋友和傅老师，左影帝的名气是不是大多了？"

"那肯定啊。"

"那现在采访我们的记者在哪里呢？"吴赫赫不讲道理，直接摆事实，"只在你的白日梦里。"

工作室位置太偏僻，就算用手机打车软件，也等了很久。

她人在半路上就接到了孔小杰的电话，但说话的人是王曦瑶。

“我和朱玉轩都在森微，我忘拿手机了。你赶紧过来，朱玉轩说要退出节目！”

小周说：“我已经在路上了。发生了什么事？”

“今天张豆豆问他，左耀山是不是他爸，他就知道上热搜的事情了。然后他和他妈打了个电话，不知道阿姨说了什么，反正他打完就冲出去说要退出节目。我拦着他了，但是拦不住啊，让他跟你说他又不肯，我只好说，如果要退出节目，必须付违约金。然后他就跑来和森微谈判了。他现在在陈总办公室，孙兆麟也在。”

王曦瑶喘了口气：“怎么办？”

还能怎么办？已经到了破罐子破摔的地步了。

小周叹了口气，苦中作乐地调侃道：“我事业受挫，好歹爱情得意。如果朱玉轩离开，你就是事业爱情双失利，你先想想你怎么办吧。”

“我刚才只有一点点想哭，现在直接哭出来了。”

第24章

紧赶慢赶地赶到森微，一见面，小周先研究王曦瑶的面相，判定她不属于能哭出梨花带雨效果的柔弱美人，果断带她到经纪人办公室，关起门来哭。

王曦瑶的泪在途中风干，进入办公室以后，又生龙活虎起来："我们是不是研究一下作战计划？"

"什么作战？"小周边说，边找出节目组送的球鞋换上。

王曦瑶这才注意到她的打扮："你的棉拖看上去很清凉啊。"

"走出家门之前，我一直以为它们很保暖。"

"这句话不错！可以拿来劝朱玉轩。"王曦瑶摸着下巴说，"走出节目之前，你一直以为这个节目没什么，但是走出去之后，你就会知道，它是多么可贵。你觉得怎么样？有没有发人深省、振聋发聩的效果？"

"比原句差了那么一点。"

那就是很不错了。王曦瑶拿起桌上的纸笔，认认真真地把话记下来。

见小周穿上鞋子要走，王曦瑶急忙喊住她："你去哪儿？"

“计划不如变化，与其纸上谈兵，不如直接开战。”

袖子卷起，拳头捏紧，就缺个靶子了。

小周气势汹汹：“你在办公室待着，我去陈总那里转转。”

话音刚落，小周和王曦瑶的手机同时响起。

“喂。”

“你好，哪位？”

小周的手机是楼下保安打来的，一个自称左耀山经纪人的人找她，问要不要开门。

老夏？他不会在餐厅等了一晚上吧？

小周莫名有点心虚：“你请他等一下，我马上下来。”

挂了电话，抬头就看到王曦瑶举着自己的手机，眼巴巴地看着她，用口型说：朱妈妈。

小周边走边接过手机：“您好？”

“周经纪人你好，我是朱玉轩的妈妈，我们上次见过面的。我有件事想要拜托你。”

小周忙着下楼接人，直截了当地说：“如果是劝朱玉轩退出娱乐圈的话，以我工作的立场，很难帮上忙。”

“不，你误会了。恰恰相反，我希望你能劝玉轩留下来，留在这个节目里。”

小周正好走到电梯外，按键的手微微一顿：“为什么？”

朱妈妈说：“他既然是真心喜欢当明星，我作为妈妈的，当然要支持他。但是他的个性很倔，老喜欢和我唱反调，我希望你们能够说服他，不要半途而废。”

对手变队友……也没有很开心。

小周总觉得朱妈妈说的每个字都在暗示，她的“叛变”大大降低了自己的胜算。

可以不通过这位队友的申请吗？

尽管内心活动充满了丧气，她还是很爽气地表示自己会尽力而为。

讲完电话，电梯正好到一楼。隔着玻璃门，都能感觉到台阶上的男人的一身蛮气。

她从里面打开门，那男人居高临下地看过来，打量货物般的挑剔目光令人反感。小周退后半步，拉开两人的距离，微笑道："请问是夏经纪人吗？"

老夏不答反问："你昨晚为什么没来？"

"我带着选手参加演唱会，分身乏术，让您久候了，不好意思。"

"连电话也不打？现在的新人都这么没规矩？在我们那个年代，这种人早被扇巴掌了。"

跟在身后的王曦瑶闻言脸都绿了，腮帮子一鼓，就要上前理论，被小周不经意地挡了下来。

小周微笑道："我发了信息给你，但是忘了你们那个年代没有手机，应该不会看信息，是我考虑不周。"

老夏冷笑道："你不是有事找我帮忙，就这态度？"

"你误会了。朱玉轩是我的选手，他与贵公司的艺人左耀山一起上了热搜，于情于理于职业素养，我都应该主动与贵方沟通一下。贵方既然自信满满，那是我年轻没见过世面，多事了。隔壁有个咖啡厅，咖啡味道不错，不如我做东，请你喝个下午茶？"

"我每天山珍海味都吃不及，稀罕你一杯咖啡？"

老夏迈开步子走到电梯前，利落地按下上行键："我人已经到了这里，干脆见一见朱玉轩再说。"

小周眉头微微一皱，状若不经意地对王曦瑶说："今天选手在工作室学习声乐到几点？"

王曦瑶愣了下："一直都是十二点啊。今天下午三点公布期中考核成绩，所以他们要回基地。"

电梯门开了，老夏一马当先地走进去。

看来，是来者不善啊。小周抿了抿唇，拉着王曦瑶跟了进去。

今天串门的人有点多，到了二楼，哗啦啦进来一拨去五楼的人，三楼又来了两个去十二楼的人。

原来这座大厦的楼上楼下关系这么好？小周缩在角落里，觉得森微整间公司都被大厦的交友圈孤立了。

蒋先生以前说过，遇到任何问题与困难，都要第一时间汇报，趁电梯龟速慢行，她掏出手机，发微信过去，小小地抱怨了一下邻居们不带他们串门的状况。

蒋先生现在摸鱼的水平越来越高了，这个时间居然秒回："据我所知，这座大厦只有五间公司。"

小周呆呆地问："什么意思？"

蒋先生的答案还没来，电梯已经到了十楼，王曦瑶拉着她挤了出去，老夏问："朱玉轩在哪里？"

本来不打算揭穿的，但是，既然他主动撞上来了，也没有放过的道理。

小周故作惊讶地问："朱玉轩在公司吗？我不知道啊，你怎么知道的？"

老夏不理她，直接打了个电话："老孙啊，我已经到了，在十楼，你在哪里？陈总办公室，怎么走？你们这个姓周的经纪人不肯说。啊？你跟她说？那你说吧。"

他把手机递过来。

小周并不接，微微一笑，比了个"请"的手势："这边请。"

老夏趾高气扬地走在前面，王曦瑶撞了撞小周的胳膊："什么意思啊？"

小周说："你可能要更惨了。"

"啊？"

"我原来以为，你最坏也就是个事业爱情双失青年，现在看来，可能要走情人变敌人的相爱相杀路线。"小周顿了顿，摇头道，"不对，你只是单恋……那还是死缠烂打的剧本啊。"

王曦瑶心道，是错觉吗？刚才短短两句话，感觉自己就好像一个人演完了一部狗血爱情大戏。

去陈总办公室的走廊有点长，小周慢悠悠地走着，边走边继续和蒋先生发微信。

蒋先生回答了她上一个问题："有两家贸易公司，加起来就占据了十层楼。"

也就是说，二、三、五、十二楼的人可能是公司内部走动？果然是大公司，以森微如今的规模，如果不算上选手，能占一层就不错了，就怕一觉醒来，隔壁办公室就挂了其他公司的牌子。

想想还挺让人激动。

陈总办公室近在眼前。

不等敲门，门就从里面拉开了。

孙兆麟和老夏满面笑容地打招呼，看到小周，他笑容不减："谢谢你啊，老夏是我的老朋友了，他脾气直，你别放在心上。"

"不会。夏经纪人是我的前辈，能得到他的指点，我深感荣幸。"

客套话谁不会说？她还能边说边在心里给每一句的后面加上"才怪"呢。

陈墅坐在办公桌后面，看着他们互动，一双眼睛扫来扫去，仿佛给每个人做了个扫描。自从蒋修文成为森微董事长，他就半隐形了，专注公司管理，不再随意插手其他事务，但江山易改本性难移——自己不下场，看别人互斗也不错。

孙兆麟说："刚才朱玉轩提的请求，我个人是受宠若惊，万分愿意的，就是不知道小周愿不愿意割爱。"

进门之前，小周已经有了很坏的打算，但是眼看着它成真，又是另一番感受。

她看着朱玉轩说："什么请求？"

阴天的光打入屋内，将朱玉轩本就苍白的脸，新刷了一层月白色的漆，透着莹莹的浅青，浑身上下都流露出拒人于千里之外的阴冷气息。

王曦瑶本来有一肚子话想讲，看他这个样子，突然意兴阑珊了。

孙兆麟拍了拍小周的肩膀："你还记得拔河比赛的那个约定吗？"

小周疑惑道："哎？那不是一个玩笑吗？"

孙兆麟说："已经被写入规则了。只要选手和经纪人双方愿意，就可以进行交换。"

"交换的意思……应该还需要另外一个选手和另外一个经纪人同意吧？"

"你们组实力这么强，我们组的选手哪个不想过去？主要还是看你看不看得上了。”

陈墅适时地说了一句:“虽然最终结果还没有出来，但是朱玉轩的分数加在你们组，你们组的成绩的确遥遥领先，这一轮不需要淘汰任何人。”

言下之意，孙兆麟如果是第二名，别人且不说，组内倒数第一第二的两位必然想加入小周的组，以保住自己。

话说到这个份上，已经没有任何转圜的余地。

小周走到朱玉轩面前，问道:“你想转组？”

朱玉轩抬头，嘴唇动了动，似乎想问点什么，但很快又失去了兴趣，冷淡地应了一声。

“天要下雨，选手要走，都是没有办法的事情。”小周的目光扫过朱玉轩的脸，落在窗外阴沉的天空上，须臾，她扭头对孙兆麟说，“我要好好研究研究你们组的选手，挖个宝过来，让你后悔得咬被角。”

第25章

事已至此，再留无用。

小周和王曦瑶往外走，刚到门口，就听老夏对陈墅说:“你们这个姓周的经纪人，年纪轻轻，嚣张得很！一点礼貌都没有！你们怎么招进来的？”

王曦瑶眉毛一挑，紧跟着就要转身理论，被小周一把扯住，她摇了摇头，扯着她一路走回办公室。

门一关，王曦瑶就炸了:“这么巧，前脚朱玉轩和左耀山的关系爆出来，后脚他就要转到孙兆麟那一组？如果朱玉轩上热搜的事跟孙兆麟没关系，我就跪下叫他爸爸！”

小周慢悠悠地说:“那他大概不会很开心，他才四十几岁。”

王曦瑶翻白眼:“这个时候，我们是不是应该同仇敌忾？”

“应该。”

“那一起吐槽啊！”

“吐槽没什么用。”小周掏出手机,“来点实际的。”

她打电话给公关公司，让他们查一下热搜的源头。

消息传播得这么快，一定有网媒、水军的功劳，这个圈子统共这么大，顺藤摸瓜，总能找到主使者。而且，孙兆麟、老夏这些人，事情刚出，就迫不及待地跳出来，吃相这么难看，几乎不加掩饰，悬念不大。她查，只是避免小概率的误伤。

就是不知道老夏和孙兆麟狼狈为奸的动机是什么，背后有没有左耀山的授意，与朱母突然改变的态度有没有关系。

打完电话，小周倒了杯水喝。

王曦瑶见她镇定若斯，佩服得五体投地："你不生气吗？"

小周说："快气炸了。"

"看不出来。"

小周意味深长地说："风雨经历多了，就会知道，彩虹都是假的。最要紧的是，秋收时能有多少收获！"

才中午，小周已经没了上班的心思。她让王曦瑶研究一下孙兆麟的组，把人品好成绩差的挑出来，抽空问问他们有谁想要过来的，自己准备去约蒋先生吃个午饭。

王曦瑶不解："为什么要成绩差的？"

说好的挖宝呢？

小周说："成绩好的，成本太高。"一是利益成本，二是时间成本。再说了，就算挖来了，也未必能支撑到最后，与其给人希望又让人失望，倒不如从成绩差的下手。两情相悦，才有美好未来嘛。

王曦瑶虽然不大理解，但不妨碍她继续佩服，这才是干大事的胸襟啊！

两人一起走到楼下，小周都准备打车了，突然又走了回来："我心里有点不舒服。"

所以，她不是大胸襟，而是反射弧太长？

小周望着天空，默默地做了决定："我还是要找朱玉轩讲清楚！"第一次见面，她就察觉到对方偏激得甚至有些厌世，这种性格的人很容易因为一时冲动，做出后悔终身的决定。所以，这次事件甭管里面有多少弯弯绕绕，她都要把自己的事情说清楚，免得让对方误入歧途。之后他要如何选择，那也是自由意志了。

王曦瑶看着她又匆匆忙忙地往楼上走，一时无语。

小周在陈墅的办公室门口等了一会儿，终于等得不耐烦了，她敲门进去，直接无视了陈墅对面的老夏和孙兆麟，对坐在沙发上扮雕塑的朱玉轩钩钩手指："跟我来。"

孙兆麟顿时紧张起来，笑着挡住了沙发的位置："哈哈，玉轩现在是我的选手，有什么事情跟我说就可以。"

小周说："私事。"

"我年纪差不多当他爸了，私事也可以跟我讲。"

小周扬眉："他爸不是左耀山吗？"

孙兆麟语塞。

朱玉轩双手插着裤袋，慢吞吞地走过来："走吧。"

孙兆麟抓了下他的胳膊，笑呵呵地说："转组的事情陈总也同意了，我马上就办。你和小周交接一下，我一会儿去帮你搬寝室。"

小周的脑海中莫名地冒出七个字：无耻小三急上位。

小周带他回自己的办公室，倒了杯水……还是给自己喝："孙兆麟大概不会让你待太久，我长话短说。不管你信不信，你的家庭关系不是我捅出去的。"

朱玉轩说："昨天下午，蔡正霄是蔡立群弟弟的消息被爆出来了，你知道吗？"

小周愕然地摇头。

蔡正霄是孙兆麟组的尖子生之一，蔡立群是一个相声新秀，两人样貌相差甚远，一般人不会联系到一起。

他说："上了一会儿热搜。"

小周慢慢地喝着水。那时候，她一心扑在演唱会上，自觉考核十拿九稳，就放松了警惕。"所以，你怀疑我怕输，所以泄露了你的家庭关系？"

如果她这组的搜索指数一直遥遥领先，她还放消息，就很说不过去了，但是这样就合理了。她有动机，也有情报。

朱玉轩说："但是，刚才左耀山的经纪人走进来和孙兆麟熟稔地打招呼时，我就知道，我想错了。"

小周吃惊道："那你为什么还……"

他沉默了一会儿，说："孙兆麟跟我说，特训结束之后，经纪人会挑选自己组的选手签约，然后安排资源。"

提前对选手泄露节目内容是违规的，她皱了皱眉，没说话。

朱玉轩目光低垂："他愿意把他分到的所有资源都给我。"

小周怔住。

每个经纪人分到的资源是均等的，给他所有资源的意思是……只押一个宝？

如果孙兆麟真能做到这一点，那她输得不冤。至少，少颜三小只她是打定主意要签的。小周心服口服："祝你成功。"

朱玉轩笑了笑，笑意不及眼底，更像是在讽刺："节目最后的成绩会决定你们在公司的地位？"

这个只是猜测，还没有正式公布，但小周并不打算说太多内部的事。

他好似也不想要一个答案，自言自语地说："祝他好运吧。"

小周心念一动："你……你考虑清楚了？拿自己的前程意气用事，是很不明智的。道路千万条，何必行险招？"

朱玉轩淡淡地说："人活着，不就是图一个痛快吗？不然，你何必正面得罪方竞雄，惹来一身骚？"

小周张了张嘴，最后叹了口气，没有再劝。

再次从大厦出来，小周腰不酸腿不疼，走路虎虎生风。快到十二点了，不知道蒋先生吃饭了没，于是发微信过去问。

蒋先生可怜巴巴地回复："还没吃。开会发微信，被发现了。"

呃。小周问："那怎么办？"

蒋先生说："怕打扰大家，我换了个不容易被发现的位置。但是会还没开完，你刚才又不理我了。"

小周："先生少安毋躁，待我负荆请罪。"

蒋先生坐在会议室里，突然觉得冗长的会议也没那么讨厌了。

他的小动作太多，因为主持会议连手机都不方便看的张知不满地看过来。之前发现他开会偷看手机，他故意提示了一句，谁知这个不要脸的家伙，竟然正大光明地跑到会议室最后面去了。

"今天的会议先到这里吧。秘书会把会议记录整理好，你们各自看看，还有什么问题，可以单独发邮件补充。"

张知合上手提电脑，走到会议室最后，堵住了准备开溜的蒋修文。

蒋修文不等他开口，就微笑着说："我中午有约会。"

张知的脸一下子臭了："公司出这么高的薪水，不是让你约会的。"

"但我赚这么多的薪水，就是为了约会养老婆的。"手里的手机振了下，小周发了条新微信过来："我在楼下，方便上去吗？"

原来，别人秀恩爱的嘴脸，是这么丑陋。内心顿时也丑陋起来的张知抱着胸说："你知道……我和小周是从网络走到现实才认识的吗？"

蒋修文扬眉。

他含含糊糊地说："第一次见面，她还喝醉了。"

"她上网……是和我一起学会的。"蒋修文含笑说完，大步走出了会议室。

坐电梯，直达一楼。小周捧着一束红玫瑰站在前台。

蒋先生沉郁的心情顿时得到了抚慰。见过小周喝醉酒又怎么样，在她眼里，bling bling、会冒粉色小心心的只有他。

小周丝毫不知道就在短短几秒钟，蒋先生就蒸发了身上的醋意，喜滋滋地迎上去："会开完了吗？累不累？"

蒋修文说："开完了，就是结束语有点不太愉快。"

见她一脸不解，他没有立即解释，而是带着她去了对面那家很贵的餐厅，吃1288的工作日双人优惠套餐。

说实话，这家店贵归贵，味道是真的不错，小周一阵子没吃，还真的有点想念。

因为是套餐，所以点餐很快。

小周喝了口水，问："你刚才说结束语不太愉快？什么结束语？"

蒋先生将花放在桌边，状若漫不经心地说："张知说你们是从网络走到现实的？第一次见面还喝了酒。"

"咳咳！"

小周一口水差点呛到鼻子里去。

蒋先生连忙抽纸巾给她。

小周一边擦一边举手表无辜："我是代人受过。"

蒋先生重新要了杯水，然后摆出了洗耳恭听的姿势。

小周深吸了口气："当年，大乔在游戏里骂人被扒皮，为了挽回公众形象，高老板严禁他玩游戏。所以，他就拿我的身份证偷偷玩，还玩到网友见面……他不敢去，才让我顶上的。"

说到这里，她不免想起了昔日的痛苦回忆，抱怨起来："为了不露馅，他让我背了所有的游戏资料，我到现在都记得，七十二级升七十三级要三百二十六万五千三百四十六点经验，七十三级升七十四级要三百八十七万九千一百八十七点经验。"

蒋修文问："那喝酒……"

"那次见面，就是参加一位网友的婚礼……盛情难却。"见他脸上不大高兴，她忙补充，"不过大乔也没有很好过。因为我喝醉之后，就把他用人妖号的事给卖了。"

所以，她和大乔的友谊，就是在不断的互相亏欠和内疚中维系下来的吗？

不想继续纠结自己的黑历史，小周说出了今天的来意："报告，今天我是来诉苦的。"

蒋修文说："比七十二级升七十三级要三百多万点经验还苦吗？"

小周托腮想了想："这么一对比，我突然好过多了。"

第26章

诉苦这种事，小周真的不大熟练，于是说着说着，就成了说书人，越讲越兴奋，原本是职场故事，硬生生掰成了宫斗剧，连美食都冷落了。

蒋先生只好担起投喂的职责。

故事讲完，正好送上最后一勺通心粉。

小周心满意足地舔了舔嘴唇："好吃。"

喂得太欢，忽略了自己，但喂饱女友的成就感无与伦比。蒋先生吃着有点冷的牛排，一脸满足。

小周连忙将椅子挪到他旁边，一起帮忙切。

原来牛排微冷更有滋味，蒋先生开启了美食新大门。

"你打算放弃朱玉轩？"

蒋先生咽下最后一小块牛排，拿起餐巾，优雅地擦拭嘴唇。

小周托腮，叹气道："不是我放弃他，是他放弃我。不过呢，我有预感，孙老师傅夜路走多了，这次可能不仅是湿鞋。"

蒋先生深以为然。托小周惟妙惟肖地描述的福，朱玉轩的心思他隐约能猜到一点，这种伤敌一千自损八百的招数，也只有这种年纪的人会义无反顾。

他说："看来'周网恢恢，疏而不漏'。"

小周伸出手，钩了钩他的下巴，轻佻地说："不，纣王（周网）心里只有妲己。"

"蒋妲己"深受触动，抓住她的手，亲了亲："吃完饭，我们去车上坐坐？"

"地下车库太闷热，有什么好坐……"目光触及蒋先生饱含深意的笑容，她总算反应过来，坐直身体，义正词严地说，"再过一会儿就要上班了……抓紧。"

上班前的最后一段休闲时光品质卓越，蒋先生下午上班的状态唯有"春风得意"可形容，工作的效率也很高，一下午的工作量浓缩在一小时内完成。

与之相比，刚喝完一杯咖啡提神的张小太子脸上明显写着"郁郁寡欢"四个字。

他拿着一大沓文件进来："与衡源地产的合作案就交给你负责吧。看电脑伤眼，资料我特意打印出来了，不用谢。"

文件还没放到桌上，就被挡了回去。

蒋修文说："恐怕不行。张董事长给了我一件非常重要的工作，我要在近日完成。"

张知将信将疑："什么工作？"集团的大项目他都心中有数，除了衡源，其他几个都有人在负责。

蒋修文说："森微。"

"它除了聘用了你女朋友，还有什么重要的？"

因为《明星天梯》节目，森微目前势头不错，但规模是硬伤，它发展得再好，短期之内对张氏集团来说，也只能算不痛不痒。但投资森微的决定是他做的，所以张知对它的发展十分关注。

蒋修文说："森微已经完成了投资的预期目标，是时候放手了。"

张知皱眉："你要抛售森微的股份？你疯了？"

蒋修文拒绝背锅："这是张董事长的意思。"

“森微现在是上升期！完全是潜力股，你现在卖股份，价格一定不会开得很高，但是等公司把节目里的艺人签下来，全力运作之后，森微的股份就可能形成有市无价的局面。”

张知见他不为所动，猛然拍了下桌子：“我去找他！”

“等卜。”蒋修文悠悠然地站起来，把桌上的那沓资料整理好，递还给他，“我一向拾金不昧，不用谢。”

张知的偷放计划失败。

美食使人快乐，帅男友使人幸福。

中午出去一趟回来的小周感觉自己幸福又快乐，完全不见王牌被对手挖走的颓丧，王曦瑶把孙兆麟组合适的选手名单给她时，她竟然还哼起了小调。

王曦瑶担心她压力过大，精神失常，于是问道：“你有没有熟悉的心理医生？要不要找个时间去谈谈？”

“有啊，中午已经谈过了。”小周一脸的幸福洋溢，“蒋医生医术高超，妙手回春，我的灵魂完全得到了升华！”

是魂不附体的意思吗？

王曦瑶胆战心惊。

小周看了看她选出来的两个人：“杨涵？”

王曦瑶收敛心神：“他原来是声乐组的成员，优点是音域很宽，缺点是容易走调，人气一般，但脾气不错，没有负面新闻。”

“那这个呢？”

“楚天磊是舞蹈组成员，从小学芭蕾，有很深的舞蹈功底，但是唱歌一般，人气较低。优点是非常谦让，经常帮室友打水带饭跑腿。”

真的是很普通。

好在小周本来就没抱希望，听了也不觉得失望：“行吧，下午三点公布之前，和他们接触一下，看他们谁愿意过来。”

“接触过了，楚天磊愿意。”

小周毫不意外。

帮室友打水带饭跑腿不稀奇，但经常打水带饭跑腿，那就有问题了。

“那就他吧。”

下午三点录制期中考核结果。

宣布之前，孙兆麟主动提出使用拔河比赛赢得的福利，互换队友。为免经纪人内部的竞争摆上台面，也为了削弱朱玉轩意愿的作用，他故意表现为朱玉轩是因为小周输了拔河比赛，才不得不接受他要求换人的结果。

小周当然配合，总好过让朱玉轩的粉丝以为是她逼走了她们的明星。

其后宣布考核结果，小周毫无悬念地拿下了第一，孙兆麟第二，王星语第三。孙兆麟组淘汰了杨涵。杨涵的神色顿时扭曲起来，难掩惊慌。

他拒绝小周组，就是笃定下面还有楚天磊垫底，淘汰也不会轮到自己。可是他万万没想到，垫底的竟然被换过去了。

录制结束，他特意找上小周，试图补救。

小周说：“比赛就是比赛，结果出来了，就没办法了。”

杨涵哀求道：“我人气比楚天磊好，而且我能唱高音，我还会自己作曲……周姐，你再考虑一下我吧。我真的很想唱歌，我为了这次比赛连上大学都放弃了！”

小周眼角扫到他后面的走廊里露出了半个小脑袋，定睛望去，那个小脑袋惊慌地缩了回去。仓促一瞥，也足以认出是刚刚加入己方的楚天磊。

她说：“放弃读大学是你的选择，放弃转组也是你的选择。你是成年人，应该为自己的选择负责。”

杨涵还想再说，小周却不打算再听下去了。

“我可以用秘密来交换。”他突然凑过来，把小周吓了一跳，急忙推开了他。

杨涵低声说：“我知道朱玉轩爸爸的事情是谁说出去的。”

小周想起王曦瑶对他的调查评语：“脾气不错，没有负面新闻”，忍不住想呵呵。她淡淡地说：“我不接受条件交换。你还想说吗？”

杨涵怔怔地看着她，透过她不为所动的目光，看到了一副铁石心肠，终于心如死灰，扭头跑了。

她虽然不接受条件交换，但……免费的八卦还是可以听听的嘛。现在的小朋友，真的是不见兔子不撒鹰啊。

小周之前的组员们都相处得不错，知道朱玉轩被换走，他们一个个心情低落。尤其靳磊，一边帮朱玉轩收拾东西，一边掉眼泪，最后小周看不下去了，说:“孙老师组没那么可怕，他过去不是当饲料的。”

靳磊抽抽噎噎地说:“我不想玉轩哥哥走。”

吴赫赫逗他:“为什么呀？”

“有这种对手好可怕。”

所以他是被吓哭的吗?

她说:“我有个好消息，不知当讲不当讲。”

靳磊眨巴眼睛:“你还可以把玉轩哥哥换回来？”

小周摇头:“接下来的竞争是内部竞争，所以，你的玉轩哥哥这次是去祸害别人的。”

虽然她努力用轻描淡写的语气来处理这件事，但组员都不吃这一套，该难过的还是很难过。

既然创可贴不能疗伤，干脆就捅得更狠一点。小周说:“节目录制总要结束，不管你们最后名次怎么样，都是要分开的，所以，分着分着就习惯了。”

靳磊说:“人还会死呢，但我不想现在死。”

为什么现在的小朋友讲话这么有道理?

各组的寝室离得很近，也就是几步距离。靳磊以前还常常串门，今天却一步也不愿意挪动了，走到门口就停下脚步，噘着嘴巴指着门槛的位置，对朱玉轩说:“以后这里就是三八线。”

朱玉轩抬手揉了揉他的脑袋。

靳磊嘴巴一张，作势欲哭。

被哭到头疼的其他人急忙将朱玉轩推出去，隔开两个人:“快走快走！”

朱玉轩后退几步，撞在一个香香软软的身体上。香味那样熟悉，让他下意识地嗅了一下，却被对方主动让开了。转过身，一向开朗热情的王曦瑶正不咸不淡地看着自己，他心里猛地一抽搐，竟有些难受。

“我……”

他刚说了一个字，王曦瑶就笑了笑：“换组以后也要加油！”

那笑容怎么看怎么官方，把他的话一下子噎了回去：“嗯，谢谢。”

做好看一出狗血大戏准备的小周，眼睁睁地看着朱玉轩提着行李，头也不回地离开，忍不住拍了王曦瑶一下：“就这样？”

王曦瑶说：“不然呢？让他留下买路钱吗？”

小周摸着下巴：“每个单身的背后，都有一个顽固的理由啊。”

王曦瑶看着朱玉轩进了孙兆麟组的寝室，深吸一口气，问道：“你有没有相过亲？”

“啊？”

“反正你有董事长了嘛，用不到的相亲资源介绍给我吧。”

“啊？”

王曦瑶咬牙：“我决定了，下次谈恋爱，只看职业、家庭和年薪，再也不看脸了！”

第27章

结束一天的兵荒马乱，到家门口时，高勤发微信过来问后续。

小周叹气："鸡飞蛋打。"

高勤沉默了一会儿，发了个"你是笨蛋吗"的表情。

小周："高老板，你们什么时候回来？"

高老板："工作还要半个月才结束，之后我们打算自驾玩几天。"

小周："还要这么久啊？"

高老板冷笑："小朋友才会吵架输了找家长。"

小周："不，我只是考虑要不要回敬一个表情。"

高老板立刻发"你找死吗"，但迟了一步，小周先一步发送了"你才是笨蛋"，然后火速退出微信，假装自己从来没有安装这个软件。

直到睡觉前，温暖的蒋先生准时送上温暖的晚安。

小周在卸妆前发了个闭目躺在枕头上的自拍。

蒋先生很快回复："想亲。"

“嘻嘻嘻嘻……”小周抱着手机在床上傻笑着打滚，然后发了个亲亲的表情。

蒋先生很快回了个小心心。

啊，又是爱心满满的一天。

小周正要退出对话框，蒋先生又发了一条：“记得卸完妆再睡。”

这位直男是自己历经千番才遇到的，千载难逢……千辛万苦……千挑万选……千万忍耐。

她盘膝静坐了一会儿，总算忍住了体内汹涌澎湃的洪荒之力。

回到微信主页面，高老板发了一条文字消息过来：“左耀山与女友的婚事告吹，疑似分手。”

咦，左耀山有女朋友？

真不愧是高老板，不关注则已，一关注就像在人家家里安装了监控摄像头，实在吓人。

小周一边心痒难忍，“抓心挠肺”地想知道左耀山和他女朋友的八卦，一边惊恐不已，自己下午好像不要命地得罪了他。

她颤巍巍地发了个微信给蒋先生：“蒋壮士，如有一日，大魔王降世，要杀我证道，可愿为我拼死一战？”

蒋先生：“和平年代，侠以武犯禁。我会报警。”

小周：“如果大魔王使用咒术呢？”

蒋先生：“你有桃树辟邪。”

蒋先生：“我早已为你开满了一树桃花。”

怪不得她最近事业这么坎坷，原来是情场得意，桃花运太旺！

嗯，既然这样……事业再坎坷一点也没关系。

尽管小周让公关公司调查了热搜源头，却没想到反馈得这么快，拿到结果的第一时间，她就让他们再发一份给陈墅。

陈墅这几日过得很舒坦。

蒋修文入主董事会之后，他提心吊胆了好一阵子，后来发现，董事会的存在感从此更薄弱了，以前还常常来公司视察的蒋董事长近日离森微最近的时候，就是接女友下班。

这次小周和孙兆麟发生了这么大的冲突，陈墅以为蒋先生要冲冠一怒为红颜了，毕竟，当初他对自己可一点都不客气，偏偏，两天过去了，依旧风平浪静。

但是，当他以为大事化小、小事化了的时候，公关公司的报告又来了。

看完报告，陈墅一阵胸闷。

所以，蒋董事长不出手是因为……相信女朋友的战斗力足矣？

陈墅在办公室纠结了一会儿，终于决定打电话给孙兆麟通个气时，小周真人杀到。

“陈总。”

小周笑靥如花：“没有打扰你吧？”

陈墅放下顿时千斤重的手机，问道：“你今天不用去基地吗？”

小周理直气壮地说：“打小报告更重要。”

陈墅无语：“公关公司的报告我看到了，这件事已经过去了，你还要追究吗？”

小周说：“如果爆料的是外人，我就睁一只眼闭一只眼了，毕竟人红是非多，我也堵不住悠悠众口。但爆料的人在内部，就好比背后被人捅了一刀，不揪出来，我寝食难安。事关职业道德，谁知道哪一天，他一时兴起，把公司内部机密给卖了呢？”

陈墅想想也有道理：“不如这样，反正节目进行到这个阶段，经纪人助理这个职位也可有可无，不如干脆把三个助理都去掉吧，也不容易引起外界猜疑。”

与小周的第二设想不谋而合，她顺势道：“王曦瑶和我合作得很愉快，我想正式聘用她。”

“可以。那助理的去留就由各自的经纪人决定。留下的助理，就从幕前转到幕后。”

陈墅答应得这么爽快，对于小周是意外之喜。

她说：“林杏菲一定不能留下。”

陈墅原本担心波及孙兆麟，毕竟爆料的是林杏菲，她是孙兆麟的助理，孙兆麟难逃嫌疑，但小周不提，他乐得装糊涂："嗯，我会和老孙说明利害关系，相信他也不会那么糊涂，保一个出卖公司的人。"

小周怕他拖拖拉拉，问道："那事情就这么决定了，还是再往深里挖一挖？"

陈墅也怕夜长梦多，忙道："外面风风雨雨够让人心烦了，我们内部要以稳定为主。事情既然查清楚了，就尽快处理。我马上联系老孙和总导演。"

为免殃及孙爱将，陈墅动作飞快，下午就说服了总导演，去掉了节目中的助理职位。

小周为了看孙兆麟如何安置林杏菲，还特意去基地转了一圈，可惜两人都不在，倒是王星语打电话过来，问她搞什么鬼。

小周装无辜："陈总决定的事，你问我干吗？"

王星语说："少来。陈总还不是要看董事长夫人的脸色行事！"

小周丝毫没有妻凭夫贵的尴尬，大大咧咧地说："那你比陈总大牌。"

王星语被噎住了，过了一会儿才说："小年轻们谈恋爱，各凭本事，哪有你这么帮忙作弊的？"

小周的脑门冒出三个大问号："什么意思？"

"你真不知道假不知道？"如果小周现在站在王星语面前，她的唾沫星子大概直接要喷过来了，"我上次不是跟你说过吗？王曦瑶的日记是林杏菲公布出去的。你说，两个女孩子，住一个寝室，平时也没什么利益冲突，背地里耍这种手段是为什么呀？"

小周鹦鹉学舌："为什么呀？"

"情敌呀！明摆着的！"

"你不知道林杏菲喜欢朱玉轩，你干吗把她弄出节目？"王星语问。

小周也没帮忙藏着掖着的意思，说道："朱玉轩的家庭关系是她爆料出去的。"

王星语倒吸一口凉气："难道朱玉轩和王曦瑶在一起了？"这不是典型的因爱生恨吗？

"别造谣，曦瑶前两天还托我介绍相亲对象呢。"

"这样啊。"王星语口气一变，突然亲切无比，"我们要经常沟通，才不会产生误会。你看我们这次的谈话就很有效率，双方消息一交流，就还原了真相。好吧，我不打扰你了，下次再聊。”

所以，她打电话过来只是为了八卦？

在王曦瑶得到助理职位取消的消息之前，小周已经向她发出了正式的聘用邀请，所以王曦瑶淡定得很，倒是有人不淡定了，发微信给她，问她以后有什么打算。

王曦瑶看着几百年都不见发一条朋友圈的人突然跳出来，却找不到以前激动兴奋的感觉了，冷冷清清地回答：“不知道，可能继续深造吧。”

对方没动静了。

王曦瑶在房间敷面膜，林杏菲双眼红通通地进来，低头收拾了衣服去浴室洗澡。

自从小周暗示她，日记可能是林杏菲泄露的之后，她就有意识地减少了两人见面交流的机会，朱玉轩转组之后，两人更是不约而同地进入了冷战状态。

她心胸豁达，自娱自乐也很痛快，倒是林杏菲看上去很受煎熬，好几次都故意弄出声响来发泄。

林杏菲这次洗澡的时间有点长，王曦瑶做完面膜习惯性要洗一下脸，浴室一直被占着，只好用湿纸巾潦草地擦了擦，刚擦完，手机又响了一下。

朱玉轩发了一堆本地的音乐学校简介过来。

王曦瑶笑了笑，淡淡地回复：“对不起，我是服装设计专业。”

那头又凉了。

直到快睡觉了，他终于又发了开设服装设计专业的学校过来，内容很翔实，连报考的时间和科目都有。

王曦瑶的手指在输入处摩挲了一会儿，最终将手机往枕头底下一塞，翻身睡了。

她睡得早，小周却睡不着，邱奕宇知道了表妹要被开除的消息，打电话缠了她一晚上。

“六日妹妹啊，一场同学，你不能见死不救啊。我表妹这个人，特别死心眼，她一心想往娱乐圈发展，为了这，和父母都闹了不知道多少次，这次机会她是立了军令状的，如果不能混出个人样来，回头就要结婚生孩子。你说，女性生存的价值难道是生殖吗？必须不是啊！你行行好，可怜可怜她，再给她一次机会呗。”

小周打了个哈哈：“不是我见死不救，实在是无能为力啊。她的经纪人是孙兆麟，那是我的竞争对手啊，我要是给她说一句好话，孙兆麟明天就能让你表妹直接收拾铺盖走人，你信不信？”

邱奕宇当然不信。

他表妹说了，小周在公司地位不一般，只要她松松口，就能雨过天晴。但隔着电话，很多感情无法表达到位，他说：“要不这样，我们明天约个时间，当面谈。一场同学，这个面子你总要给我的。”

小周推托最近没空。

好不容易挂了电话，他继续发微信。他发也就算了，过了一会儿，狗痣也发了一条过来：“邱奕宇让我约你吃个饭，你是不是不想去啊？不想去就当没看到吧。”

高中怎么不觉得他这么烦人呢？

小周猛然想起，邱奕宇高中时只是个马甲，马甲下另有其人。

第28章

念及高中情谊，小周决定给他一个痛快，答应了明晚的邀请。这一顿饭也不能白吃，毕竟林杏菲给她找了不少麻烦，于是她选了蒋先生常去的那家“88”套餐店。

邱奕宇欣喜若狂，一口答应。

小周转头就跟蒋先生报备：“有位男士死皮赖脸地请我吃饭，不胜其扰。”

蒋先生顿时也困扰了：“何方神圣？”

小周：“林杏菲的表哥。”

过了好一会儿，他才说：“孙兆麟那个助理的表哥？”

这段停顿的时间展示了蒋先生卓越的求生能力——对其他女孩的记忆模糊且艰难。

小周十分满意：“明天有空吗？”

蒋先生：“捍卫女友，责无旁贷。”

答应邱奕宇吃饭的邀请时，小周只是单纯地想让对方知难而退，不再纠缠，但随着时间临近，各种不善良的想法从她的脑海中冒出来。林杏菲两次爆料，坑了朱玉轩一遍又一遍，身为他的前经纪人，自己不站出来说句难听的话，好像都对不起她是高中同学表妹这层关系？

她赴约前，喊住刷手机的王曦瑶：“你最近和林杏菲……你在看什么？”

“考研论坛。”

小周一惊：“你要考研？”刚收入麾下的助理要飞？

“只是随便看看。”王曦瑶收起手机，“你问林杏菲？她昨天在浴室里哭了很久，眼睛都肿了。今天一大早就出去了，我也不知道她去了哪里。”

小周说：“如果有机会和她开诚布公地谈谈，你会说什么？”

王曦瑶耸肩：“我和她同住一个寝室，想谈有很多机会可以谈，但没什么可说的。人各有志，哪是三言两语可以改变的？所谓谈一谈，无非是发泄我的情绪，让她不痛快。但是，日记是我自己要写的，朱玉轩也是我自己决定要喜欢的，她存在与否，并不起决定性作用，所以她没有那么重要啦。哎，为什么这么问？你想和她和解？”

“不，我大概是想发泄我的情绪，让她不痛快吧。”

王曦瑶的话虽不至于激发小周对人生新的感悟，但在处理林杏菲的问题上，发人深省。于是她对晚餐的期待又没了，开始盼望晚餐快点结束，好与蒋先生共赴二人世界。

赴约的路上，邱奕宇打电话说他要晚到一会儿，让她先点菜。

小周发微信问蒋先生什么时候下班，收到仍在开会的回复。

她不想太早在餐厅里等，便一个人在附近逛街。购物中心的各大品牌店正推出春季新款，她本想看看今年流行什么款式，走着走着，就走进了男装店。

因为录制节目，她专门向造型师了解过今年春夏的男装流行趋势，什么“一截二”式、解构主义……她和厚厚听得似懂非懂，现场好似只有王曦瑶领悟到了精髓。

但是走进店里，那些知识好似没那么重要了。她在脑海中，将衣服一件件试穿在蒋先生身上，不就是时尚本身吗？

新年红包还没花完，她又补贴了一点，买了件风衣。

买完出来，居然起风了。她顶着一头乱发，小跑着进餐厅，迎宾的服务员贴心地送上了梳子和发绳。

这就是价格这么贵，她还选择这家餐厅的原因了。

服务真的好。

她放下袋子，正要接过梳子，一只骨节分明的手抢先一步。她顺着手望向主人——蒋先生先用手拨开她挂在头顶的发丝，才用梳子轻轻柔柔地梳了两下。

头皮像被电流通过似的，酥酥麻麻的，有点舒服，有点刺激。小周扭头的时间有点久，被他笑着捏住下巴，轻轻推了回去，然后拢起发丝，用服务员提供的发绳绑了条小辫子。

大概怕弄疼她，头发绑得松松垮垮的。

小周将购物袋塞进蒋先生手里，正准备抬手重绑，邱奕宇从里面探出头来：“小周？”

“你到啦？”她一边绑头发，一边打招呼。

对方突然睁大眼睛，盯着她的身后：“余积哥？”

小周还沉浸在绑头发的事业中，好不容易搞定，发现现场气氛有点怪异。她看看发呆的邱奕宇，又看看蒋先生。

与邱奕宇相比，他的表情十分镇定：“他就是孙兆麟助理的表哥？”

孙兆麟助理也是有名字的。

小周看了一眼跟在邱奕宇后面出来的林杏菲。

经过这几件事，小周对她的印象实在不好，但看她此时双眼通红，泪水蒙眬的样子，多少动了些恻隐之心。柔弱的美人总有些先天性的优势。

但怜悯不过两秒，就听邱奕宇突然咋呼起来：“世界真的太小了！你不会和六日妹妹在谈恋爱吧？”

蒋修文给小周绑头发的那一幕，他都看在眼里：“你们……你们可得给我媒人红包啊！要是没有我的博客，哪有你们今天的姻缘？”

“余积”这个名字，小周只听过一次，所以邱奕宇一开始喊的时候，她并没有在意，直到他说出博客，她才联想起来，不可思议地看向蒋先生。

蒋先生一脸镇定，只是放在身侧、微微攥紧的拳头透露出几分不安的心情：“嗯，我是衣多藏之笥。”

小周的脑海中爆竹声频起，一时说不出是内心崩溃了，还是在庆祝。

邱奕宇还沉浸在自己“劳苦功高”的人设里，拉起两人就往里走：“坐下说，坐下说，别堵着人门口，人家还要做生意呢。看在这份交情上，媒人红包我不要了，但我表妹的事，你们可一定要给解决啊。”

小周眼珠子一转，刚走到座位边，还没坐下，就直接拉住蒋先生，“生气”地说：“你一直瞒着我！”

蒋修文有些慌乱：“我想说，但找不到机会。”

“我们交往了这么久，多少次把天聊死，也不见你用这个话题挽回一下！”

蒋修文有点蒙。

在他的记忆中，他们只有不够聊，什么时候把天聊死过？不自觉地就有些委屈：“你那时候……不是不喜欢我吗？”

“谁说的？”小周有点心虚。

蒋修文理直气壮地说：“我约你看电影，你说要避嫌。”

小周说：“我以为你是邱奕宇。”

已经看呆了的邱奕宇听到自己的名字，就想插进来说两句，奈何二人世界容不下第三者的插足，蒋修文很快将话接过去：“我说了如果看电影，那就是我们的初次见面。”

“我以为邱奕宇要和我重新认识。”

蒋先生并不满意这个答案：“你说你要考理想的大学，不打算在高中谈恋爱，怕耽误学习。”

那是因为她整个高中都没有出现一个像蒋先生这样各方面条件都这么能打的男神。

不得不说，当年的她，择偶标准十分肤浅，就是两条——聪明、帅。

奈何整个高中时期，她认识的男生不是长着青春痘，就是沉溺于中二期无法自拔。如果早知道是蒋先生，她的学习成绩早就突飞猛进了，为了蒋先生的美色，也必须考上他就读的那所大学啊！

小周悲怆地说："我突然觉得自己辜负了青春。"

蒋先生抓住她的手："我们还有更长的人生。"

小周的手指在他掌心里轻轻地挠了两下，然后愤怒地甩开他的手，说："我再也不相信你了，原来这段时间，你一直在骗我！你和我在一起，是不是为了报复我当年没有接受你的告白？"

蒋先生"试图解释"："不是这样的……"

"别说了，我们都冷静一下吧！"

小周甩开他的手往外走。

邱奕宇急了，伸手想拦人，被冲过来追人的蒋修文不着痕迹地推开。

小周回头，饱含歉意地说："我下次请你吧，但今天这顿饭真的吃不了了。还有，你表妹的事，我真的无能为力。"

见她要走，蒋修文跟了上去。

林杏菲突然站起来，喊了一声："蒋董事长！"

蒋修文原要追着小周出去，闻声回头："公司管理，由陈总全权负责，我不方便插手。"他微微一顿，看向邱奕宇，"今天不好意思了，下次请你吃饭。"

邱奕宇眼睁睁地看着两人一前一后地跑出去，扭头看向呆坐在桌边的林杏菲："这……什么意思啊？"

林杏菲看着窗外。

小周走得飞快，蒋修文亦步亦趋地跟在后面，两人很快穿过街道，消失在茫茫人海。

闹剧一般的场景，却是再现实不过的拒绝。

半晌，她颓然地坐下。

走出林杏菲的视线范围后，小周急忙转身，抱住了蒋修文。

蒋修文立刻将她紧紧抱住。

她往后看了看:“他们没追上来吧？”

蒋修文低头仔细端详她的脸:“你没生气？”

“我不是给你暗示了吗？”小周解释,“我不知道你和邱奕宇认识。我本来想着，我和他多年不见，交情泛泛，最坏不过撕破脸，也就是从‘以前的不往来’变成‘以后的不往来’。但你位高权重，和他又是邻居，当年能够互相借博客用的一定不是一般交情，我怕你为难嘛，所以找个借口溜出来。等会儿我就给他打电话，说清楚林杏菲是怎么帮孙兆麟害我的，然后就说是我拦着你不帮这个忙。等这件事情过了，你和他还能做朋友。”

女友如此贴心，蒋先生感动万分:“其实，我和他的交情也很一般。”

“哦，那我们现在来讨论一下余积的事吧。”小周微笑着说。

天上落下几滴水，可能是神仙给的机会。

他机智地说:“下雨了，我们找个地方坐下再说吧。”

小周抬头,看了看水滴来的方向,顺手擦掉他脸颊上的水滴,说:“是空调水。”

蒋先生干咳道:“余积是我的曾用名。”

前面刮了一阵风，小周往他怀里缩了缩:“我们找个地方坐下再说吧。”

这条建议……似曾相识?

临时换餐厅叫人措手不及，又要食物美味，又要有私密空间，最好还停车方便……

跟着蒋先生去取车时，小周在闺密群里求助。

王曦瑶第一时间回复，自从朱玉轩转组之后，她的空闲时间明显多了起来。

王曦瑶:“平安路新开了一家日料店，我有优惠券，发给你。”

小周:“谢谢。”

第29章

车开到半路，下起了雨，尽管蒋先生车里有伞，但风太大，雨水斜飞，伞的遮盖力实在有限。停车场和餐厅隔着半条街，边走边觉得面前好像放了个花洒。

进店后，小周拿着纸巾擦拭衣服，找了半天，发现自己只湿了裤脚。反观蒋先生，用伞和身体为女友建起一座移动堡垒，自己的呢子外套淋得能抖出一场人工雨来。

好在日料店里有暖炉，外套就挂在暖炉边烘着。

鉴于蒋先生刚才挡雨的重大立功表现，小周质问的话便说不出口了。等菜的间隙，她用手指轻轻地敲了敲桌面：“自首的机会已经没有了，你只剩下积极交代，主动配合的机会，还请牢牢把握。”

谈判桌上无往不利的蒋先生，此时此刻坐在餐桌边的姿势稍显局促。他斟酌道：“我之前有疑似的自首情节，可否从轻发落？”

“什么叫疑似的自首情节？”

蒋先生说：“还记得我带你回大学的那次吗？”

当然记得。大冷天的跑去天台看“大叉叉”，后来，她因为走神，被他误以为睡着，还把她抱到了楼梯扶手上。

蒋先生说：“我在博客里写过很多关于学校的事，我以为你会联想起来。”

“我是想起来了，所以以为你们是校友。”小周理直气壮地说，“又不是写小说，谁能想到是同一个人？你应该明示。”

这种时候，女朋友说什么都是对的。蒋先生改变策略，虚心接受：“是我考虑不周。”

小周一向吃软又吃硬，语气顿时软下来，矜持地说：“先交代你隐瞒的事实，再考虑计功量罪。”

虽然掉马甲的方式和时机不是他想要的，但是，他的确想过会有这么一天，所以很快沉静下来，说道：“我父母离婚前，我随父姓。他姓余，是名数学老师，所以我叫余积……不是霸王别姬的那位，年年有余的余，积少成多的积。博客名之所以改成‘衣多藏之笥’，是因为它的下句是‘食余积之困’。”

他讲得太详细，她把对名字的感慨全都咽了回去。

“你什么时候知道我是‘何不无名’的？”

“何不无名”是她高中时的博客名。那时候她还叫周六日。

对这个问题，蒋修文略有迟疑，小周眉毛一挑，给了更明确的选择：“相亲之前？相亲之后？”

眼前形势险峻，不容掩盖。蒋先生很快做出了哪方更有利的判断，积极主动配合地说：“我只预备了一场相亲，你是唯一的对象。”

怪不得只有周妈收到了蒋先生的照片，连介绍人都没有。

小周心下受用，表面十分高冷：“所以，你是有备而来？”

“你说过的，让我努力学习，好好工作，等事业稳定、经济宽裕之后，再来找你。”告白失败之后，她拒绝他的理由，就成了他这些年来努力奋斗的动力，“……我来了。”

小周努力回想自己当年拒绝的借口，好像……的确是这么说的。但她当初认定了博客是邱奕宇的，唯一的想法是，既要维持同学友谊，又要避免同学失恋之后颓废堕落，所以措辞很严谨。

“我一度以为邱奕宇有双重人格。”前一刻还是博客上伤春悲秋的文青，下一秒就在班级里肆意地展现自己中二的一面，明明还在同一个班级读书，还妄想自己上了大学，害得她每次回复都小心翼翼的。

说起这个，蒋先生有点好笑：“我开始不想让你知道，后来暗示你很多次，你却一点反应也没有。”

她没好气地说：“我怕我反应太大，让邱奕宇受到刺激，引发第一人格和第二人格自相残杀。小说里不都是这么写的吗？”

一直以为她想象力丰富是进入娱乐圈以后的事，原来是天赋吗？

尽管蒋先生坦白了很多，但是，有一条他始终避而不谈，那就是……

“你为什么不直说呢？相亲的时候就可以。”

害她一直提心吊胆地以为张复勋想通过她，对大乔下手。

蒋先生低头看着茶杯，半晌才说：“你不喜欢以前的那个我。”

小周一怔，下意识地就想反驳。

早知道衣多藏之笥是蒋先生，她怎么可能不喜欢？但是，理智上又觉得……是有可能的。高中时期与他在博客上交流了那么久，她的心里从来没有产生过半点涟漪，甚至被告白时，第一反应是头疼。

蒋修文缓缓道：“其实，我也不喜欢。”

他考入大学的那一年，父母终于决定离婚。父亲提着行李，头也不回地离开，母亲一夕憔悴，开朗明亮的笑靥从此都掺杂了灰色。他的内心充满了愤世嫉俗的怨怒，对人性的失望甚至到了憎恶的程度。

而小周就是这个时候闯入了他的生活。

她像一道活泼的光，明亮又灵动，又像一条纯净的溪流，悄无声息地滋润着他的心田。她用心地描绘自己的世界，缤纷绚烂，让他不由自主地代入，久而久之，习惯性地忽略了自己的处境，从精神上参与到她的生活中去。

看着她为朋友而烦恼，为美食而欣喜，为运动而郁闷，为学习而努力……渐渐地，他不满足于自己只是个旁观者。

他像是在沙漠中找到绿洲的旅人，试图跳出自己的命运，加入她鲜活的人生中去。

尽管失败了，但那时候的她，在他人生最灰暗的时候打开了一扇窗。

他从那扇窗爬了出去，从此，她就成了他指南针上唯一的“南方”。

看着蒋先生骤然失落的神色，小周突然后悔自己刨根究底。

其实，知道蒋先生以前就喜欢自己，她喜大于惊。一直以来，她对蒋先生喜欢自己这件事，总是心存怀疑，甚至还有一点点的小自卑。

虽然，随着交往时间越来越长，情侣之间的默契渐渐冲淡了隔阂与距离，这种怀疑却没有完全消弭。

直到今天，她知道了——

蒋先生暗恋她，而她拒绝过蒋先生。

忽然觉得，自己真的是人生赢家，和蒋先生简直是天生一对。

小周干咳一声，伸出爪子，握住蒋先生的手：“所以，我当初拒绝你，是完全正确的。”

小周说：“我们当时那么年轻，如果我没有拒绝你，我们的意志早就在爱情的海洋中腐朽了，怎么可能成为今天这么优秀的人？”

蒋先生点头：“你说得对。”

适逢服务员上菜，小周收回爪子，暗暗松了口气。

新开的店，正是打口碑的时候，不但食材新鲜，而且烹饪用心，小周原本想避开话题，好好理一理自己的思绪，谁知吃着吃着，就沉迷进去了，一边吃一边感慨：“好吃是好吃，就是太少了。”

蒋先生起身去了趟洗手间，没多久，服务员又送了一份一模一样的上来。

小周疑惑地看着他。

他微微一笑：“敞开吃，管够。”

这样的男朋友，无论做了什么都让人气不起来啊。

第一次吃日料吃撑，小周感怀王曦瑶提供的优惠券，准备去群里发表一下吃后感，一点开就看到厚厚惊讶地问："哎？这家餐厅你不是计划了很久，准备自己去吃的吗？"

王曦瑶说："计划已取消。"

厚厚："哦哦哦，是蛛网破了吗？"

王曦瑶说："没结过。"

蒋先生打开伞，准备推门往外走，见她盯着手机，迟迟不动，问她看什么。

小周收起手机，突然抱住他，感慨道："看到别人失恋，就觉得自己恋爱得特别幸福。"

蒋先生趁机问："你还会怪我吗？"

"会啊。"

"为什么？"

小周说："因为我回想了一下我们第一次相亲的场景，如果你一开始就告诉我你是衣多藏之笥的话，我可能当场就从了。"像蒋先生这么优质的相亲对象，只要有正当理由，怎么可能不接受！

当晚，小周更新了一条朋友圈，发的是蒋先生的侧脸，配文："气哭。"

下面一堆人回复。

高老板："等我回来，给你做个培训。"

大乔："自己选的人，可以哭着打110。"

沈小朋友："发生什么事了？我现在不忙，可以打电话给我。"

小周："气哭是这张照片的名字。"

下面没人回复了，但是冒出了一堆赞。

细数过去，高勤、乔以航、沈慎元、张知……蒋修文？

第30章

这个点赞，算他识趣。

偷拍被当事人抓到这种事，她一点都不心虚，谁让她是当事人的女朋友呢？

小周觉得自己和蒋先生的恋爱过程太平顺了，一点波澜都没有，不符合小说定律，偶尔人为制造一些，也算是情趣了。所以，今晚她知情识趣地决定，不回复蒋先生的晚安了，让他好好反省一下自己的欺瞒大罪。

关机、关灯……睡觉。

她躺在床上，拉高被子，闭上眼睛。

十秒后，她急急忙忙地开灯，打开微信敲他。

蒋先生还在等她的晚安，等到之后，身心舒畅："不早了，睡吧。"

小周："等下，还记得我给你的那个袋子吗？"

当然记得。

和邱奕宇分别之后，他就提到了车里，吃饭时忘记了，送完小周回家才发现在车上，现在就放在客厅茶几上。

根据非礼勿视的原则，他没有打开袋子，但是看外包装的品牌，应该是件男装。

蒋先生："我拿回家了，明天给你带去。"

他带给她，她再送给他……又不是皇冠，不需要这么隆重的仪式感。

小周："你直接放到你的衣柜里吧。"

蒋先生好半晌没说话。

小周拿着手机习惯性地搜了一圈节目的评论，最新一期已经放到了集训考核环节，罗少晨的声乐考试被认为是魔鬼考核，一丁点的瑕疵都逃不过他的耳朵，而且点评精准又无情，是娱乐圈的超级毒舌没错了。

她一直认为娱乐圈有两个半的超级毒舌。

高勤一个，罗少晨一个，国际大导演连觉修算半个——因为他只有拍戏的时候，才会进入毒舌魔王状态。

罗少的点评看多了，晚上容易做噩梦。小周返回微信，蒋先生新发了消息过来，最新的一条道了晚安，上面还有一张自拍照，他里面穿着睡衣，外面披着她新买的那件风衣。

好吧，穿睡衣外出也是一种潮流。

但是，作为万里挑一的直男，蒋先生的拍照风格也很直。宽肩窄臀也就算了，还小短腿。

小周对着拍照效果一米五的蒋先生笑了半天，手抖得按不上键盘。

蒋先生见半天没动静，沉不住气地发了条语音过来。

小周点开，是一句如夜色般撩人的"晚安"，笑意缓缓收入嘴角，她慢悠悠地回了张晚安亲亲的表情。

不回晚安什么的，还是改天再执行吧。

与邱奕宇的饭局不了了之之后，小周就想约个时间说清楚。但邱奕宇比她还着急，第二天她刚出门，正等着车，他的电话就打过来了。

经过一夜的思量，邱奕宇猜到自己揭穿了什么了不得的大事，口气十分谨慎：

“昨晚睡得好吗？”

睡得白里透红的小周微微叹了口气：“两个多小时吧。”

邱奕宇感觉脚下踩着一颗雷，用词更慎重了：“你昨天介绍的那家餐厅的手艺的确不错，不如我今天请你和……他再去吃一顿？”

既然他送上门，小周也不客气，直截了当地说：“吃饭什么时候都可以，但你表妹的事我想先讲清楚，她这次的行为，可能导致我在公司要多奋斗十年，我现在自顾不暇，真的帮不上忙。”

邱奕宇蒙了：“什么意思？”

“她在网络上散布一名选手的隐私，选手以为是我干的，直接跳槽去了我竞争对手那里。不知道你表妹有没有告诉你，经纪人旗下选手的表现将决定经纪人未来在公司的地位和职务。”

“这个选手这么重要？”

“他综合条件排名第一。”

邱奕宇不说话了。

小周主动递了个台阶过去：“算了，难得同学相聚，还是不要提这些糟心的事了吧。”

邱奕宇也是没办法了。他和林杏菲从小一起长大，把她当亲妹妹看，事关她的前途，他只能豁出老脸又试探了一句：“她倒没说得这么具体，就说想留下来将功补过。她太年轻，初入社会，容易受人利用，正需要一个靠谱的姐姐引领。”

小周轻笑了一声，顺水推舟地说：“你说得对，下份工作一定要好好找，你做哥哥的，是要好好把关。”

邱奕宇的脸皮到底没有厚到子弹打不透的地步，实在纠缠不下去，干笑着挂了电话。

此时他又有些后悔。

早知道小周这么难说话，倒不如先找余积。现在她已经把话说死了，自己再打过去，反倒像挑拨离间人家情侣关系。虽然，昨晚好像已经在无意中挑了一次。

他打电话给林杏菲，她没接，就发了条微信：“你喜欢什么样的工作？哥哥帮你留意着。”

林杏菲已经醒过来了，正坐在床上，睁着一双鱼泡眼对着手机发呆，看到这条微信，她心中的最后一点希望之光也破灭了。

这些天，她备受煎熬，心里囤积了很多怨言，但此刻，这些似乎已无关紧要。职场上，运气很重要，自己所托非人，只能自认倒霉。

邱奕宇这些天的奔走她看在眼里。工作之后，她才明白，哪有所谓的“帮忙”，都是一笔笔的人情债。自己闯的祸，怎么能拖累家人，让他们这么担心？

她咬着下唇，一个字一个字地输入：“我想考研。”

两天后，小周就收到了林杏菲离职的消息。这件事之前已有传言，真的发生后，也没掀起什么波澜。

倒是王曦瑶，盯着孙兆麟观察了好久，见他每天依旧吃好喝好的样子，有些愤愤不平：“断送了一个女孩的前途，竟然一点愧疚都没有！”

小周说：“不要随意揣测别人，因为你不知道他断送过多少人。”

听到前半句，王曦瑶还翻了个白眼，听到后面她忍不住冷笑了一下：“那还不是有人眼巴巴地送上门去？”

说曹操，曹操到。

小周见朱玉轩下楼，犹豫是留下看戏，还是找个隐蔽的地方偷偷看戏。

自从他转组之后，王曦瑶就一反常态，不但不追着他跑了，连偶尔撞见都十分生疏客气，仿佛之前的痴恋都是逢场作戏。而作为神奇生物——人类中的一员，朱玉轩也充分发扬了“唾手可得太轻易，失去才追悔莫及”的戏码，开始有意无意地制造偶遇。奈何他本性高冷，实在不是追人的料，每次都刻意得尴尬。

就如现在，他走过来的时候，明明一双眼睛已经粘在王曦瑶的身上了，偏偏讲话的语气还清清冷冷的：“这两天下雨，注意保暖。”

话音落下，人已经与王曦瑶擦身而过，走向了走廊的另一头。

小周望着一脸无语的王曦瑶，虚心求教：“这是什么情况？”

王曦瑶说：“这就好比……站在马路上，被人塞了一张不知所谓的传单。”

这个形容居然很贴切。

天气好像站在了朱玉轩的对立面。他刚说这两天下雨，天立刻就放晴了，明亮的阳光洒在身上，久了，竟也有几分暖意。然后，小周就看到来接她下班的蒋先生，他抓住机会，迫不及待地穿上了那件新风衣。

时近三月，但气温始终没有回升的迹象。就像今天，虽然天气晴朗，阳光普照，但晒不到太阳的时候，依旧阴冷刺骨。

小周看着他身上单薄的外衣，担忧地说："会不会有点冷？"

"不会，我穿了羊毛衫和保暖内衣。"为了穿新衣服，蒋先生绞尽脑汁。

她突然异想天开："如果我买的是沙滩裤，你也会穿吗？"

蒋先生说："我会立刻带你去夏威夷度假。"

小周摇手指："这是不可能的。"

虽然是玩笑，但蒋先生还是感到委屈："工作比我重要吗？"

小周说："不，签证最重要，而我没有。"

今天的蒋先生特别黏人。吃完饭，又看了场电影，然后开车去山上看星星。

因为天气好的缘故，竟也能看到零星几颗。

蒋先生说，接下来的一周，他要出差。

记得上次他出差，还是《明星天梯》的预选赛，他们还没有在一起，所以没有太大的感触，但是现在，人还没走，她已经开始难过了。

"去哪里？"

"签证不重要的国内。"

"国内要去这么久？"小周抓着蒋先生的袖子，恋恋不舍。原来有一种思念，是你还站在眼前，我就已经开始预支。

蒋先生说："要去三个城市。如果快的话，也许六天就能回来了。"

她想了想，还是不要了。城市间辗转有多累，她最清楚。反正两人已经在一起了，来日方长，何必争朝夕。

蒋先生说："去之前，能让我更安心一点吗？"

小周脱口而出："我给你买个保险？"

难为蒋先生在女朋友拼命拖后腿的情况下，还能把自己的计划一步一个脚印地实行下去。他从后面抱住小周，食指与中指间，夹着一枚铂金戒指："我想把我们的关系昭告天下。"

"这是最好的保险。"

小周忸怩地缩了缩手，但转念又想，机不可失，失不再来。想想蒋先生，就是因为失去了太多坦白的机会，才会让他们的姻缘耽误至今。由此可见，当机立断、勇往直前是多么可贵的品质。

她伸出手，细声细气又不失坚定地问："你要戴哪根手指？"

第31章

是一步到位，还是循序渐进？一向当机立断的蒋先生难得犹豫了。

计划部署已然到位，贸然破坏，恐产生连锁反应，影响后续步骤。然而，天赐良机，若不牢牢把握，有损他一贯快、狠、准的威名。

不过……他托起她的手，左手拇指在无名指上轻轻摩挲了一下，正当小周以为他选择它的时候，戒指被套入了中指。

面对她略带错愕的眼神，他微微一笑："我不想错过爱你的每一场仪式。"

小周抓住他的手温柔地搓了搓。

蒋先生低头亲了亲两人双手交握的位置。

"脸也这么冷。"她伸手摸他的脸，果然冷冰冰的，然后继续搓手。初春的夜晚，山上气温低至零下，难为蒋先生的外套这么薄，站了这么久居然还没有发抖。"星星要下班了，我们也快下山吧。"

所以，搓手并不是亲热，而是摩擦生热？

心情复杂的蒋先生任由小周带他回车内。

车内空调开启，不消片刻，就驱散了身上的寒意。车行驶在崎岖幽暗的山路上，车前灯的照明距离有限，越发衬托出车内小天地的温馨温暖。

小周长舒一口气："出差是什么时候？怎么走？"

"明早八点的飞机。"

"我送你。"

从小周家到机场，开车要将近一个小时，再加上办理登机手续的时间，林林总总，差不多要五点多起床，太折腾了。

一向疼女友的蒋先生自然舍不得："微信发消息送别吧。"

但是这次，小周十分坚持："不行，你要出差一礼拜，四舍五入就是……你等等，我拿手机算一下。"

须臾，就听她低声呢喃："七天乘以二十四个小时，乘以六十分钟……"然后开始高声嘀咕，"不用四舍五入，也一万多分钟了呢！"

"那……"他手指握紧方向盘，双目凝视前方，语气看似平静，嗓音却有一丝紧绷，"要不要来我家住？明天早上可以一起去机场。"

车内的空气微微凝滞，连呼吸声都细不可闻，好似两人不约而同地屏住了呼吸。

须臾，她才抬起手，捋了一下头发，用发丝挡着骤红的侧脸，轻声道："我们的关系只到中指……还不合适。"

车突然停住，小周吓了一跳："怎么了？怎么了？前面有人还是有狗？"

她紧张地前后张望。

车窗外是一座废弃的凉亭。这里离山脚还有一段距离，四下荒无人烟，但能看到大路上车辆飞驰而过，是非常适合拍鬼片的地方。

小周的手指牢牢地抓着安全带。

蒋先生说："我想回去。"

"回去哪里？"

"山上。"

"落下什么东西了吗？"小周第一时间去找他的手机。

蒋先生半晌没说话，但一张脸板得硬硬的，写满了不高兴、不开心、不愉快。

她从车内储物盒里抽出手机："哎，手机在啊。"

蒋先生用眼角瞄着她。

小周无奈了。生气的蒋小朋友虽然难得一见的可爱，但是不能看太久，不然小朋友可能会变成小河豚。"我们回山上做什么？"

蒋先生拉起她的手，深情款款地说："之前戴戒指的姿势不对，我申请重戴。"

对着蒋先生满怀期待的眼神，她忍不住喷笑了一声。

他的脸色立马黯淡了。

小周连忙补救："关系只到中指什么的，是我开玩笑的。"

钻进牛角尖的蒋先生听不进任何解释："中指关系……中止关系，听起来一点都不吉利。"

是错觉吗？总觉得，感情越深，蒋先生的心理年龄就越小。长此以往，他们结婚的时候，可能会出现有史以来，第一个由新郎客串的花童。

蒋先生不满被忽略，凑过去亲了亲她的嘴角："你在想什么？"

是啊！她在想什么，居然会想到婚礼上去。

小周拍拍自己的脸，强行严肃道："订婚关系……你觉得吉利吗？"

蒋先生愣了下，目光微垂，与她对望，似乎想从严肃中找出些许可以进攻的破绽。

须臾，作罢。

即便防御一看便知松松垮垮、摇摇欲坠，但是有小周的冠名，别说进攻，它自己倒下的时候，他还要过去撑一把呢。

蒋先生坐直身体，叹了口气："看来从今天开始，我要记账了。"

"记什么账？"

"我一共浪费了多少良宵，以后要加倍努力补回。"

说蒋先生心理年龄小什么的，是她误解了！

为了明天给蒋先生送行，小周回家洗完澡，就早早地上床睡了。

五点闹铃响的时候，她正做梦梦到新婚夜，蒋先生在新房里放满了超级电脑，然后严肃地告诉她，这些电脑正在日夜不停地计算她欠了自己多少个良宵……

醒来的时候，窗外天还黑着。

她在黑暗中平息了一会儿梦境带来的余悸，才蹑手蹑脚地起床洗漱。

清晨六点，蒋先生开车到小区门口，没多久，就看到小周背着双肩包，一路小跑着出来。

太阳还没上班，气温这么低，可她一出现，就带来一阵暖意——打从心底起。

他把用微波炉热好的牛奶和三明治递给她。

小周接过来，送上甜甜的早安吻："我男朋友真是体贴温柔到没话说。"

蒋先生微笑着发动车："唔，还是欢迎多说说。"

于是，吃饱喝足的小周夸了一路，夸到后来，蒋先生都忍不住想用手机录下来了。

小周拒绝道："想我的时候，你可以打电话给我。录音冷冰冰的，哪有真人语音这么温馨？"

蒋先生笑道："但真人语音有时候会气人。"

小周沾沾自喜："个性化选择，你值得拥有。"

因为蒋先生坐的是头等舱，安检有特别通道，所以磨蹭到临近登机的时间才走。

蒋修文将车钥匙递给她："出差带着车钥匙不方便，车先交给你保管。"

"哎？"小周眼睛一亮。

周爸很久之前就想买一辆奔驰，那时候还带着她琢磨了好久，事情都快定了，被周妈一个理由驳回——周爸的单位离家步行只需十分钟。用周妈的话说："你停车发动车的耗油量比你路上开的都多。"

蒋先生显然也记得这件事。毕竟，当初她在停车场里，对着别人的奔驰垂涎了很久。

"开车时注意安全。"

小周拍胸脯："放心，我当年可是飞车小霸王呢。"

她的车还没开，他的心跳已经快吓停了。

送别蒋先生，小周拿着车钥匙去停车场，突然反应过来，车钥匙在她手里，那他回来时，她是一定要来接机的。

若论套路深，当属蒋先生。

不过，她本来就是这么打算的，也没差啦。

虽然许久不开车，但技术还在，没多久她就上手了。

开车上班的路上，王星语打电话过来。

她没戴蓝牙耳机，为了行驶安全，就没接电话，到了基地停车场，她才拨回去。

王星语秒接："你在哪儿？"

"刚到基地。"

"都几点了才来上班？你的工作态度越来越散漫了。"

小周幽幽地叹了口气："脱单的苦，单身不会懂。"

王星语暗暗咬牙，如果这一刻，灯神问她，是成为亿万富婆，还是打死小周，她可能会头脑发热地选择后者。

小周揣着车钥匙进大堂，王星语正叉腰等着。

遇到这种架势，小周非常有自知之明地自动隐身，默默地贴墙前行。

王星语目光随人挪动，半晌才说："那面墙挺干净的，你不如来擦这面？"

小周用眼神拒绝。

王星语走过去，说："好了，不开玩笑了。我有件事请你帮忙。"

小周拒绝得更直白了："我最近很忙。"

"你上班都天天迟到，还很忙？"

"因为忙才迟到。"

再说下去，话题又要歪出十万八千里，吃过太多次亏的王星语决定立刻重启一个话题，回归主线："特训快结束了，你选好艺人了吗？"

这是刺探军情？小周含糊地说："正在进行中。"

"干吗这么紧张？我又不是来刺探军情的。"王星语轻拍了她一下，"我打算签三到五个，但手里优秀的人才太多，有些吃不准，不如你帮我看看？”

小周说：“以学校类比的话，我这是属于课外辅导？”

王星语说：“你要这么说也可以。”

看她这么上路，小周眉开眼笑：“那辅导费先结一下？”

小明星转业的王星语家底并不怎么厚，尤其当了经纪人之后，手下一个艺人都没有，抽成都没地方，每个月眼巴巴地拿着死工资，连时尚杂志都不敢看了，每天逛逛淘宝代购解眼馋。这种情况下，出辅导费？呵呵。

她说：“我刚买了一箱零食，可以……”

小周嫌弃地撇嘴：“勉强抵一半债务吧。”

分你一半，只有一半！

王星语嘴角抽了抽，把后半句话咽了下去：“现在可以跟我走了吧？”

各组都进入了针对性培训环节，像王星语的组员，也是分批去伊玛特受训，没课的时候就留在基地自己练习。

第32章

王星语带她到自己组的培训教室，有四个选手正在里面排练舞蹈。

她一一介绍："个子最高的那个是费意楠，有八分之一的意大利混血，长得最好看，但说中文有点磕磕巴巴。小个子的是唐旭，脾气好，人气也不错，主要是唱情歌特别好听。黄衣服的是俞樊，读过名校少年班，智商很高。红衣服的叫……蒋飞飞，和你家蒋先生是本家，很会说话，学习也认真。"

这么长的一段话，居然只有名字是有效信息。

小周清了清嗓子，看在零食的份上，正准备说点什么，一抬眸，看见王星语双眼亮晶晶地看着自己："你觉得怎么样？哪个不错？"

小周的脑海中出现一行字：无事献殷勤，非奸即盗。

小周斟酌道："唐旭和俞樊我之前也关注过……唐旭唱歌容易飘，气息不稳，现在经过专业老师的指点，应该会好很多吧。俞樊学东西很快，但是不够专精。"

王星语点头："所以，他们需要特别专业的经纪人下功夫指导。"

这是夸谁呢？小周咀嚼这话，好像有点不太对味。

“把他们交给你，你能培养好他们吗？”

“啊？”

王星语一脸认真：“我不能让两个好苗子砸在我手里，所以，我想把他们托付给你。”

这临终托孤的语气……小周震惊道：“你要辞职？”

“不是，为了节目的规则，你把靳磊和章金城换给我怎么样？”

怎么样得很不要脸。

小周正色道：“你有没有听过一句歇后语？梦里看画展……这个太冷僻，你大概没听过，那说个常见的，癞蛤蟆想吃天鹅肉——想得美！”

王星语见她要走，急忙拉住她：“不换就不换，别翻脸啊。”

小周甩开她的手：“要不是桌子隔得远，我现在翻的就是桌子了。”

王星语没办法，只好说：“那箱零食你还要不要？在我宿舍，我拿给你啊。”

不拿白不拿。

看在零食的分上，小周跟她去了宿舍。

路上，王星语还在念叨她的几个组员如何如何的好，见小周始终不接话，只好说：“朱玉轩你都放走了，是不是打定主意捧靳磊他们几个出道了？”

小周睨着她。

王星语做了个鬼脸，嘀咕道：“说说又没关系，反正没多久，你自己都要公布的。一共十二个组员，你不是每个都签吧？”

小周任由她自言自语地到宿舍。

一箱子零食放在门边，包裹还没拆。

王星语有点不舍得全给，从抽屉里拿了把小刀出来，割断胶带，打开箱子说：“你先看看，有什么不要的。”

被烦了十几分钟的小周毫不客气地蹲下来挑拣。

碧根果、山核桃、开心果、花生仁、瓜子、夏威夷果……

“你是松鼠精吗？”小周无语。

“不吃还我，这些也不便宜！”

王星语弯腰想抢箱子，被小周一把抱过："这一半的欠债我收下了，另外一半我列张单子给你，你买了给我吧。"

"什么？"

"放心，不会很贵的，就是马卡龙、巧克力什么的。"小周的语气十分温柔体贴。

王星语的脸黑了一半，紫了一半："你能不能要点脸！"

小周呵呵冷笑："我要的是零食，你抢的是人。谁更不要脸，一目了然。"她扭头要走。

"你等等！"王星语往前一跳，轻盈地落在了门边上，堵住了唯一的出口。

小周抱箱子的手一紧，眼露戒备："我是有家室的人了，你别乱来，我会喊非礼的。"说罢，她开始懊恼自己贪图方便，没有把戒指戴出来。

"你想多了。就算喜欢女人，我也更喜欢我自己。"王星语肚子里还有更刻薄的话，但想想自己还有求于对方，就硬生生地忍下了，"正式签约的艺人总共那么几个，你想过剩下的怎么办吗？"

小周扬眉："哦，原来你想要的不是靳磊和章金城。"这是要讨价还价了？

王星语说："那不是，你要是肯放人的话，我当然很欢迎。"

"这么说，就是你找了他们，但他们没同意吧？"要是他们同意，王星语早和孙兆麟一样先斩后奏了，哪里还会在这里讨好她？

王星语没有否认。

她算是明白了，和小周谈话，兜圈子毫无意义，干脆直来直去地说："张豆豆和阿范……二选一，给我一个吧。"

也不是外来的和尚会念经，她非看中别人家的，实在是小周组的选手综合条件的确更突出。

她见小周动摇，再接再厉地说："他们既然选择了你，你也要对他们负责吧？你不打算和他们签约的话，是不是也要为他们考虑，给他们谋个前程？"

小周说："你肯定你会签下他们？"

"当然，不然我一箱零食不是白给了吗？等等，你说他们？"王星语眼睛里冒出幸福的泡泡，"阿范和张豆豆你都给我？但不合规矩吧，不是只能换一个吗？"

小周说："我换一个，你换一个，不是两个了吗？"

这箱零食给得值！王星语冲上去抱她。

小周为保清白，奋力抵抗："住手！文明社会！理性追星！有话好好说，不要动手动脚。"

王星语停下手，一双眼睛直勾勾地看着她，嘴角翘得老高。

"但是有条件。"小周说，"你先把他们签下来。"

王星语的笑容僵住："特训还没结束呢。"她虽然想要阿范和张豆豆，但签约的事，还要再斟酌。毕竟，她也带了一批选手，不可能一个不留。

小周说："他们既然选择了我，我也要对他们负责吧？我不打算和他们签约的话，是不是也要为他们考虑，给他们谋个前程？"

记忆力这么好，怎么不去参加《最强大脑》呢！

小周不吃坚果，回头就随手分给了选手，顺便和王曦瑶商量了一下王星语的提议。

王曦瑶好奇地问："你心目中的人选是？"

"章金城、吴赫赫和靳磊。"对她，小周毫无保留，"如果朱玉轩不走，再算他一个。"其他人条件虽然好，但在她看来，还没有成熟到可以出道。基础不稳，出道以后事倍功半，太过辛苦了。

王曦瑶对朱玉轩的反应很大："莫提此无福之人！"

"少看点宫斗剧吧。"

王曦瑶踌躇了一下，说："其实，已经有经纪公司私下接触选手了。"选手因为信任才私下告诉她，但她感觉得到小周也是真心为选手考虑，所以才说了出来。

果然，小周有些高兴："你把接触的公司告诉我，我帮他们把把关。"

中午吃饭的时候，沉寂许久的伊玛特地下组织突然冒出新的消息，不过，她先回了蒋先生安全抵达的消息，才点开来看。

沈小朋友："惊闻重大八卦，晚上分享。"

小周："为什么要等到晚上？"

沈小朋友："下饭。"

小周："我现在就在吃饭。"

沈小朋友："少吃点，晚上吃顿大的！"

吊人胃口最讨厌了！

小周郁闷地吃了一大碗饭。

下午的时候，蒋先生发了酒店的内外景图。

小周花式夸赞了一番。

蒋先生："少带了一样，住得很不舒服。"

小周："什么东西？当地不能买吗？"

蒋先生："老婆。"

小周："……"

蒋先生："现在下单来得及吗？"

小周："你可以试试看。下完可能就单了。"

蒋先生："……"

蒋先生出差的第一天，她要回家吃晚饭。

小周回到家里，周妈已经准备好了碗筷。周爸悄悄地拿出一瓶酒来，放在手边，然后一脸讨好地看着周妈。

周妈冷笑一声，别过头。

周爸如逢大赦，立刻打开酒，拿出酒杯。

"十二滴。"周妈按着酒瓶。

周爸和小周惊呆了。只听过喝酒一瓶两瓶，一两二两，第一次听说一滴两滴。

一家三口六只眼睛，都集中在酒瓶的瓶口上，看着周爸手一抖一抖的，让它滴答滴答地滴了十二次，然后小心翼翼地拿起来，轻轻地啜了一口，还舔了舔嘴唇，一点都不敢浪费。

周妈说："你胃不好，少喝点。"

周爸委屈地说:“已经少得不能再少了。”

“可以的,十一滴。”小周嘴快地说了一句,引来周爸的怒视。

周爸恋恋不舍地喝完十二滴酒时,伊玛特地下组织群终于有了动静。

沈小朋友冒出来,说:“吃饭了吗?下酒菜来了,大家快准备好刀叉棍棒。”

大乔:“说。”

沈小朋友:“确切消息。左耀山谈了个小二十几岁的女朋友,本来想结婚,但经纪人不同意,女朋友就哭着喊着要炒掉他,反遭左耀山分手。”

大乔:“左耀山不是结婚了吗?还有个孩子。”

沈小朋友:“听说离婚了。他孩子不是和小周一起参加节目吗?@小周 快出来爆料。”

小周:“没什么好说的。上热搜前,他孩子是我的艺人。上热搜后,他孩子跳槽了。”

沈小朋友:“惨。”

大乔:“惨。”

高老板:“霉。”

小周:“毒。”

沈小朋友:“咦?楼上和楼上上的字好像不一样。”

小周:“嘻嘻。”

高老板:“我明天的飞机。”

高老板明天要回来?!小周看了看聊天记录里自己作死的发言,仿佛听到了自己生命倒计时的钟声。

她颤巍巍地打出四个字:“臣愿接驾。”

求将功补过!

第33章

虽然回国的航行时间是十四小时，但加上两地时差，要后一天才抵达。出于对前上司的爱戴，小周在接机前订了一束花——在蒋先生的远程指导下。她已经不敢指望自己买花的品位了。

出门前，她特意看了下皇历——吉神方位，喜神正西、财神正西……忌置产、盖屋、开光……

不是很懂，但机场就在城西，看起来还是挺吉利的。

小周开着蒋先生的黑色奔驰，奔驰在迎驾的康庄大道上。

一路畅行无阻，提前一个小时到机场，国际抵达出口人山人海，她完全进不去，现场已经到了需要出动保安维持秩序的地步。

这么大阵仗，难道封亚伦今天回国的消息走漏了？

门口有几个小姑娘拎着礼物，不停地刷手机抱怨："啊啊啊！今天见不到哥哥，我就去撞车！撞伤了哥哥来医院看我，撞死了让哥哥记住我一辈子！"

其他小姑娘纷纷对此议表示大赞。

今天开车来的小周顿时压力很大，她仔细记住了这几个小姑娘的脸，并决定车速绝不超过二十码。

她混迹在人群中打探了一会儿，才知道今天有当红小鲜肉从韩国回来，抵达的航班比高老板和封亚伦早半个小时。她发微信转述了机场的状况，然后找了个人少的地方刷微博。

过了半个多小时，机场掀起阵阵声浪。

小周远远地看着一窝蜂的人群艰难地向外移动，不免想起了自己护卫大乔的那些日子。她拍了张小鲜肉现场接机照发到群里："@大乔 遥想当年，你也这么红。"

大乔："我现在更红。"

大乔："你在机场等着，我飞回去给你看！"

小周幽幽地来了一句："你走的那天，是我送机的。"

群里一下子安静了。

没多久，沈小朋友悄悄地发了个红包，上面写着：请给师兄买水军。

在沈小朋友的带领下，群友们纷纷慷慨解囊，大乔跟在后面，生气地点开了每个红包，高勤居然也发了一个。

咦？高老板下飞机了？

小周连忙弄了弄头发——一个毛糙、凌乱的发型出炉了。

她捧着花，等在出口，全身心地散发出一股"从东土大唐历经九九八十一难而来"的气质。

高勤出来的时候，先看到花，才看到人。没办法，花看上去比人齐整多了。

小周急忙送上鲜花——给跟在高老板身后的封亚伦。

只戴了墨镜的封亚伦露齿一笑："谢谢，辛苦了。"

小周单手整理头发："虽然很辛苦，但内心很满足。"

高勤似笑非笑地瞄了一眼她洁白到一尘不染的鞋子："嗯，现在的粉丝很不像话，挤头不挤脚。"

小周干笑："可能大家的法律意识比较强……都不想留下明显的物证吧。"

去地下停车库的时候，有几个粉丝还没走，远远地打量着小周。看她们突然跑过来，高勤下意识地挡在了封亚伦面前。那几个粉丝小心翼翼地问：“请问你是不是周晶晶啊？”

高勤皱眉，那眼神似乎在问周晶晶是谁。

小周也愣了下，随即点头。自从改名以后，身边的人还是习惯性地叫她小周，一点都感觉不到改名的氛围，现在，终于有不认识的人读对名字啦……不过她们是谁啊？

粉丝激动地说：“我们超级喜欢《明星天梯》，最爱朱玉轩了。啊啊啊，能不能请你告诉朱玉轩？姐姐爱他！”

小周突然好想剧透，其实她现在和朱玉轩也不太熟了。

“啊！”一名粉丝突然死死地抓住自己朋友的手，颤声道，“旁边这个，旁边这个……是不是……”她震惊到失声，后面的三个字卡在喉咙里，就是说不出来。

她的朋友顺着她的目光看去，整个人也僵住了，极轻极轻地问道：“是封亚伦吗？”

高勤原本想进车里的，因为小周没开门，只好在车外面站着，见状瞄了小周一眼。

小周急忙开门。

被拦在后面的封亚伦越过他们，走到粉丝面前，微笑着掏出笔和便签本，一边签名一边笑着说：“虽然不值钱，但为了我的面子，请务必收下。”

粉丝们激动得浑身发抖，脑袋一片空白，浑浑噩噩地接过便签，看着他们上车，再看着车缓缓开走，过了半分钟，才忍不住尖叫起来。

小周从后视镜看着那几个互相搀扶着才能站稳的粉丝，感慨道：“随身携带便签本和笔……真的是伊玛特的优良传统啊。”

高老板斜靠着椅背，淡淡地说：“还有另一项优良传统。”

小周想了半天没想到答案，虚心求教：“是什么？”

高勤看向封亚伦。

封亚伦忍不住笑了笑：“下副本吧。”

高老板也打游戏？

小周原本打算送完人就回基地的，但封亚伦为了谢她接机，特意请吃午饭。

大咖请吃饭这种事，却之不恭，必须点头。她顶着高老板火辣辣的目光，厚着脸皮坐下了，还发了条微信给蒋先生一同沐浴喜悦。

小周："今天封亚伦请我吃饭！明星光环加持，感觉自己在吃蟠桃宴！"

小周："虽然有高老板在旁边虎视眈眈，但是，为了封老师，我可以吃三碗！"

小周："吃不下就打包。"

本来发到这里就差不多了，但是放下手机，高老板虎视眈眈的目光就追过来了。

于是她又拿起手机，想了想，把封亚伦给粉丝签名的事说了，顺便还追加了一句："封老师真的是成熟男人的代表啊。"

消息发出去的前一刻，蒋先生发来了一条："感冒了，有点发烧，好难过。"

前后相差一秒，看着倒像同时发的。

但他发得快，撤得也快。小周刚看完最后一个字，那条消息就不见了，大概发现自己发的这条不够成熟，怕遭嫌弃。要不是上面还留着撤回了一条消息的提示，她几乎以为刚才看到的是错觉。

小周："发烧几摄氏度？"

蒋先生过了一会儿才回答："刚好是成熟的温度。"

小周："60℃吗？"

蒋先生："我吃过药了，睡一会儿就好。"

小周："把地址给我。"

蒋先生问："什么用？"

小周："帮你叫外卖。"

蒋先生还是把地址老老实实地发了过来。

大咖在侧，本应该细嚼慢咽，享受难得的光辉笼罩的时光，但小周临时草拟了一个计划，恨不能马上实施，于是心急如焚地吃完饭，眼巴巴地看着另外两个人。

高勤和封亚伦吃不下去了。

高勤放下筷子:“你下午还有事?”

小周和王曦瑶轮休，今天刚好休息，但……

“本来没有，现在有了。”

高老板眉毛一挑:“节目的事?”

小周摇头:“私事。”

高勤不似沈慎元那么八卦，点到即止，没打算追问下去，却拦不住小周炫耀的心。

她说:“我要谈恋爱啊!”

送高勤和封亚伦回家后，小周掉转车头，回了趟家收拾衣服。

周妈听说她要去外地看生病的蒋先生，住一晚才回来，神色有些复杂。就在小周思考如何说服老妈时，周妈低头帮忙收拾起行李来。

这是一场说走就走的旅行，全程雷厉风行。

机票在机场买的，全价。

来回好几千，就为了看一眼蒋先生——认识蒋先生之前，如果有人告诉她，她将来会做性价比这么低的事，大概打死她都不会相信，如今却心甘情愿得很。

可见，谈恋爱果然费钱又费脑。

搭了下午的飞机过去，到蒋先生下榻的酒店已是傍晚。她拎着在机场连锁粥铺买的粥，名副其实地送了一趟远程外卖。

按了门铃，但没人开，便在门口等了一会儿，惹得服务员来回关注了很久，她实在没办法，只好去大堂等。一等等到九点多，手机都玩得只剩百分之九的电量了，才看到蒋先生从外面走进来。

明明是晚上，他却戴了一副茶色的墨镜，遮住了大半张脸，放在别人身上窘窘的打扮却因为蒋先生的颜和气质，显得格外时尚。

小周注意到他脚步虚浮，墨镜没遮住的脸红得不大正常。

关注到这点的不仅有小周，在大堂值班的美女经理先一步迎了上去："蒋先生，有什么可以帮助您的吗？"

蒋修文摇头。

"或者我送您去医院？"大堂经理伸手想搀扶他，被蒋先生让开了。

他加快脚步，想摆脱她的跟随，但后面的人追得太快，一下子挽住了他另一边的胳膊。

生病的人脾气总比平常大一些。

蒋修文下意识地甩手，就听那人紧张地说："别动别动，粥洒了。"

这声音……他立刻不动了，只有眼珠子滴溜溜地转过去。那乖巧的样子，让准备上前美女救英雄的大堂经理尴尬地停下了脚步。

小周拿稳粥，伸手去摸他的额头："好像退烧了。"

即使不量体温，蒋先生也知道自己正浑身发烫："没有退烧，还很难受。"拖着病体和人谈了一下午生意的蒋先生终于找到了可以倾诉委屈的渠道，整个人变得软绵绵的，哪还有之前拒人于千里之外的疏离冷硬？

小周心疼地摸摸他的脸："中午六十摄氏度，现在最多四十摄氏度……起码退了二十摄氏度呢。"

为什么她说话的内容和脸上的神色完全不匹配？

第34章

人前坚如磐石、安如泰山的蒋助理难得露出无助的表情，小周鸡血上头，鞍前马后地将人照顾到位。

量了体温，三十八点二摄氏度，据说比早上低了零点五，比外出前高了零点三。

蒋先生额头敷着冷毛巾，眼睛直勾勾地盯着站在旁边研究药盒上的文字的小周。盒上的字太小，床头灯照不见，她起身准备去书桌边看，屁股一动，衣服就被扯住了。

蒋先生哼哼唧唧地说："难受。"

"我给你倒水吃药。"小周握住他的手。

"嗯。"

他低应了一声，但手还是抓了好一会儿，才说服自己慢慢松开。

小周站起身，低头在他脸颊上亲了亲。他抓起被子，盖住半张脸，抗拒地说："会传染。"

“武侠小说里不是经常这么写吗？男主角中了毒，女主角就过了一半的毒过去，然后男主角就好了。”

他眨了眨眼睛，拉下被子：“不是这么过的。”

她抓着他额头的毛巾，往下一拉，盖住他的眼睛：“想得美！”

在书桌的台灯下确认了药效和用量，她倒好温水扶他起来喝，然后从衣橱里拿出备用被子，一把盖在他身上，帮他发汗。

蒋先生热得难受，两只手蠢蠢欲动地想拿出来，被刚正不阿的小周硬塞了回去。

他闭着眼睛躺了一会儿，突然说：“你晚上睡哪里？没预订的话，我再开个房间。”

小周扬眉：“你要赶我出去？”

“会传染的。”他语气郑重了几分，倒像是平常的蒋先生了。

可惜小周被他嘤嘤的样子养肥了狗胆，摸摸他的脸，让他好好睡觉，直接打开行李箱准备洗澡了。

蒋修文脑袋又疼又晕，但心里又暖又甜，悄悄侧头，看着小周从箱子里翻东西，翻了半天还不见她起身，忍不住问：“你在找什么？”

“洗面奶，我记得放进去了。”

他见她把箱子翻得一团乱，终于坐起来，想帮忙，被小周武力镇压。

“那你把箱子拖到我边上来，我看着一起找。”他努力压榨自己的剩余价值。

小周被他犟得没办法，只好拖过来，心想箱子一共就这么大，能翻的都翻了，多半是没放进去，趁时间还早，不如去附近超市买一个，或者叫个外卖。

“这是什么？”蒋先生指着箱子的边袋，里面塞了两个塑料袋。

“充电器啦，还有一个是药，我每次出门，我妈都会给我准备日常药品……”她一边说一边打开，然后发现洗面奶和充电器相亲相爱地躺在一起。

小周的身体僵硬了一秒，十分自然地转移话题：“你咳不咳嗽？喉咙疼不疼？你好像没有买治喉咙疼的药，我看看药袋里面有没有。”其实她知道周妈每次装的只有感冒药、止痛药、消炎药和创可贴，她也就是随便打个岔，随手扒拉了两下，就放开了。

“这是什么？”

蒋修文突然伸出手，从药袋里掏出了一小盒东西。

因为发烧，蒋先生的动作有些迟缓，趁着他的手才缩到床的边缘，她一把将东西夺了过来，尴尬地说：“哈哈！我赶飞机，我妈收拾东西的时候拿错了吧。”

“我看着好像是……”

“不许说！”

蒋先生的嘴巴微微噘起，无声地盯着她看。

小周权当没看到，低头整理箱子。

他先忍不住了：“是周妈妈放进去的。”

小周头低得更低。

他的声音变得更高：“是周妈妈放进去的！”

她无语地抬头：“你生着病呢。”

蒋先生霍然坐起，把小周吓了一跳，怔怔地看着他。

他面红耳赤地说：“说好的过毒呢？”

知道蒋先生生病时，情绪不大正常，小周也收起了平日里的端庄，大大咧咧地合起箱盖，抬着箱子往床尾走：“骗你的。”

蒋先生的眼睛一眨不眨地盯着她的背影，做最后的努力：“运动发汗最快了。”

她抱起衣服往浴室走，眼睛都不带往两边瞅的：“楼下健身房，1点半关门。”

他不死心地看着她走进浴室，确认她真的冷酷无情地不理睬自己，才郁闷地倒下。

小周在浴室里磨蹭了一个小时才出来，房间里床头灯关了，徒留书桌上的台灯还亮着。她放轻脚步，从包里拿出护手霜擦手，过了一会儿才走到床边。

床上鼓起一个大包，找不到头在哪里。

她怕他闷得慌，在被子上摸了摸，悄悄掀起一角，好让他透透气，正好对上一双清醒到发光的眼眸。

他这么折腾下去，怕不是准备半夜去急诊吧？

“还不睡啊？”她柔声说。

蒋先生拉低被子，露出整张脸。

睡觉戴口罩是什么操作？

蒋先生伸出手，又递给她一个。

好吧，双重隔离，严防传染。

小周自然不会辜负他的心意，当场就戴上了。

“作为交换，你是不是应该把你妈妈的礼物给我？”他的声音低低沉沉的，带着病中独有的沙哑磁性，如海妖般，叫人不自觉地沉溺，“这是周妈妈给我的。”

比起耍小孩脾气的蒋先生，这样的蒋先生更可怕。

最终，为了安稳睡觉，小周还是把东西给他了。看他如获至宝的样子，她无语道：“其实酒店里就有，你何必呢？”

“不一样。”

蒋先生将东西压在枕头下面。

这是丈母娘给的，堪比赐婚懿旨。就算东西用光了，盒子他也要保存起来的。

躺在床上的时候，小周有点怕他作妖，但蒋先生更怕传染，自觉地睡在床边，分给小周的被子是盖在外面的那层，自己裹着另外一条被子，全身上下，半点不露，连肌肤接触的机会都没有。

第一次与蒋先生睡在同一张床上，小周本以为自己会很紧张，但真的躺下了，脑海中也只有对蒋先生身体的在意，以及困意。来回开了三四个小时的车，又坐了这么久的飞机，她早已疲惫不堪，如今头一沾上枕头，就昏睡过去了。

但晚上睡得并不安稳，她三点多醒来了一次，借着手机的微光伸手探了探蒋先生额头的温度。摸到一手汗，热度已经退下来了。蒋先生在睡梦中动了动胳膊，似乎想把手拿出来，她急忙捂住了被边，将人牢牢地裹紧。

他挣扎了两下，实在出不来，就调整了个姿势继续睡过去了。

小周等他的呼吸声渐渐平稳，才重新躺下。

惦记着明天早上的飞机，她不敢睡得太死，睡睡醒醒，醒醒睡睡，窗帘遮光度太高，看不到外间天光，她每次都要拿手机看时间，断断续续地看到五点五十分。

浴室隐约有水声，她扭头一看，床的另外半边空了，他独用的那条被子叠得整整齐齐地放在沙发上。

水声停了，过了好一会儿，才听到开门声。

蒋先生一边打电话一边走出来，见她呆呆地坐在床上，不禁微笑了下，对电话那头的人说："就这样吧，有事下午再说。"

小周下意识地拨了拨头发。

第一次与男友同床共枕，她还是用了一点小心机的。比如发顶绑了个小鬏鬏，刘海什么的都梳了进去，避免凌乱，睡觉前还用了去年囤货后第一次使用的晚安粉，眉毛在洗完脸之后又精雕细琢地画过，所以，现在只差……

她翻开被子下床："我先刷牙。"

蒋先生先一步扑过去，将人抱住。

他穿着自带的丝质睡衣，衣服贴着肌肤，身躯线条一览无遗。

小周瞄了一眼，双颊就泛起了极度自然的腮红，推拒的手不知该放在哪里，犹豫了下，又缩回床上："退烧了吗？"

"还没量。"他埋在她的肩窝上，汲取着她身上的味道。

小周不自在地动了动肩膀："快量量看。"她借着转身，脱开纠缠，手脚并用地爬到床头柜边，拿起体温计递给他。

蒋修文伸过去脑袋，让她量了下。

"三十六点九摄氏度。"她松了口气，"那我就能放心地走了。"

正准备将人抱入怀中的蒋先生皱眉："走？"

"今天早上九点半的飞机。"她下床道，"要抓紧时间准备了。"

蒋先生长臂一拦，将人压在身下，乌黑湛清的双眸定定地望着她，满目挽留之意。

小周还戴着口罩，只觉得口鼻憋闷得心跳都不正常了，讷讷地说："过几天你就出差回来了，不差这一会儿。”

“和你在一起，每分每秒都差。”

果然是病好了。

小周分外怀念起昨天晚上只会噘嘴耍脾气的“小蒋先生”来。

“大蒋先生”从口袋里掏出一个小盒子。

小周眼皮一跳，抬手遮住自己的眼睛，闷闷地说：“这是我妈妈放的，和我没关系啊。”

“不要辜负了妈妈的好意。”他低头，隔着口罩亲了亲她的嘴唇，“我感觉自己还没有好，还要发汗。”

她躺平装死。

他又亲了好几下，小周仿佛变成了床的一部分，一动不动。

蒋先生垂眸，上扬的嘴角慢慢地拉平，坐起身来，温和地说：“逗你的。飞机不等人，快点去洗漱吧。”

小周放下手，目光微侧，悄悄打量他。

他笑着刮她的鼻梁：“还不去？”

她连忙一个鲤鱼打挺跳起来，飞奔进了浴室。

浴室门关上的一刹那，他全身像被抽空了力气，张开双臂，仰面倒下。

约莫过了一刻钟，摘了口罩、白里透红的小周走出来，一脸羞涩地看着他。

蒋修文连忙坐起来：“我帮你收拾行李？”

小周两只手不安地搓了搓衣服，低声说：“机票我改到下午三点了。”

这时候不明白暗示就枉为蒋腹黑了。

蒋先生笑着将人一把拉到怀里，轻轻吻着怀中害羞到整个人渐渐变红的女朋友：“嗯……既然时间这么紧，就不要浪费了。”

第35章

三点二十分的飞机，小周到机场已经两点半了，啥都没想，一门心思往里冲，蒋先生拖着行李箱，满面春风地追在后面，与早上判若两人，哪有大病初愈的样子，嘴里还慢悠悠地说："赶不上就再住一天。"

小周回头白了他一眼。

蒋先生以为有戏，加快脚步，和她并肩往前走："我给你批假。"

"我还有工作。"

"我查过，你这两天都没有特别的拍摄日程。"虽然经纪人在《明星天梯》的作用不可忽视，但观众想看的是选手们的日常，所以，经纪人日常的拍摄任务并不多。

"台上一分钟，台下十年功。我要回去下苦功了。"她知道这个时间回去，也干不了什么事，但这个时间不回去，那就连明天也干不了什么事。小周默念清心咒，一脸的不为所动。

事实上，这条建议，蒋修文已经从五个不同的角度，劝说了一路。

他还想说什么，小周猛然停下脚步，掰着手指开始算："你身体不舒服，我身体不舒服，酒店餐厅的饭菜很好吃，我不能始乱终弃，我回去没有特别的拍摄日程……还有什么理由？不如一次性说完，我的时间不多了。"

蒋先生眨眨眼睛："我可以说到明天，你可不可以明天再走？"

小周无奈地勾手指："低头。"

他眼睛一亮，乖乖照做。

如飘羽般的轻吻落在唇上，不及回味，她已经退回去，轻声道："我在家里等你。"

知道挽留无望，他搂着她的腰，叹了口气，不放心地说："身体吃得消吗？要不要我送你？"

"还好啦。"即使做了最私密的事，也不习惯当面讨论。她将脸埋在他的胸前，微微地蹭了蹭。

蒋先生立刻抱住她。两人刚刚从精神过渡到实质关系，他全身上下的每个细胞都叫嚣着不要放她走，但他用理智生生地克制住了，只是贪婪地汲取着她的味道，以供相思。

带她去取登机牌，一路送到安检口，眼看着她一步步走远，刚做好的心理建设又崩坍了，他抓住她的手，不舍地说："你等我，我送你回去。"

见过开车送人回家的，没见过坐飞机送人的。小周的表情十分一言难尽："你身体才刚好一点，休息才是王道。"

"送女朋友是天道。"

"天道有轮回，你好好工作，早点忙完就能早点见面了。"

天道轮回是这么用的？

离登机的时间越来越近，实在是拖不下去了，蒋先生只好抛出最后的底牌："等我回去，我们就登记。"

小周："啊？"

蒋先生摸着她手指上的戒指，悄悄地脱了下来——虽然来得仓促，小周依旧把戒指戴在了手上。

小周诧异地看着他。

他托着她的手，将戒指郑重地套在无名指上："定制的婚戒还没有到，只好委屈你将就一下。"

这话题未免跳跃得太快了，她跟不上节奏："登记？"

蒋先生深深地望着她，意味深长地说："晶晶，吃干抹尽之后要负责任，做个正直的人。"

小周很想拉下领子，让他看看清楚，到底谁吃谁，谁不正直！但飞机不等人，她只能脑补自己大发"雌威"的画面："回去再说。"

刚好排到她安检，蒋先生只能止步于此。

她推着箱子往里走，拐进门的时候，忍不住回头。他站在人群中，挺拔如修竹，却只为她一人凝眸。

浑浑噩噩地坐上飞机，直到起飞，她的心神才恍恍惚惚地定下来，开始回想一些重要的、不重要的事。手指轻轻地抚摸脖子，仿佛还残留着蒋先生的热情，目光一晃，落在无名指的戒指上。

好像不久之前她还在为相亲和周妈做斗争，一转眼，无名指上都戴戒指了。

回首交往的时间，仿佛也就几个月，可是感情已经水到渠成地完成了生命大和谐。对以前的她来说，简直不可想象，最不可想象的是，那人竟然是她高中的追求者。

突然很想写封信问问当年的自己，不谈恋爱也没考上TOP2，当时到底为啥拒绝！

从机场出来就快五点了，回到市中心差不多六点，去基地也赶不上培训，好在出机场的时候，她和王曦瑶通过电话，知道选手们一切正常，就是王星语打她的电话打不通，问过王曦瑶她人在哪里。

打开通话记录，果然看到五通未接电话，且时间离得很近，可见焦急的程度。

遵守交规，安全驾驶，开车不打手机。小周等到了小区停好车，才回拨过去。

铃响了一声就被接起，王星语没好气地说："你在旅行社上班吗？都没有固定的时间和地点的？”

小周说：“好歹你还能找到固定的人。”

王星语有心讽刺，但想起合作，还是忍住了：“你上次的提议，我考虑过了，为了这些孩子的前途，我个人做出一点牺牲不算什么。”

“讲重点。”

“我答应交换张豆豆和阿范，不过和谁交换由我定。”

小周说：“周向野不行。”

王星语嗤笑道：“我又不傻。”

小周沉默。

王星语感觉不对劲：“你沉默是什么意思？我刚才这句话说错了吗？”

小周缓缓说：“你不傻的话，就不该追问。”

“我明天找你换选手！你别再翘班了！”她气呼呼地挂了电话。

小周正好提着箱子到自家门口，刚要掏钥匙，门开了，周爸提着垃圾袋往外走。看到闺女回来，他眼睛一亮，急忙把箱子拿进去，把垃圾袋递给她：“累了吧？下楼走走，松松筋骨。”

等她丢完垃圾回来，周妈已经打开箱子，开始帮她收拾东西了。

小周眼皮一跳，说：“妈，你放着，我自己来就行了。”

周妈停下拿衣服的手，语重心长地说：“小蒋不是生病了吗？你也太不知轻重了。”

知女莫若母，这句话反过来也是成立的。

小周立刻明白了她的言下之意，跳起来说：“那怪谁呢？谁让你把，把……把那个东西放进我箱子里的。”

周妈理直气壮：“我放得这么隐蔽，你要不是有心，怎么会找得到？”

这可真是冤枉，有心的明明是蒋先生。

小周双颊通红，一半是气，一半是羞：“总之，你随便放东西在我箱子里就是不对！如果不是这个东西，我，我也不会……”当着周妈的面，她脑袋里为什么会浮现蒋先生性感喘息的样子，要命了！

周妈的目光从她气恼的脸上，挪到闪瞎人眼的戒指上:“这话说的，便利店里这东西摆了一排呢，也不见店里的小姑娘小伙子一个个脱单了。你说这话之前，先把无名指上的戒指摘下来，摸摸良心。”

小周顿时无话可说了。

周妈起身往外走，小周以为她要出去，刚要松口气，就见她关上门，又走回来了:“你和小蒋……怎么样啊？”

小周一脸问号:“你不是都知道了吗？”

周妈说:“知道得不是很具体。”

小周差点崩溃:“这种事你要知道得很具体干吗？”

“只要正常就行了，别激动，别激动。又不是女孩子了，跟妈妈讲讲有什么关系？生活和谐，才能婚姻幸福啊。”

什么叫“不是女孩子了”！她不知道她以后会不会婚姻幸福，反正现在快气得灵魂出窍了。

周妈换了个话题:“那你们以后有什么打算？”

小周无力地倒在床上:“他说回来就登记。”

周妈欣慰地拍掌:“我果然没有看错人，小蒋啊，真的是个顾家有担当的好男人。”

“我还在考虑。”

“啪！”

大腿被重重地拍了一掌，小周痛得一哆嗦，惊叫起来:“妈！”

“还知道我是你妈啊？我和你爸，为人厚道，人品高尚，怎么就生出你这样始乱终弃的渣女来了呢？”周妈手指戳着她的额头，满脸的不可置信。

小周说:“我是觉得我还小……”

“你还小？那你上街打个人看看，看警察要不要你负刑事责任！还小，我看你是不知道自己有多老！照照镜子吧，算算你去年多少斤头发，今年多少斤头发！头发产量一年不如一年，什么时候盖不住头皮了都不知道，还厚着脸皮说自己小……你全身上下哪里小，我是你妈，我能没数吗？”说到这里，她突然正色道，“小蒋对你……的小，没有什么看法吧？”

小周气得头皮都炸了，起身推她：“能不能不提这事了？”

周妈一边往外走，一边说：“你回来得这么晚，吃过饭没有啊？”

总算这问题有点家庭温暖。小周说：“就飞机上吃了一个面包、一块饼干，其他的没有。”

“好，那我给你去买点木瓜，晚上给你做木瓜饭。”

如果没有前面这段话，她还不会多想。现在，满脑子只有一个念头——木瓜丰胸。

这算哪门子的亲妈啊！小周将她推到门口，生气地关上门：“反正我是垃圾堆里捡来的孩子，饿死我算啦！”

第36章

打定主意不出去的小周，窝在房间里啃饼干。

高勤突然发了条微信过来：“明天起，可以带选手过来培训。”

小周惊跳起身：“大老板居然答应了？威严何在？”

高勤：“他的威严不是一向由你承载吗？”

这话说的。

小周愤愤不平：“既然知道，为什么不送一张观影券给我？足智多谋的二把手美国学成归来，将尸位素餐、昏聩颟顸的一把手出其不意地拉下位，多么精彩的剧情！”

高勤：“我邀请过的。”

小周：“什么时候？”

难道是她和蒋先生……咳咳咳的时候错过了什么？

高勤：“下副本。”

小周回忆了下，好像是接他们从机场回来，封亚伦请吃饭的时候说过，但是……大老板这个级别的，只能当新手村的Boss吧，对上高老板这种级别，完全是单方面虐菜。怎么能说是下副本？最多是节日福利。

不满归不满，她也无话可说。即便时间倒流，可以重新选择，她还是选择见蒋先生。

她退而求其次："现场观看的3D电影没有了，那评书有吗？"

高勤淡淡地说了个结局："他会休养一段时间。"

虽然没有描述，但想象空间太大，小周已经无法阻止自己天马行空般的思路了……

战况这么激烈的吗？她不由得坐起身，朝着伊玛特的方向，双手合十，遥送祝福：祝愿伊玛特在大老板休养期间，抓紧时间，积极发展，开拓版图，称霸娱乐圈，让大老板回来之后，意识到自己所有的破坏都是蚍蜉撼大树。

猜到小周会误会，高勤却也没有解释，他放下手机，晃了晃高脚杯中的红酒。毕竟，真相太无语，一点都不想再提。

他刚去美国的那段时间，马瑞还算安分，时间一长，就像孙悟空摘了紧箍咒，开始大摇大摆地四处作怪。故意刁难小周还是轻的，最叫人头疼的是他毫无预兆地签下了梁韵伊。

作为娱乐圈有数的流量小花，梁韵伊人美歌甜，却是个演员。平庸的演技，奇高的人气，与之相伴的，是永远战斗在热搜前线的黑红体质。

以他一贯的标准，这种艺人倒贴也不收——空中楼阁美则美矣，却危如累卵，经营累，获利期短。于是他第一时间打越洋电话给马瑞，分析利害，希望他悬崖勒马。

但难得呼吸天高皇帝远的自由空气的马瑞，当时特别硬气："放心，获利期再短，也是暴利！很快就能回本。"

然后……嗯，真香。

梁韵伊前公司爆料她整容、耍大牌、与亲属关系冷淡等负面消息，梁女士上任伊玛特一姐短短几天，一分钱没赚，还赔了不少进去。

高勤准备了两国语言来嘲讽马瑞"很快能回本的暴利"，却被对方抢先一步将各种联系方式拖进了黑名单。

再取得联系，已经是风波后的第五天。

马瑞得意扬扬地说：“我已经解决了公司的重大问题。”

高勤憋了一肚子火，冷冷地嘲讽道：“问题不就是你创造的吗？”

“说明我能自力更生。”

“别人是十八岁成年，自力更生，你赶在五十八岁之前，何止是自力更生，简直可以来世更生。”

后来，小周就被刁难了。

所以高勤回国后去伊玛特的第一件事，就是下副本，刷Boss！

欺负小弟这种事，自己做可以，别人做就是找死。

但Boss狡猾地病遁了。

没抓住Boss的高勤只好让秘书找来梁韵伊，先解决公司的隐患。

梁韵伊似乎很清楚伊玛特真正当家的人是谁，接电话的时候她在做spa，挂了电话就往公司赶，二十分钟赶到。与她一起到的，还有不久前说自己发烧四十摄氏度、寸步难移的马瑞。

高勤面无表情地看着办公桌对面的两个人，对着那个又胖又老的说：“我好像没有邀请你？”

马瑞傲慢地抬起下巴：“你的办公室也有我的股份，我凭什么不能来？”

高勤起身，从衣架上拿下外套，对梁韵伊说道：“我请梁小姐去外面喝一杯咖啡？”

梁韵伊拿着手提包正要起身，被马瑞一把按下。

他转动转椅，面朝高勤，气势汹汹：“有事冲我来！”

当一个男人迫不及待地想挡在一个女人的前面而这两人没有血缘关系时，他们是什么关系就很明显了。

高勤放下外套：“你离婚了吗？”

不等马瑞开口，梁韵伊就抢先道：“已经离婚了，我看过离婚证。不光彩的事情，我是不会做的。”

马瑞面色稍霁:“她以后我会负责，你就不要管了。”

高勤说:“公事以外，敬请自便。”

马瑞强硬地说:“公事也由我负责。”

梁韵伊亲昵地拍了拍马瑞的肩膀，暗示他闭嘴，然后对高勤说:“以后请多多指教。之前网络上关于我的负面消息，都是一面之词，我已经整理好了反驳的证据，希望您能抽时间为我正名。”

马瑞吃惊道:“为什么我不知道？”

梁韵伊说:“你做我开心的小甜心就好了，不要为这种事情操劳。”

马瑞不是滋味地撇嘴:“呵，你分明是不放心我。”

梁韵伊毫不犹豫地认了:“哎呀，我们毕竟是潜规则关系，主要是利字当头，我当然有我的考量。”

马瑞明明看上去要被气死了，难得还能吊着最后一口气:“既然是利字当头，你为什么一定要看我的离婚证？”

“我也有我的道德底线啊，不然你以为我为什么离开前面那家公司，他们的老总卖相上还比你好一点呢。”

马瑞突然坐正身体:“等等，你说你前一家公司……你前一家公司不是唯杰吗？你是说张复满要……不对啊，他不是没结婚吗？他居然隐婚？”

突然兴奋。

张复满是他多年的老对手，且一直压在他的头顶上。可以说，如果他有一本死亡笔记，有张复满在，第一个名字还轮不到高勤。

如果能够抓住张复满的把柄……想想就激动。

“我说的是总经理，张董事长的话……”梁韵伊露出纠结的表情，似乎在道德底线的里外为难，“就算结婚了……”

“别说了。”马瑞黑着脸站起来，拉着梁韵伊往外走，“我会休养一段时间，她也是，这段时间，公司交给你了。”

并不知道中间的各种曲折，单纯以为高老板仗嘴凌虐得大老板痛不欲生到回家养伤的小周，第二天就到伊玛特打卡。

这次来，她再度感受到了娘家般的温馨氛围。“解放”后的伊玛特，处处都是改革春风吹大地的欣欣向荣。

她找到高勤，却不是为了培训，而是……退钱。

小周称赞：“傅睿真的好用。”在他的悉心栽培下，选手们的确有了明显的成长，最起码，已经摸到了歌手的门槛，不再是单纯的KTV麦霸。

高勤的手指敲了敲桌面，若有所思：“把他收入伊玛特怎么样？”

不怎么样。

小周说：“那远远不够。”收入伊玛特，培训费不就翻倍了吗？必须不能。

高勤点头道：“那就收了吧。”

小狐狸修为尚浅，没蒙过大狐狸。难受，想哭！

拿着财务部豪爽退回的钱，小周美滋滋地回了基地，然后被王星语堵在了大门口。王星语对她隔三岔五翘班、迟到、早退的行为已经无语到懒得说了，直截了当地要求换人。

王星语提议之后，小周就让王曦瑶探过张豆豆和阿范的口风。阿范同意了，但张豆豆有点闹别扭，王曦瑶分析了好久，他才勉为其难地答应下来，但是真到了要交换的时候，他又反悔了。

小周只好单独和他做思想工作。

“你为什么不要我？”张豆豆有点小孩子脾气，和靳磊一样，说哭就哭，“你不要我，我就不当明星了，我要回家去！”

小周的表情十分冷酷：“这就是我不想要你的原因。因为我不知道你什么时候会不开心，然后吵着闹着要回家。如果那时候我是你的经纪人，已经签了几百万的合同，我该怎么办？”

王星语和王曦瑶看着小周带着双眼湿漉漉的张豆豆从房间里走出来，一时都有些紧张。

王曦瑶问：“怎么样？”

小周看着张豆豆，张豆豆走到王星语面前，犹豫了一下才说："我会很努力很乖，你要对我好。"

王星语眉开眼笑，拿出合同："知道你过来，我直接把合同都准备好了，你说我对你好不好？"

小周腹诽，当初一听直接签合同就犹豫不决，差点放弃的那个人不知道是谁哦。

由于这次交换是在和平友好的气氛下进行的，所以录制了一段交换的视频，和朱玉轩离开时，完全不一样。

换过来的是王星语组人气最低的两个选手，差不多也是三十六强里人气垫底的选手。知道自己被遗弃，两个选手的情绪都不高，好在靳磊几个人很能活跃气氛，没多久他们就打成一片，不但叫了火锅外卖，还相约一会儿玩狼人杀。

小周看在眼里，忍不住问王曦瑶："他们经常这样吗？"

王曦瑶立刻解释："小朋友们平时训练很努力，玩游戏什么的，只是偶尔，偶尔。"

"这样啊。"小周发短信向周妈请假，"既然机会难得，那就别错过。"她热情地加入了火锅和狼人杀阵营。

事实证明，小周在见人说人话，见鬼说鬼话上，天赋异禀。每次当狼，都特别纯真善良，团结群众，煽风点火，屡战屡胜；每次当预言家，总能神神道道地被首投出去。

经过一夜厮杀，她对自己的人设定位有了新的感悟——她，果然不是当好人的料啊！

第37章

小周不在的两天，节目组开了两次会，都是王曦瑶代为参加，于是这次开会，她一进去，就受到了全场的注目礼。

孙兆麟调侃道："面色红润，意气风发，这是好事将近的兆头？"

小周打了个哈哈："没有坏消息的日子，就是好日子。"

孙兆麟低头啜了口茶，不接话了。

等所有人到齐，总导演开始分发接下来的日程安排："有点小调整，大家看一下。"

小周一眼扫完，发现节目后面的日程都比原定的缩短了一半。

总导演解释道："我们研究了节目观众的意见，认为最近的节目日常生活太多，节奏太慢，要适当加快。如果继续照之前的安排走，那节目中间肯定要断档。"

孙兆麟和王星语对望一眼，一个沉思，一个低头，似有话要说，又心存顾忌地憋着。

小周放下纸，说："缩短日程的话，播放时长可能会不够。"

总导演干笑了声："是这样的，不过我们会增加后续的花絮量，不会减少曝光度的。这档节目难得做到口碑收视双赢，不能在后期播砸了，还是要考虑可持续性发展。"

孙兆麟见小周打了头阵，也跟着放了一枪："我们可以增加点内容。"

"赛制是脊梁，这个定死了，其他怎么改都没有用。"

见总导演把话说得很死，孙兆麟立刻偃旗息鼓。

王星语笑眯眯地踢出皮球："这样啊，那我们回头和陈总说说。"

会议结束前，总导演还强调了一句："我们内部会议已经通过了，你们没意见就行。"

从会议室出来，三人很有默契地去了小房间。

王星语关门，小周开灯，孙兆麟拉窗帘，保密工作堪比训练有素的地下工作人员。

莹白的灯光下，王星语双颊绯红，怒火中烧："他们内部会议通过是几个意思？就是不管我们的想法，一定要裁时长了？那还商量个鬼啊！"

小周托腮，皮笑肉不笑地说："这些话你刚才怎么不说？"

"我反应慢，刚才没组织好语句啊！"反正死活不会承认自己㞞。

孙兆麟说："我听说，BLX电视台买了个很红的国外综艺IP，请了不少当红艺人加盟，已经开始录制了，准备在嘟啦视频上。"

小周说："你们怎么说？"

王星语义愤填膺地说："还能怎么说？肯定让陈总出马啊。"

孙兆麟沉吟片刻，说："节目的目的是推艺人，现在热度已经有了，也算达到目的了吧。"

小周想，如果是高老板坐在这里，大概会直接出动律师，让嘟啦视频好好学习一下，什么叫契约精神以及违约责任。但如果是高老板的话，嘟啦视频压根不敢违约。

反观他们几个，进攻的号角还尚未吹响，内部已经㞞了两个，余下的陈墅也指望不上。要想硬杠，就得申请董事会出面，那森微管理团队的存在价值又在哪里？

三人在小黑屋里发了一会儿呆，就各自散了。

王星语告状很积极，小周人还在半道上，陈墅的指示就来了，要他们与总导演良好协商，共同进步，一点自己出面的意思都没有。

孙兆麟倒很实在，适时地申请了一次热搜，作为利益交换。

公平起见，陈墅同意给每个组都买一次热搜，内容由他们自己安排，时间要错开。

孙兆麟大概在提议前就有计划了，当天晚上，“朱玉轩 童颜无敌”就挂在了热搜上。

首发是朱玉轩的小学同学，从学生证到毕业照，见证了朱玉轩少年时代的天生丽质。不少大V转发，大大提高了当晚《明星天梯》节目的搜索指数。

小周抱着手机，跟蒋先生视频通话时，分享了这一天发生的事情，说完还叮嘱他：“我只是告诉周晶晶的男朋友，你不许向蒋董事长告状。”

蒋先生轻笑了一声，为难地说：“那周晶晶的男朋友心疼女朋友怎么办？”

“嗯……”小周对着手机沉吟片刻，“给亲亲？”

蒋先生摇头：“不行。”

“为什么不行？”她瞪眼。

他义正词严道：“周晶晶男朋友的亲亲是周晶晶的，亲手机屏幕也不行。”

“嘻嘻，”她在床上蹬了蹬腿，“也有道理。”

两人隔着屏幕对视着，都觉得对方可爱得天理不容。

视频通话时长近三个小时，两人躺在各自的枕头上，将手机放在旁边，就这么静静地聊天。

“你喜欢森微吗？”蒋先生柔声问。

小周抱着玩偶，想了想说：“喜欢这个机遇和工作内容，公司的话……最爱法人。”

“嗯，法人也爱你。”

她把头埋进玩偶里，闷声笑了。

“等我回来，有件事和你商量。”他说。

“好。”

挂断通话，她拿着手机百度“婚纱”，看婚纱照模特玲珑有致的身材，对比自己圆润的小腹，内心泪流成河……啊，昨天她为什么要吃火锅！吃火锅就算了，为什么还要抢靳磊的巧克力？抢巧克力也就算了，为什么抢来之后直接吃了？

“管住嘴，迈开腿……”

她一边呢喃，一边搜索附近的健身房。

每组一次的热搜机会，孙兆麟单推朱玉轩，已经引发了他们小组其他成员的不满，但没想到王星语的操作更骚，她热搜上的是自己。

利用先前的人脉，找了一家纸媒做采访，然后以“最美经纪人”上了热搜。

效果……毁誉参半。

其中，誉的那部分，还掺了不少水分，满屏一个惨字，让人想生气也气不起来。

相较之下，小周组的氛围就非常和谐了。

选手们纷纷谦让：“尊老爱幼是我国传统美德，我们一定要发扬光大。热搜必须让靳磊弟弟独享！”

靳磊很谦虚：“我还小，我的人生还有很多种可能，还是让哥哥们先上吧！”

“我觉得吴赫赫很合适！赫赫有名，看名字就知道适合上热搜！”

“我看还是老谭吧，脸皮厚，不怕骂，去热搜逛一圈，也不会缺斤少两。”

最后还是小周出面，阻止了他们无意义的谦让：“不必争了！人人有份，一起出发。”

于是，敬老院走起。

是的，没错！小周安排的热搜，就是他们组员集体去敬老院打扫卫生！

去的路上，吴赫赫颤巍巍地举手提问：“一般做慈善，不都是捐钱吗？”

小周反问：“你有多少钱？”

吴赫赫摸了摸羞涩的钱包：“嘤嘤嘤嘤……”

到了敬老院门口，十二懒汉见没有后退的余地，只能卷袖子上了。春节过去不久，敬老院除了聚餐和娱乐的公共场所，其他地方都保持得很干净。

选手们嘴上说不要不要，真动起手来，倒一个比一个卖力。

干完活，小周组织他们和老爷爷老奶奶们一起坐下来聊天。

小周挨个问老人们，喜欢的明星是谁。

答案五花八门，大多是青史留名的伟人，也有爱看电视剧的，会说些老演员。遇到这种，小周就会多问一句："为什么喜欢他们？"

"他演的皇帝可好了！专门杀坏人，杀那些贪官污吏！"

"长得好看呀！中山装笔挺，很有男人味，是我们那个年代的大众情人，哈哈哈哈！哎哟，说这个太不好意思了，哈哈哈。"

"他对老婆好！我那个时候看新闻，说她老婆生病，他就不拍戏了，专门照顾她，几十年了，照顾到现在，两口子现在感情也老好的，还培养他儿子出国留学。"

回来的路上，选手们嘻嘻哈哈的，闹得很欢。小周慢条斯理地抽出他们当初填的调查表："还记得你们曾经写过的喜欢的明星和为自己设定的人设吗？"

选手们停下手，开始努力回忆。

小周说："我看了下，大多数是影星和球星，个别是作家，理由都是他们的作品和成就。但是对自己设定的人设是……吃货，暖男，傻白甜？忧郁美少年？……你现在的年龄就不算少年了吧？娱乐圈篮球一哥居然是最励志的一个。"

她放下调查表，面无表情地看着他们："所以，你们喜欢的明星，必须业务能力过关、成就惊人，而自己成为别人的明星，只要能吃会睡傻乎乎就可以了？"

车内静谧一片，几个小家伙彼此偷瞄，然后窃笑，听到头顶传来一声咳嗽，才连忙坐好。

小周说："你们刚才见到的老爷爷老奶奶，大多数都七八十岁了，很多人今天的事明天就忘，但他们没有忘记他们喜欢的明星的名字和作品。你当然可以说，是因为年轻时的记忆更刻骨铭心，但为什么刻骨铭心的是这些明星，而不是那些已经被遗忘在历史洪流中的名字？"

气氛顿时严肃起来。

小周长叹了口气:"其实不用问老人,你去问问年轻人,问他们喜欢明星什么。有几个会说因为他特别能吃的？那还不如去喜欢猪八戒。傻白甜……傻瓜和白痴难道是褒义词吗？你们有没有想过，你们为什么来这里当明星，为什么不是当歌手，不是当演员？

"不要说歌手和演员门槛更高。有的艺人会说，我不要一直当普通明星，我要当个有实力的歌手,有实力的演员！我想他们对明星这个词有着本质上的误解。歌手和演员是职业，唱歌好、演戏好是基本的业务能力，做到了很光荣吗？但明星包含很多方面,让人真心崇拜的才是明星。本职工作内的业务能力不仅要过关,还要成为同行中的佼佼者，同辈楷模，不然人家凭什么向你学习？

"另外，人品要优秀！你问那些被帅哥美男迷得神魂颠倒的小姑娘，喜欢他们什么？回答好看的是一小部分。更多的人会说，我喜欢他不仅好看，还特别努力，精通三国语言，特别善良，热衷慈善……所以粉丝会说，我要好好学习，做一个配得上我喜欢的明星的粉丝。她们为什么这么说？因为她们知道，传播正能量才是明星的担当。

"节目还没有结束，我希望你们再清楚地想一想，自己到底适不适合当明星，或者，有没有能力和信心成为一名明星。我也希望在你们深思熟虑之后，能给我一份新的人设。我不是要你们现在就做到，也不是让公司包装一个虚假的你，但我要知道，成为明星之后，你怎样发光发亮，去照耀别人。

"以上，是我对我合作的明星的要求。谢谢。"

第38章

事后，选手们陆陆续续地找小周，重新交了作业。作业显然是绞尽脑汁写出来的，也把小周在车上的字字句句都听进去了。

靳磊写："我要当小太阳，给每个喜欢我的人送去温暖，缓解他们的社会竞争压力；我要当小棉袄，让每个粉丝都感觉到我的体贴和温柔，不让寒冬的凛冽侵袭他们的骨血；我要当小风扇，当他们烦恼焦躁的时候，我又能送去清爽的凉风。为了完成我的目标，我将努力地学习词曲创作，写出更多更好抒发心情的作品，我也会热心公益，为更多穷苦的人民带去幸福。那时候我可能很忙，有很多通告，没有时间打扫卫生，但我会经常捐款。我的目标人设是，公益大使！"

吴赫赫写："我会努力唱好歌，争取早日登上国际舞台，为国争光，让中国的音乐走向世界。当然，我也会洁身自好，以身作则，正直、善良、积极、乐观，做个符合社会主义核心价值观的五好青年。"

章金城："我会发扬中国的传统美德，忠于国家，忠于人民，孝顺父母，友爱兄弟，对恋人一心一意。等我在歌坛有了一定的基础，我还要演戏，等年纪大了，我想当个优秀的导演，让别人都叫我‘章导’。就算英年早逝，也不留遗憾，留下好的作品。”

小周不禁疑惑，她昨天是不是把孩子们逼得太紧了，居然写出了“英年早逝”这种不祥之言？

她回家翻出周妈去寺院上香时多求来送礼的护身符，给了章金城一个，希望他能克服心理阴影，在未来“寿终正寝”。

由于日程缩短，特训终于到收尾阶段。

三组人马重新会聚在基地大堂，想起不久之前，这里还有浩浩荡荡的一百多人，如今只剩下了三十六个，再过不久，还不知能剩下几人。

这次的淘汰相当于半决赛，为了弥补播放时长被砍，总导演特意花钱请来钟尧做主持。

事关存亡，饶是钟大主持人舌灿莲花，也不能消弭选手们内心的忐忑。

等钟尧介绍完规则，三位经纪人就依次上来宣布他们确定签约的选手是谁。

长者为先。

孙兆麟第一个上来，语重心长地说：“对我来说，这真的是个艰难的决定，每位选手在短短几个月时间内的成长是有目共睹的，如果给我更长的时间，我相信他们每个人都能成为非常优秀的明星。而今天，我只能先与这位我认为率先达标的选手签约。希望在漫漫长路上，他能够背负着与他同组的十一位兄弟的梦想，继续前行。”

“我的选择是……朱玉轩。”

话音落下，钟尧率先鼓起掌来，但选手之中，只有小周组的鼓掌最为热烈，其次是王星语组，孙兆麟组只有两个人抬手，后来看其他人都没动，又讪讪地放下了。

孙兆麟撇开脸，不去看那些选手的脸色，径自拉住上台来的朱玉轩的手，说：“不要辜负我的期望。”

朱玉轩垂眸，微笑道：“当然，我一定会努力给你带来惊喜。”

钟尧说了两句，就将王星语请上来了。

对孙兆麟组的无声抗议，王星语内心有些幸灾乐祸，又有些兔死狐悲。朱玉轩作为外来的组员却占走了唯一的名额，被排斥也是自然，为了避免落人口舌，她一次性选了四位，除了张豆豆、阿范，还有自己组的大常和梁远。

王星语组的气氛果然比隔壁组好很多，至少人人鼓掌。但相较于小周组如雷般的掌声，多少缺了点人情味。

小周特意观察周向野的表情，对方阴沉着脸，显然没想到自己被抛弃了。

王星语下台的时候，忍不住对小周说："你们家选手怎么跟嗑了药似的，这么兴奋？"

小周笑眯眯地说："都是自家兄弟，当然高兴了。"

朱玉轩、阿范、张豆豆都是她们组出去的，按人头比，是三比二胜出，的确……放在自己身上，应该会乐疯了的。

王星语心理不平衡了："难道他们不嫉妒吗？"

小周说："友谊第一，比赛第二，我们组提倡良性竞争。"

王星语犹豫了下，问："怎么做到的？"

"人品好。"

不知说的是选手还是自己。

小周最后一个上，刚接过话筒，就受到了组员们山洪般的掌声。从隔壁两组调过来的三个成员在气氛的带动下，也很快投入了进去，鼓得满脸通红。

小周用手压了压，示意大家安静："掌声再热烈，我也只请一顿饭。"

组员们集体发出嘘声。

"我们组不签约，好，谢谢大家！"小周笑着就要往下走。

主持经验丰富的钟尧当然知道这个时候需要有个人递梯子把人拉回来，两人笑闹了一会儿，小周重新回到台上："我和孙老师的想法一样，如果有更富裕的时间，我相信每位选手都能有更好的表现。我选的这三位呢，虽然年龄不大，但是起步可能是在座所有选手里最早的。他们还是小学生的时候，就开始接受经纪公司正规的培训。别的小孩寒暑假在上奥数班、学画画、打游戏，他们则早早地确定了未来人生的目标，日复一日地跟着培训老师练习唱歌跳舞，为成为一名优秀的艺人而做准备。所以，我现在要对他们宣布……”

“你们已经准备好了。”

虽然还没有说出名字，但选手们心中已经有了答案。

站在靳磊旁边的老谭将哭得稀里哗啦的靳磊抱在怀里，轻轻抚摸他的脑袋。吴赫赫和章金城虽然克制着，但发红的眼眶和晶莹的泪光无不诉说着此时此刻内心的激动。

多少次跌倒爬起，以为出道遥不可及，又多少次与机会擦肩而过，而这一次，他们真的成功了。

小周微笑道：“我要签约的艺人是，章金城、吴赫赫、靳磊。”

小周组的组员们齐齐发出欢呼。以九个人的音量，爆发出九百个人的热情。连带着隔壁两组也受到感染，大力地鼓起掌来。

钟尧拿着话筒给“三小只”做采访。

章金城和吴赫赫还能控制住情绪，说出一板一眼的感谢词，到靳磊这里，完全崩溃了：“我……我，要吃巧克力……你答应过，我，我出道了就可以吃巧克力了。”

钟尧忍不住笑道：“谁不给你吃了？”

“周……周姐姐。她把我巧克力抢……跑了。呜呜呜。”

看他哭得这么真心实意，其他人都笑得前俯后仰，一时冲淡了淘汰的沉郁气氛。

钟尧为他出头，对小周说：“多大人了？抢小朋友的巧克力，不像话。”

小周对哭成兔子眼的靳磊微微一笑：“别哭了，哭也没用。签约之后，你的巧克力……都是我的。”

特训结束，被签约的艺人们将入住公司安排的公寓，基地也就完成了使命。趁着租期还没到，小周组的几个选手打算搞个离别派对。

原本是小团体性质的，但隔壁两组的人知道了，纷纷要求加入，最后报到总导演那里，干脆就录制成节目花絮。

火锅宴小周组已经办过了，所以这次是集体烧烤，地点就在基地后面的空场地上。这里原先是酒店的景观花园，酒店关门之后，因为疏于照料，植物生长得很茂盛，也算是自然风光了。

烧烤的时候，大家都很斯文，分工合作，文明礼让，到真开吃的时候，孙兆麟组有选手拿出了两箱啤酒，每人倒上一点，开始四处敬酒。

三位经纪人是逃不过的。

小周拉着王曦瑶挡酒，选手不依，纷纷表示霸气周姐今天不够霸气。

小周苦口婆心地劝说："我是为了你们好。"

"周姐，临别酒都不喝吗？是不是对我们没有感情？"小周组的组员站成一排，开始唱："小白菜呀,地里黄呀,三两岁呀,没了娘呀……"

调走得惨不忍睹。

刚好有个电话进来，小周如蒙大赦，抱着手机就跑，以靳磊为首的选手们在后面追。

蒋先生听到她在电话那头气喘吁吁的，杂声很多，问道："在健身房？"小周之前说过她办了张健身房的卡。

小周绕圈子小跑："不是，是特训结束了，大家一起聚个餐。"

"你现在在哪里？"

"基地。他们要敬我酒。"她委屈地说。

后面的选手听她说话，就知道这电话不是公事，一下子围了上来，放大音量喊："周姐不给面子啊！"

蒋先生说："等会再喝。"

"啊？"

"我尽量在一个小时内赶到。"

小周挂了电话，气势来了，接过靳磊递过来的啤酒罐："喝就喝！不过，让我运会儿功。"

靳磊还想胡搅蛮缠，小周从口袋里掏出一颗费列罗："我交利息的。"

靳磊顿时就叛变了，被身后的小伙伴们按住了一顿蹂躏。

蒋先生赶到的时候，小周已经喝了小半杯啤酒。她知道自己喝多了，双手死死地抱着王曦瑶的胳膊，头埋在她的肩窝里，免得自己出丑。

蒋先生伸手扶她，她立刻紧张地说："别碰我！我是……我家蒋先生的！"

王曦瑶看了眼周家蒋先生似笑非笑的眼神，低声说："我又不是蒋先生。"

小周竖起食指，轻轻地嘘了一声："别骗我，你就算化成灰，我也不会认错。你就是……"小周的脑袋一片空白，半天没想起来，"你就是一盏路灯，我要扶着……你，你不能倒下。你要发光，发亮，照耀别人！"

蒋先生微微用力，将她搂入怀中，王曦瑶如释重负，甩了甩酸麻的胳膊，头也不回地跑了。

蒋先生抱着人，低声问："我是谁？"

带着微微酒气的红唇慢慢贴近他的面颊，像小狗一样地嗅了几口："我告诉你一个秘密。"

"嗯？"

"我……要吐了！"她扒着他的肩膀，"哇"地一口吐了出来。

第39章

温煦的曙光穿过明净的玻璃窗，洒落在床上拱起的被窝上。厨房里的动静从微启的卧室门缝里细细碎碎地传来，与之相伴的，还有时浓时淡的饭香。

似乎闻到了香气，床上的小山丘微微动了动，过了一会儿，一只手慢悠悠地探出来，掀开了被子，露出一张憋得通红的脑袋来。

小周双目失神地看着天花板，不知道为什么自己一觉醒来，就睡在一张陌生的床上，熟悉的衣服还不见了，只穿着陌生的男性睡衣。

她翻了个身，趴在床上回忆断片前的画面。

好像是喝了一点酒，然后……就没有然后了。

她慢吞吞地坐起身，睡衣领口太大，滑落下来，露出半边香肩。

穿着围裙，戴着厨师帽的蒋先生进来时，正好领略到如斯美景。

小周被他的帽子吸去了大部分注意力，须臾，才后知后觉地拉高衣领，裹住被子。

蒋先生说：“衣服是我换的。”

言下之意，不仅看过，还碰触过。

小周佯作没听到，眼珠子左摆右晃："我怎么会在这里？"

"是啊，你怎么会在这里呢？"蒋先生笑吟吟地反问，说不出的意味深长。

呃，鉴于前几次喝醉酒的经历，她觉得自己还是不追究为妙。

她扭头找自己的手机。

蒋先生从围裙口袋里掏出手机来递给她："已经充好电了。"

"谢谢……我妈没打电话来吧？"小周急急忙忙地检查微信。

"嗯，但我打过去了。"

微信、短信和电话记录都没有周妈的消息，她好奇道："你怎么说的？"

"对岳母，当然要实话实说。"

"那她怎么说？"如果知道自己醉于半杯啤酒，周妈大概会气得把她做成酒糟女儿吧。

蒋先生微笑："岳母让我好好照顾你。"

这么温和的吗？小周不敢置信："就这样？"

"嗯，岳母的交代，我也觉得不能太敷衍。所以……"他走到床前，缓缓单膝跪地，从围裙里掏出一个小盒子，打开，里面放着专门定制的钻戒。

戒指上，小舟与船桨相依相偎。

他眼睛里泛着光，比戒指上的碎钻还要灿烂，还要明亮："周晶晶小姐，你愿不愿意让我照顾你，直到生命的尽头？"

在很久很久以后，小周依旧对这一幕耿耿于怀——

她竟然是穿着不合身的大睡衣，顶着一头未经打理的蓬发，在没有刷牙洗脸的情况下，接受了她人生中最重要的邀约。

戴好戒指的小周，飞快地冲进浴室，刷牙洗脸洗澡。

蒋先生体贴地准备好了所有东西，连昨天的衣服，也洗净烘干，挂在浴室门背后。

出来时，蒋先生正在厨房忙活。

她没有第一时间出去，而是抱着手机，和王曦瑶交流自己被求婚的心情。这种事情，自然和女生聊比较有共鸣。果然，王曦瑶知道之后，比她还要兴奋激动。

“你上辈子是月老吧？下凡之前给自己定下了这么好的姻缘！”

小周平静地提醒她：“月老好像是位年长的男性。”

王曦瑶感慨道：“其实昨天晚上，我就知道蒋先生是位足以托付终身的好男人了。”

“昨天晚上？”小周敏感地竖起耳朵，“昨天晚上发生了什么事？”

“在你吐了他一身的情况下，他第一时间居然是拿起纸巾帮你擦嘴，等你舒服了，才收拾自己。人的第一反应不能作假，说明在他心里，你比他更重要。”

她说完，发现手机那头久久没有回应，不由得“喂”了几声。

“我在。”小周心虚地回答，满脑子都是“你吐了他一身”，该感谢自己的嘴巴这次只闯了一次祸，没有说出什么不该说的话吗？至于蒋先生的反应……

蒋先生有多好，根本无须怀疑。

“之后，蒋先生就送我回去了？”

王曦瑶顿了顿，似乎在思考：“你还说你不想给他生孩子。”

这！这！这从何说起呢！难道她的潜意识里，真的住着一个渣女？

王曦瑶说：“然后你就逼着蒋先生答应，以后他来生孩子。你说你会努力耕耘的。”

蒋修文准备好早餐，等了很久也不见小周出来，便进卧室找人，却见她双颊通红，握着手机，呆呆地坐在床上，一副要原地爆炸的样子。

“怎么了？”他走到她身边，弯腰亲了亲她的额头。

小周抬眸，眼神复杂地看着他：“我想起了一点昨天晚上的事。”

“嗯？”

“关于生孩子的。”

蒋先生的脸色顿时有些复杂。

她鼓起勇气说：“你好像答应了你来生孩子……答应了就要作数！”既然都

已经豁出脸面做了，好歹也要享受一下成果吧？

“答应了就要作数吗？”

“当然。”她站起来，叉着腰表示自己的坚持。

蒋先生慢条斯理地从围裙里拿出一张纸来，纸的背面还胡乱写着各种菜谱，显然是仓促间拿来用的，但正面赫然是一张承诺书。

上面写着周晶晶女士自愿为蒋修文先生生儿育女，不离不弃，白头偕老，永结同心。蒋修文先生自愿为周晶晶女士挡风遮雨，赚钱养家，大事遵从，小事顺从，白头偕老，永结同心。

下面有两人的签名和指纹。

蒋先生说：“根据条款，生儿育女是你的任务。”

虽然不知道为什么会有“他对她大事遵从，小事顺从”这一条，但明显是漏洞。她立刻说：“生孩子难道不是大事吗？你应该遵从我。”

蒋先生笑着亲上去，亲得人气喘吁吁了，才说：“生孩子是两情相悦的事。”

好吧，她明白为什么会有这一条了。

看着是漏洞，可是在蒋先生嘴里，颠倒黑白分分钟，根本没有可操作性。

吃早饭的时候，小周意难平，开始找碴：“你之前说，你要照顾我，直到生命的尽头。你没看过《人鬼情未了》吗？真正的爱情，是跨越生死的！”

蒋先生认为她说得很有道理：“如果你不怕我阴魂不散……”

“呸呸呸，一大早不许说这么不吉利的话。”

某人似乎忘了这么不吉利的话是谁先提出来的。

昨天的烧烤会等于离别宴了，喝高的不止小周一个人，所以节目组默契地放了半天假。

蒋先生原打算吃完午饭，直接送小周去上班，但小周坚持回家一趟。虽然她身上的衣服已经洗过了，但两天穿同一套衣服，不符合她的穿戴美学。

回家的路上，蒋先生状若不经意地说：“婚宴等节目结束之后再举行如何？”

说得好像会推迟很久似的！

小周说："你知道节目日程缩短了吗？"

"知道的。"

为什么回答得这么自然？那就只有一个多月的时间啊，谁家结婚不准备个一年半载的？

蒋先生说："可以先领证。"

小周迟疑道："这，是不是太赶了？"

蒋先生缓缓地踩着刹车，将车停到马路边上，踌躇地问："如果我现在向你求婚，你还会答应吗？"

小周疑惑道："为什么这么问？"

"你早上宿醉未醒，也许没考虑清楚……"他的目光落在两人中间的储物箱上，睫毛投下一片阴影，仿佛在掩饰眼睛里的难过。

小周暗暗叹了口气："领证需要户口簿，户口簿在我妈那里。"

蒋先生抬眸，神采飞扬地说："我们现在就去跟妈妈说。"

周家对蒋修文的到来，表现出了极大的欢迎。周爸留他在客厅聊天，周妈和小周关起门来说悄悄话。

一进卧室，小周先下手为强："妈妈，我看错你了，你居然让自己的女儿夜不归宿还不闻不问。"

周妈也不是省油的灯，立刻反击道："你深夜买醉还有理了？"

母女俩对视半晌，都觉得这对话忒假惺惺，没意思透了，遂偃旗息鼓。

周妈说："小蒋昨天晚上表明了结婚的意愿，你怎么说？"

小周一边换衣服一边说："他说先领证再办酒席。"

周妈突然风驰电掣般地打开门出去了："我去拿户口簿。"

小周裸着上半身，看着敞开的卧室门，呆了三秒钟，才咆哮："你倒是把门关一下呀！"

须臾，蒋先生的手出现在门口，背对着卧室的方向，非常绅士地把门关上了。

原本是征求周家父母的同意，谁知一眨眼，人就已经坐在开往民政局的车里了。周妈不忘和亲家谈论儿女婚事，双方一拍即合，气氛热烈。

蒋潇云在电话里开心地表达了对小周成为一家人的欢迎，并当即决定一周后坐飞机回国，与亲家商量婚礼。

“修文决定得这么仓促，带给我太大的惊喜，我真的是一点准备都没有，但确确实实是我期盼已久的事！真想现在就飞回去和你们团聚！天哪，真真不敢相信，我竟然要当婆婆了。我一定要当世界一流的好婆婆，不知道晶晶喜欢什么牌子？真希望她现在就在我的身边，真想买下全世界给她。”

周妈看蒋潇云反应这么夸张，可见是真的高兴，便放下了心头大石。

以前，她虽然总是嫌弃小周单身，但说到底，是宁可她单身也不愿意随便找一个人凑合的。难得蒋修文这样好的条件，又有这样的真心，连母亲都通情达理，可以说是天赐良缘了。

婚姻登记很顺利。

结束后，蒋修文先送感动得眼眶通红的周爸周妈回家，然后去了趟集团楼下。一个年轻人抱着好几个箱子等在路边。见蒋先生将箱子一个个放入后备厢，小周顺口问了一句：“是什么？”

“喜糖。”

小周终于有幸见识到了蒋特助高效的办事能力。

第40章

虽然下午还是上了班，但离下班时间也不远了。好在节目组上下也没什么心思上班，倒是对小周送喜糖的事很关注，厚厚还说要录下来，做花絮也好，做纪念也好。

王星语刚开始情绪还好，吃了一会儿糖，就控制不住地开始说酸话，酸了一会儿，又觉得没意思，拎着包早退了。孙兆麟表现得很热情，送出一支一看就价值不菲的名牌金笔，是唯一一个当场送贺礼的人。

小周推托了几回，怕继续僵持，场面难堪，只好收下了。

孙兆麟讲得很实在："我这把年纪了，还在建业，压力委实很大，难免功利。之前有做的不当的地方，还请谅解。"

小周客套地说："哪里哪里。"

喜糖在小选手们手中获得了极大的欢迎。几个被淘汰的选手感动地说："周姐太好了，为了给我们发喜糖，居然抢时间结婚。"

小周心道，你不说，我都没想起这一茬。

靳磊表现得最激动，打开袋子，拿出里面的巧克力，不管三七二十一，直接塞进嘴巴里，生怕晚一步就被小周抢去。

小周很无语："我是那种送出喜糖又抢回来吃的人吗？"

靳磊含着巧克力："哇，你居然说出来了，还说你没想过。"

自从被亲妈鉴定渣女之后，小周就对自己潜意识的世界很好奇，里面是不是真的储存了很多不良念头。

送完喜糖出来，蒋先生还在外面等，说是帮她收拾东西搬家。

呃，送喜糖的时候，她都没太多嫁人的真实感，别人的"新婚快乐"听起来和"恭喜发财"差不多，直到蒋先生说搬家，她才渐渐感受到已为人妇的焦灼感和新鲜感。

她现在有点庆幸自己之前打飞机探望了生病的蒋先生，不然今晚还要面对人生第一次的亲密接触，那她此刻大概已经焦虑得想跳车了。

回到家里，周妈已经把东西打包得差不多了。周爸在边上一个劲地想把她的东西放回去："这个你放着好了，又不是不回来住了。这个……这个你拿走干什么？他们可以自己去买的，以后她回来住，没牙刷怎么刷牙啊？"

周妈的主意一向比周爸大，这次难得没反驳，重新把牙刷放了回去。

小周站在门口，心里有些不是滋味。当了二十几年的女儿，太习惯于这个角色了，如今转行……虽然周家女儿这个兼职还在，但人生规划全然不同了，出现在家里的时长也会大大减少。

她眼泪汪汪地说："爸，妈，我婚礼后再搬出去吧？"

站在后面的蒋先生浑身一僵，不可置信地盯着新婚妻子的头皮。

小周头皮有些发麻。

原本还恋恋不舍的周妈闻言立刻说："嫁人的女儿还住在家里像什么话！"

周爸点头，主动把牙刷装进食品袋，放进给她收拾的行李箱里："牙刷还是带走吧，放在这里还落灰尘，白白浪费。"

被周爸周妈亲自送到小区门口，小周还有些精神恍惚。

蒋先生倒是非常迅速地进入了女婿的角色，忙不迭地放老婆的嫁妆，亲切地叫爸妈好好照顾自己，他有空就会带小周过来蹭饭，然后把新鲜出炉的老婆热乎乎地运回了自己窝里。

小周进门后，在玄关站了好一会儿，才抬头惊恐地看向给自己脱外套的丈夫，结结巴巴地说："我，我以后就要和你一起住了。"

老婆傻乎乎的样子太可爱，想亲……

那就亲吧。

他随心意地亲了亲，还蹭蹭鼻子："嗯，晚饭想吃什么？"

小周的脑海里闪过很多名贵的食材，最后定下："想吃海胆拌饭。"

新婚妻子进家门的第一个要求，怎么可以不满足呢？

蒋先生摸摸她的脸："我想想办法。"

晚饭时间，餐厅正忙，蒋先生开餐厅的老板朋友就被一个电话叫来送外卖了。送的半路上，下起了淅淅沥沥的小雨。因为访客不能进地下停车场，老板朋友还淋了一段路。

当他出现在蒋先生的家门口时，就是个兢兢业业的外卖小哥形象。

"我去，你知不知道我现在有多忙，你居然让我送外卖？我开的餐厅这么高级，连打包都只提供饭后，你居然让我送外卖？"他大概气糊涂了，一句话翻来覆去说了好几遍。

蒋先生露出自己的婚戒："我结婚了。"

老板朋友震惊地站在原地。

"谢谢你的贺礼。"他伸手接过外卖，"回去的路上小心点。"

"等下！"老板朋友用身体卡住要关上的门，"你，你结婚了！你就让我这么回去？"

蒋修文好脾气地问："你打包了几份饭？"

"两份。"

"而我结婚了。"并没有余量给外卖小哥。蒋先生轻轻将人推出门外，"喜帖到时候发给你，记得准备红包。”

老板朋友心念电转：“当伴郎不用给红包吧？”

“伴郎已经被预定了。晚安！”说完，蒋先生直接关上了门。

正在卧室里挂衣服的小周听到动静，出来问：“谁来了？”

蒋先生毫无愧疚感地展示自己手里的袋子：“送外卖的。”

吃完鲜美可口的海胆拌饭，小周主动进厨房洗碗。蒋先生就在后面抱着她，时不时亲亲她，亲着亲着，两只手就按捺不住地上下游走了。

于是，碗从小周的指尖滑落，“啪”的一声，小周转身，哈哈大笑着告饶：“别摸，太痒了……哈哈哈哈……”

蒋先生气呼呼地洗澡去了。

小周收拾完碗筷出来，就看到蒋先生穿着睡袍站在卧室门口，见她看过来，才慢悠悠地走进去。卧室里亮着一盏灯，光很昏暗，但昏暗灯光里的那个人，在她心头最明亮的地方。

脱下围裙，进浴室洗了澡，润肤乳抹遍全身，又喷了点香水，确保自己浑身香喷喷的，她才慢慢地踱进房间。

蒋先生坐在床头，仿佛在看书，但视线涣散，显然心神已经脱离了知识的海洋。

小周走到床边，掀起被角，一点点地蹭进去，还没完全躺好，就被一把抱了过去。

蒋先生将人放到腿上，用鼻子轻轻地嗅了嗅：“抹了什么？”

“香水和润肤乳，好闻吗？”买的时候，她完全遵照自己的喜好，但是，这种甜甜的味道，应该更符合女孩子的品位吧？

果然——

他把头埋在她的肩窝，嘀咕道：“太浓了。”

“那你喜欢什么样的香味呀？”

“你的香味。”

“啊？”

蒋先生认真地说：“其他香味太浓，会盖住你的味道。”

小周眨了眨眼，也认真地说：“蒋先生，我确定我没有狐臭哦，你不要冤枉我。”

蒋先生将人压在身下，凑过去道：“是吗？那我要彻彻底底地检查一下。”

大病初愈的蒋先生也可以鏖战数小时，何况洞房花烛夜？小周到东方露微白才迷迷瞪瞪地睡过去，没多久，又被生理时钟催醒，感觉到身后有个人正抱着自己，她吓了一跳，飞快地翻身。

蒋先生刚醒过来，就见小周差点跌出床去，连忙扑过去将人捞回来。

小周呆呆地看着他。

蒋先生微微一笑：“醒了？”

小周终于明白，什么叫声音好听得耳朵会怀孕。

“嗯。”

她元神归位，想起了昨夜，正有点不好意思，同样元神归位的蒋先生已经抱着人继续不好意思了。

真正起床的时候，天光大亮。

小周蹑手蹑脚地起来，在浴室穿戴整齐才走出来，对刚刚醒来的蒋先生进行健康和养生教育。

蒋先生很想再身体力行地证明自己年富力强，修身养性还太早，可惜蒋太太早有准备，他一动，她就蹦到三米开外，仿佛隔着千山万水遥望他。

蒋先生无奈，拿起手机看了看时间：“还早，不多睡一会儿吗？”

“我要上班。”

“不请婚假吗？”蒋先生已经规划好一周没日没夜没羞没臊的幸福生活了。

可惜另一方并不想配合，宁可顶着发青的眼眶坚守岗位：“婚假等办酒席的时候再请吧。”

蒋先生掀被起来，浑身赤裸地走近，小周立即蹦进厨房准备早餐去了。

等蒋先生洗漱好出来，小周正抱着手机发呆。

“在想什么？”他走过去，自然无比地亲了亲她的嘴唇，然后在她预备说话的一刹那，加深了这个吻。

小周感觉到他的手又开始不安分了，连忙捧着他的脸往后退：“快吃饭，三明治凉了。”

蒋先生满脸遗憾地看着她。

小周戳着他的胸膛，控诉道：“你婚前不是这样的。”当年大乔说蒋先生是斯文败类，真是一语中的。婚前斯文，婚后败类啊！

蒋先生笑了笑，意味深长地说：“那你赚到了。”

他抱着微弱的希望，问道：“你刚才是在思考怎么请假吗？”

“不。”

她现在只想逃离欲求不满的蒋先生的魔爪，怎么可能主动配合？

确认太太打定了主意要上班，蒋先生乖乖地吃起早餐来，边吃边问：“那在想什么？”

小周说：“我在想，怎么通知朋友圈。”

蒋先生吃三明治的手一顿，突然走回书房，从保险箱里取出了两本结婚证，并排放在桌面上，拍了张照，发给小周。

小周惊讶道：“我的结婚证为什么也在你那里？”

因为周妈说你丢三落四，容易弄丢。

实话总是伤人——被伤的那个人很可能是他。所以，蒋先生含蓄地说：“我太太是要掌管全家经济的人，怎么能操劳这种小事？”说着，他把自己的存折和卡都顺手交了出去。

小周还有点不习惯，讷讷地将卡和存折推了回去：“我怕弄丢。”

蒋先生点点头：“那等你有空，我们去开个联名户头。”

第41章

小周和蒋先生的结婚证炸得朋友圈面目全非。

伊玛特地下组织统一在下面留言："恭喜。"

然后群里——

高老板："周六日，你有十分钟的狡辩时间。"

大乔："周六日是谁？"

高老板："就是被你盗用过身份证进游戏装人妖的那个人。"

大乔立刻转移话题："周六日，你只有九分钟的狡辩时间了。"

小周跟着转移话题："你们吃早饭了吗？"

大乔对此话题表示欢迎："我现在在××省××市×××酒店2620号房，欢迎送早饭。"

小周："据说没吃早饭的人脾气很大，原来是真的。"

高老板："八分钟。"

沈小朋友："什么！一觉醒来，小周被人抢走了？！"

罗少:“抢走?”

沈小朋友:“送走?”

小周:“事情是这样的……”

高老板:“七分钟。”

小周:“特训结束，节目组聚餐，我喝了点酒，是蒋先生送我回家的。”

深知小周酒量的大乔，发了一张上香的表情。

同知小周酒量的张知紧跟其后，也上了一炷香。

高老板的思想比较深远，很快想到了酒后会发生的事情，停顿了一会儿，才慢悠悠地说:“那他还算识相。”

仿佛经历了一场暴风雨洗礼的小周精疲力竭地放下手机，瘫在沙发上喘气。

坐在旁边，围观了全过程的蒋先生帮她按摩肩膀:“你们有个伊玛特地下组织群啊。”

浑然不知前方窨井盖没盖的小周随口回答道:“是啊，高老板建的。”

“张知和罗少也在?”

“他们是家属嘛。”

“嗯,”蒋先生停顿片刻，才微笑着接下去说道,“无证家属。”

摔在窨井里的小周望着自家老公意味深长的笑容，懂了。

随着信息提示声，伊玛特地下组织终于迎来了久违的持证上岗成员——晶晶家老公。

小周第一时间送上了温馨的欢迎。

蒋先生对着太太的ID看了半天，不满地说:“我们的ID不匹配啊。”

小周心不在焉地说:“你可以改成大蒋啊。”小舟大桨，听起来就很稳当。

蒋先生默不吭声地打开成员名单，对着“大乔”“小周”看了好一会儿，把自己的手机递过去:“我在群里好像发不了红包。”

“怎么会?”小周顺手放下自己的手机，接过他的。

蒋先生气定神闲地拿起她尚未锁定的手机，运指如飞，须臾，小周在群里的ID变成了“文文家老婆”。

大乔忍无可忍地冒了出来："楼上两人与群内的画风严重不符，留下眼药水的钱！"

晶晶家老公："不，那不是我，他抢走了我的手机！他改的。"

大乔："呵呵，一结婚就让老婆背锅，蒋特助果然操作风骚。"

晶晶家老公："我是小周。他强行和我换了手机，ID是他改的。男他！男他！"

文文家老婆："老婆说得对，是我。"

然后蒋先生准备发红包，输完金额，发现要密码，随手输了一个……十个两百元的红包从天而降。

飞快领完红包的众人——

大乔："新婚快乐。"

沈小朋友："永浴爱河！"

封二伦："早生贵子。"

沈小朋友："群里终于可以用早生贵子了，感人！"

罗少："楼上想生，我可以努力。"

罗少："祝幸福。"

沈小朋友："……"

高老板的祝福语非常耐人寻味、发人深省："珍爱老婆，平安一生。"

搞定亲友团后，蒋先生自觉地将手机还了回去。

小周拿着手机，忽然"哇"地尖叫了一声。

蒋先生下意识地抱住她。

小周从他的怀里挣扎出来，退后两步，颤巍巍地抬起手，指着他："刚刚，你发了十个两百块的红包。"

蒋先生双手还保持着抱她的姿势，犹不知问题在哪儿："新人报到，总要打点到位。"尤其是他以前的风评还不怎么好。

"一共两千块。"

"我老婆数学真好。"

"都是从我的卡里扣的！"小周一看到银行发来的扣款提醒，整个人就心痛得无法呼吸。

蒋先生笑得露出了八颗牙："密码是我的生日，我顺手就输进去了。"

"这个是理由吗？"

蒋太太的脸色实在不好看，蒋先生收敛笑容，默默地递出裤袋里来不及放回去的存折和银行卡。

深知小周昨夜的辛苦操劳，蒋先生体贴地领取了送老婆大人上班的任务。小周推辞了一番，始终拗不过，只好从箱子里拿出颈枕和毯子，做好了去车上睡觉的准备。

准备和老婆聊聊天的蒋先生只好打消了这个念头。

小周一上车，就调整好座椅开始睡觉。

蒋先生贴心地帮她系好安全带，缓缓发动汽车。

车速很稳定，据说给领导开车，起步和刹车要稳，行驶过程中不能太颠簸，以此为标准，蒋先生倒是条条符合，怪不得张复勋大佬这么喜欢他。

哎，不知道他今天没去上班，张大佬知不知道，会不会生气？

高老板说过蒋先生在集团地位崇高，手握实权，应该日理万机才对，为什么她认识他以来，除了偶尔出差，她像是更忙碌的那一个？

小周胡思乱想了一会儿，发现自己身体疲倦得要命，可精神也亢奋得要命，一点睡意都没有。尤其是蒋先生在身边，便满脑子都是他。

一个姿势保持太久，难免僵硬，她小范围地活动手脚，然后睁开了眼睛。因为椅背放了下来，所以她只能看到蒋先生大半个后脑勺……她一定是中了蛊毒，不然为什么觉得后脑勺也这么好看！

"醒了？"他递水给她。

小周正好嗓子发干，便坐起来饮水。

"日程缩短之后，节目是不是还有一个多月就结束了？"他双目望着前方，好似随口一句的闲聊。

"是的，然后我们就正式带艺人了。"小周兴致勃勃地说，"我打算先给三小只出唱片。在伊玛特的时候，他们就准备过出EP，后来因为种种原因搁浅，但歌已经录好了，我和高老板打过招呼，版权可以直接买过来。趁着节目刚结束，热度没退，直接冲一波，说不定会有不错的成绩。”

前方红灯，蒋先生缓缓踩着刹车，等车完全停下，才说：“张氏集团有意转让股份……我想买下来。”

小周震惊：“很贵的吧？”

“可能要卖掉一部分张氏集团的股份。”

张氏卖森微的股份，蒋先生卖张氏的股份……小周有点紧张：“张氏集团最近不景气吗？”

蒋先生失笑：“因为政策和市场的原因，张董事长决定结束娱乐圈相关的业务，我认为这是个机会。”

小周沉思了一会儿，问：“如果我不在森微上班，你还会买吗？”

“会考虑。”他没有撒谎，森微的运营成本不高，势头却不错，算是眼下娱乐圈里难得的潜力股了。他不是被爱情冲昏头脑的二百五，如果不是有一定的信心，也不会做出这样的决定。

但这个模棱两可的答案并不能说服小周。她想了想，说：“我有两个想法。”

第一次和老婆谈家庭大事，先不管结果如何，光是过程，已让蒋先生感到了莫名的喜悦和兴奋：“洗耳恭听。”

他的表情这么正经，让小周感到了些许压力：“第一，张大佬能富贵这么多年，说明眼光独到。既然他都撤退了，我们还是不要负隅顽抗的好。”

蒋先生认真地点点头：“老婆说得对。”

小周逐渐有了信心：“第二，鸡蛋不要放在一个篮子里。既然我已经掉进这个坑里了，你就不要再踩进来占地方了。历史的惨痛教训告诉我们，夫妻在同一个单位，很容易一起下岗。”

“老婆大人英明！”

口头实在难以表述内心景仰之情于万一，要不是车行驶在路中央，周围没有可以停靠的地方，他几乎想停下来抱住她好好地亲亲。

解决完家庭问题，小周又操心起了公司问题："你不买股份的话，股份要卖给谁？"

蒋先生上次出差，就和两位买家接触了一下，因为交易很透明，所以不必藏着掖着："目前看，条件比较好的是睿智冲天。"

小周瞠目。睿智冲天是圈内比较有名的一家经纪公司，但有名的不是旗下艺人，而是老板同父异母的哥哥——如今在美国发展的大神颜夙昂。老板本人就有点一言难尽了。

"条件……很好吗？"她结结巴巴地问。

传说，这位颜二少的脑袋好像不太好啊。睿智冲天发展到现在，除了亏钱，啥成就都没有。而他的哥哥，宁可买一家当时已经声名狼藉的LB娱乐，也不肯去他的公司助阵，两人的关系可见一斑。

蒋先生看出了她的疑虑，试探道："或者，还是我买？"

"不！"刚刚上任家庭经济大臣的小周立刻捂紧了口袋，"我们要保持清醒的头脑，决不能顶风作案。像这种前途未卜的投资，还是让颜二少亲力亲为吧。"

送太太上班后，蒋先生没有回去，难得地行使起董事长的职能，好好地坐了一会儿办公室。

陈墅闻讯赶来，与他畅谈起森微未来的宏伟蓝图。尽管董事长的职务进入了倒计时，但是周大经纪人背后男人的职务持久永恒，所以蒋先生听得分外认真，还时不时地提出意见。两人愉快地聊完，蒋先生起身准备接老婆下班，陈墅突然来了一句："昨天颜总找过我。"

蒋先生微笑道："哪位颜总？"

光是颜夙昂一家，也有三位颜总，包括他和颜二少的父亲。

陈墅说："睿智冲天的那位。听他的意思，好像有意参与森微的经营。"

蒋先生不置可否地说："森微能够在这么短的时间内引起业界同行的注意，足见成功，陈总功不可没啊。"

陈墅心中激动。自从他得罪小周，碰了蒋先生的一个软钉子之后，一直夹着尾巴到现在，总算见到了刑满释放的曙光。

第42章

蒋先生溜达到老婆的部门，被告知她开会去了，只好通过微信控诉自己的怨夫生活：“老婆，你有没有发现你结婚以后比结婚之前还忙？”

小周大概在会上开小差，回得挺快：“发现了。”

蒋先生：“你有什么改进的建议？”

小周：“减少夜生活。”

蒋先生换了个话题：“会还要开多久？”

小周：“把兑换积分定下来就可以了。”

所谓兑换积分，就是三个经纪人能够分到的资源。

原定是每位经纪人手里总共有三十个兑换积分，可以用它来兑换相应资源。

例如，握手会二分，某城市广告屏投放二分，歌迷会四分，小型演唱会六分，参加一期热门综艺节目十分……最高的是罗少的一首原唱单曲录制和推广，直接三十分。

这场会议进行这么长时间，就是王星语有四个选手，不甘心分到这么少的资源，想增加每个经纪人手里的兑换积分，甚至隐隐地表示出，按人头增加分数的意思，但只签了一位选手的孙兆麟把话咬得很死。

他费了这么大功夫签下朱玉轩就是为了今天。与其把资源平分给多个选手，使每个人都不温不火，倒不如集中捧出一个流量来。

眼见着自己占不到半分便宜，王星语试图寻找盟友，对独自摆弄手机的小周说："小周好像胸有成竹嘛，你讲话一向有分量，不如也提提建议？"

小周立刻感觉到了来自四面八方的探究目光。

她从容地放下手机："我看了下之前的计划表，认为规则已经很完善了。"亮着的手机页面刚好显示的是节目规则的初稿——当初在伊玛特的时候，高老板都不能每次抓住她开小差，现在连王星语都应付不过去，岂不是突显出了当年高老板的无能？

那必须不能。

总导演点点头道："我也是这个意思，那就三十个兑换积分，大家斟酌着使用。总决赛的场地已经定下来了，改到体育场举办。观众多了，每个选手分到的表演时间也长了，希望到时候能有好的表现，给《明星天梯》画下完美的句号。"

孙兆麟一脸期待："好，那我们什么时候宣布规则？"

总导演说："也没剩下几个人，各个经纪人内部通知一下就行了。我们后期会给画面配音，把规则交代清楚。主要还是增加干货，多一点选手的比赛内容，好吧？没问题的话，今天会议就到这里。"

小周收起手机准备起立，就听王星语说："如果我不用公司的资源，私底下可不可以做点活动？"

如果她手里有绷带，恨不能倒回三秒钟之前，塞住、绑住、绷住王星语的嘴巴。像这种可以钻的规则漏洞，只要不放到台面上说，到时候做了也就做了，一旦拿上来，就可能直接被禁。

果然，孙兆麟说："比赛讲究公平，既然有积分兑换机制，我们当然要遵守，不然直接让每个经纪人各凭本事拉资源不是更好？"

王星语讷讷地看向小周。

小周闭上眼睛。眼疼。

和蒋先生一起回家的路上，顺口提起这件事，小周还觉得气不顺："老话说得对，不怕神一样的对手，就怕猪一样的队友。遇到神膜拜，那是心甘情愿，和猪当了队友，一不小心就会发现自己根本不是孙悟空，而是沙悟净，兵器都亮出来了，也带不动队伍啊。"

蒋先生提议道："这么气愤的时刻，我们不如大吃一顿？"

"好！我们去超市买东西，回家吃。"

"回家"两个字熨得蒋先生心里又平又烫，嘴角的笑容更是挂了一路。

小周嘴不挑，蒋先生又很迁就太太，两人很快把超市推车填满。要不是考虑食物的新鲜度，以及家中冰箱的容量，他恨不能再推几辆车。

拎着袋子从超市出来，小周的手机突然响起。

竟然是邱奕宇打过来的。还以为上次之后，就要断交了呢。

她很快接起。

"我在朋友圈看到你们结婚了，恭喜啊！"他口气如常，"谢媒酒不能省啊。"

对方不提林杏菲的事，她当然乐意翻篇："哈哈哈哈……让你邻居请你，明显是他比较赚！"

感觉到小周投过来的目光，蒋先生用眼神询问。

小周说："是邱奕宇的电话，你要和他说吗？"

邱奕宇忙道："不不不，我另外有事找你。"

"什么事？"

"是这样的。杏菲有意到国外读书，但还不到报名的时间，我们想让她再到社会上学习学习。她前两天给自己找了份工作，面试也过了，条件样样好，本来都去入职体检了，突然，对方人事部打电话来，说她上份工作的离职原因含糊不清，有隐瞒情况。"

小周有点发愣。

入职的时候，如果有工作经验，入职单位会要求填写上份工作领导的联系方式，以便了解员工以前的工作表现。中国是人情社会，不是撕破脸到你死我活的地步，大多数人都不会往坏里讲。对方人事部会这么说，不是接电话的人打了小报告，就是他们专门调查了一番。

她问:“她留了谁的联系方式？”

邱奕宇说:“是公司的电话。”

小周想了想，以林杏菲离开时的心情，对让她成为替罪羊的孙兆麟或咄咄逼人的自己，都不会有好感，所以留了公司电话，多半也有赌气的成分。

邱奕宇又小心翼翼地说:“对方人事部说是她的女上司接的电话。”

这下小周就知道这通电话的来意了。

她说:“我最近忙着结婚，很少去公司，没接过电话。”

“我当然不会怀疑你了。我们多少年的交情，是吧？我还不了解你吗？当面撑两句是可能的，背后捅刀子这事你干不出来，要不然我那邻居能对你这么死心塌地吗？还迫不及待地娶回家，他又不傻。”他一下子解释了很多，颇有些欲盖弥彰的味道，“就是小姑娘脸皮薄，被人欺负了也不说是谁，我就想来问问你，知不知道她在公司得罪了哪个人，这样搞她。”

知道不是小周，他口气强硬了许多。

森微一共两个女的，非她即王星语。但小周也无意蹚浑水，含糊地说:“这个我也说不好，你还是问问你表妹吧。”

林杏菲肯定能确定目标。

邱奕宇也没有多纠缠，又开玩笑般地讨了两次谢媒酒，总算把电话挂了。

小周转头就把这事分享给了蒋先生。

蒋先生对别人家的表妹一点都不感兴趣，倒是很关心她和王星语之间的同事关系:“她背地里没有对你做过什么吧？”

小周为她叹了口气:“总是在努力，总也不成功。”

蒋先生伸手帮她系上安全带，顺便亲亲她的脸颊:“我老婆真棒。”

晚饭依旧是蒋先生下厨，小周洗碗。洗完之后，小周拒绝了耗时耗力的划船项目，要求看点电视来陶冶一下情操。

“我已经很久没看电视剧了，快追不上娱乐圈明星蹿红的速度了。”她看着屏幕上电视剧的海报发愁。

蒋先生兴致勃勃地提议：“那不看了？”

“就看这个吧。”小周闭着眼睛点了一部剧。

剧是普通的古装爱情轻喜剧，剧情平平，小周和蒋先生无论谁单独的时候都不可能看下去，但是当他们在一起，索然无味的剧情就变得津津有味起来。

两人一会儿讨论演员造型，一会儿讨论剧情不合理之处，一会儿又被剧情逗得乐不可支。

一集放完，她刚要跳过片尾曲，就发现自己大半个人靠在蒋先生的怀里，而他正在努力地把自己往腿上搬……

手机响起的一刹那，她立刻跳起来，扑过去接。

蒋先生气鼓鼓地看着她。

小周一边赔笑，一边悄悄往沙发的另一端靠了靠：“哪位？”

“周姐姐你好，我是林杏菲。”

还有完没完啦？

如果苍天有眼，她想下场雪。无须等六月，只要雪花的每一片，都是沾染了她被冤枉的血。

但林杏菲并不是来兴师问罪的：“我之前犯的错，我是真心认识到错误了，也真心悔改的，希望周姐姐你能相信我。森微我是没有脸再回去了，但其他工作希望能再给我一次机会。”

小周莫名其妙：“呃，我也没有其他工作给你啊。”难道她想借蒋先生的关系进张氏集团？

林杏菲说：“之前的工作我很喜欢，周姐姐能不能打个电话过去，替我解释一下？”

小周脱口道：“这件事应该由孙老师来做吧。”他才是她的直属上司。

林杏菲沉默了一会儿说：“希望您能帮我这个忙，正好，我有个事情想跟您说。

是关于孙兆麟的，可能对决赛的成绩有用。”

怨念这么重，难道是求助孙兆麟被拒绝了？

不等她开口，小周就说：“在你说这句话之前，我还相信你真的有所改变，但是这句话证明你的处事方法和之前没有太大的区别。工作的事我感到很遗憾，但是，与其找不相熟的人担保，不如试着向对方展现自己的真诚。实话未必有谎言动听，却一定比谎言动人。”

小周挂掉电话，又看了一会儿电视，就收到林杏菲发来的短信：“孙兆麟定期汇款给一个叫邹芸的人。”

小周对邹芸还有些印象，当初刚到森微，就看到她在公司楼下对着孙兆麟撒泼叫骂，一段时间不见，以为孙兆麟已经把事情摆平了，没想到还藕断丝连着。

不过，跟她有什么关系？

小周将手机塞入口袋，关掉电视，用脚趾戳了戳低头看手机新闻的蒋先生，说：“我们去划船吧？”

蒋先生一本正经地放下手机，握着她的脚踝，轻轻地摩挲了两下：“划船是刚才，现在要冲浪了。”

第43章

关于积分兑换和资源，小周早有腹稿，但还是与三小只商量了一下。入职第一天，高勤就对她说过经纪人和艺人之间沟通的必要性。后来，她有幸看到高勤不许大乔玩游戏，大乔偏要千方百计地玩游戏，被高勤千方百计地抓到他玩游戏的场景。

不过，这么高难度的沟通方式她学不会，只能来简单的。

“三十除以三，每人十个积分，没问题吧？”小周自带小黑板，在上面画了三个圈圈。

章金城反应极快：“那我们可以互相探班吗？如果可以的话，我们不用参加一样的活动啊。”

这个，小周一开始就想过。

比如，花六个积分，给章金城开个小型演唱会，然后吴赫赫和靳磊作为嘉宾演出，直接蹭一波人气，一举三得。或者，靳磊参加综艺节目，吴赫赫和章金城探班，说不定有机会露脸，就算不能露脸，说出去也是话题。

现在因为王星语的一句话，都被明文规定——不行！

算了，该生的气昨天已经生完，今天又是全新的一天。

“我一开始比较倾向综艺节目。我了解过，可以兑换的两个综艺节目，一个是热门的访谈类节目，受众相对年长，和你们的目标粉丝群重合率较低，我不太建议。而且，你们年纪太轻，人生阅历浅，做访谈类很容易假大空。另一个是还没有推出的游戏网综，就目前来看，主持人和嘉宾的知名度普遍不高，虽然视频网站承诺会主推，但效果未可知。”

小周说完，留下时间给三小只思考。

靳磊噘着嘴：“说好的热门综艺呢？”

“访谈类的是热门综艺，另外一个，我和总导演商量过，因为不符合热门，可以用八个积分兑换。”

靳磊立刻觉得赚了：“这还不错哎。”

如果不是不错，她也不会特意找总导演去谈：“你们谁玩游戏厉害？”

吴赫赫和靳磊立刻指向了章金城。

靳磊小声说：“他经常半夜在被窝里打游戏。”

章金城心虚地否认：“我没有！我是半夜睡醒，拿手机看一下时间。”

“手机报时会说double kill（双杀）吗？”因为和小周混熟了，靳磊吐槽得非常随意。

章金城抵赖不过，只好立下军令状：“小周姐，不如让我参加综艺，我一定能拿冠军回来的，就当这段时间我是在被窝里练习了。”

小周问：“你确定你未来是想当导演，不是职业选手？”

章金城幽幽地叹了口气：“无比确定。因为，当选手我太老了。”

全场最老的周晶晶瞬间无语。

经过讨论，结果与她的预期差不多——章金城举办家乡握手会和参加网综；吴赫赫因为唱歌最出色，举办一场小型演唱会和一场歌友会；剩下靳磊，就赶三场握手会，一场歌友会。

刚定完，小周就收到了高勤的微信：“八卦小子的演唱会嘉宾将一起被宣传。”

她急忙去看当演唱会嘉宾能兑换的积分——只要五分。

这简直是隐藏在黄沙中的金子啊！沙里淘金，在此一举。

八卦小子人虽然倒霉，经常生病受伤，但人气实打实地强。而且背后的经纪公司财大气粗，对他们很舍得花钱——出了那么多事还继续力捧，可见……多么不信邪！

如果能蹭他们的广告宣传，给十个积分都不嫌贵。

演唱会嘉宾的名额只有一个——非组合形式下，她立刻打电话给陈墅和总导演，把名额占了下来。这样一来，吴赫赫的小型演唱会需要六个积分，是办不成了，但歌友会只用四个积分，余下的一个积分只能去商场做商业推广之类的小活动，很鸡肋。

她的目光瞄准了五分的那一栏——一次热搜。

森微可兑换的部分资源是有数量限制的，比如罗少的单曲制作，比如访谈类的综艺节目，又比如小周占下的演唱会嘉宾，都是只有一个名额。

所以规则宣布后的第二天，这三个都被占走了，巧合的是，三位经纪人各占一个。

虽然经纪人之间到了剑拔弩张的地步，但是选手们的气氛不错，经常互通消息。靳磊作为八卦派掌门继承人的候选人，在其他两组转了一圈后，立刻跟小周打小报告："孙兆麟给朱玉轩选了罗少制作的单曲。听说曲子已经出来了，正在找人作词。不过他们三十个积分都用完了，以后就没有其他活动了。"

小周说："三十个积分包括了宣发，不亏。"录歌要时间，再加上后期，一个月本来就紧巴巴的，哪里还有时间做别的事情？这些孙兆麟肯定一早就想到了。

靳磊的口气如小大人一般："是啊，孙兆麟还是很有想法的。"他很快又兴奋地说，"王星语给了阿范和豆豆各十个积分，剩下的两个各五分。"

王星语一向处事不公，目光短浅。这种行为，完全符合她一贯的人设。

小周觉得她真的是难得的工作了这么久还能保持初心的人，也是很不容易。

靳磊说："她给阿范的是那个访谈节目。阿范说，王星语问了他和豆豆很多家里的事，最后决定让阿范去，因为他小时候在乡下，和爷爷奶奶一起住，还种过田。她让他把自己往穷里说，可是我们都知道阿范家里开厂的，他奶奶的房子老早就拆掉了，后来分了五套房，现在每天收房租过日子，一点都不穷。”

无中生有，也是王星语的必杀技之一了。

小周收集完一波资料，还要反过来教育靳磊：“尽量把心思用到自己身上。自己的进步才是进步，别人的退步只是你的前车之鉴。”

靳磊的音量一下低了八度，幽幽地说：“我只是觉得，能够跟着小周姐姐真的很幸福。”

“真的吗？”

“嗯！”

“我听说你昨天到了一个包裹，里面都是巧克力？姐姐对你这么好，贡献点巧克力不为过吧？”

“姐姐，我要开始信号不好了。”

小周笑着挂掉电话，就见蒋先生端着杯子站在电视墙边上，目测听了好一会儿的样子。作为贤妻，她主动站起来，接过他手里的杯子：“凉水？温水？还是热水？我帮你倒！”

蒋先生的双手得到释放，立刻搂住眼前从笑容到颈项到睡衣下的身段都很诱人的人：“以后你的巧克力我承包了，不许吃其他男人提供的。”

“我只是习惯性诈骗。”

“你丈夫做好了给你骗财骗色的准备，你何必舍近求远？”

小周顿时就没了抵抗力，只能草草地鸣金收兵：“我日行一骗，今天的份额已经满了，您改天请早。”她悄悄拉开蒋先生的手，准备开溜，却又一下子被人从后面抱住，不由自主地往卧室里走。

“嗯，没关系，我们可以透支。”

“不不不，透支太多，容易造成不良贷款。”

“放心。”蒋先生大手一挥，推开卧室门，“我存款管够。”

嘤嘤嘤嘤，但银行不够。

吴赫赫去参加演唱会，歌友会和小型歌迷会的重担就落在了靳磊身上。小周去做准备的时候，他就被关在傅睿的工作室里，日夜苦练。

靳磊总觉得这几日傅老师总对自己欲言又止。

他一向藏不住话，干脆主动挑明："老师是不是有什么事要问我？"

傅睿好似也为找到了一个突破口而松了口气："我前两天看到小周在朋友圈发了结婚证，不知道她什么时候举行婚礼啊？"

靳磊说："这个，我也不知道。"

一直没收到喜帖，以为是关系不够近，原来是还没有准备。

傅睿皱眉道："结婚对女人的意义重大，一生一次的婚礼不能马虎吧。"

靳磊觉得傅老师的正义感太强，非常为女性考虑，下课之后，立刻把这件事和小周说了，发表自己的意见之余，还不忘把另外两个兄弟拉下水："我们几个都觉得……像小周姐姐这样的仙女，一定要有一场轰轰烈烈的婚礼。"

轰轰烈烈？抢婚吗？

小周觉得好玩，把对话截图给蒋先生看。

蒋先生立刻抓住了重点："这位傅老师平时也很关心其他人的婚姻生活吗？"

永远不要对蒋先生的洞悉力掉以轻心。

小周干咳一声说："老公说得对！这位傅老师实在太白莲花了，当初他师父抄袭，他就一而再再而三地纵容。"先强调一下傅睿的人设，再做出义愤填膺的样子，"我的朋友圈绝对不需要这么高贵的朋友，马上拉黑。"

"你和他不是还有合作吗？"

小周故作势力："我觉得我录完节目就要飞黄腾达了，这样的患难之交，过河拆桥了也罢！"

蒋先生微笑着点头道："娘子言之有理。"

傅睿当晚收到了一条来自小周的短信："我的微信号好像被盗了，我们先用短信和电话联系吧。"

他登录微信去看，自己果然被小周拉黑了，不由得在朋友圈发了一条感慨："连微信都盗，现在的网络诈骗太猖獗了。"

第44章

定下三小只的行程后，小周就开始各地跑。

靳磊的小型演唱会原本打算在露天广场演出，但未来几周当地的天气时雨时阴，很难预测，思量再三，还是遵循当地承办单位的建议，改在室内。

即使有本地承办单位协助，影响演唱会的因素太多，从灯光音响到现场安保，再到公开售票，处处都要严格把关。她谈了三天，谈妥了大方向，将细节留给王曦瑶继续跟进，自己马不停蹄地赶往下一个行程。

留下的王曦瑶跟了一周项目，顽固的圆脸竟然慢慢地出现了下巴的轮廓，不由得惊喜万分："我一直以为助理的薪水很低，万万没想到，里面还包含了隐形的健身费。"

已经"健"出黑眼圈的小周长叹道："我以前也是这么自我安慰的。"

十八号是章金城参加综艺节目的日子，她特意提前一天回来，准备亲自送他去录制。回来的航班太晚，便没有通知蒋先生，独自打着车，穿过大半个城市。

街道在夜幕下沉睡，路灯的灯光也很温柔，暗示着每个夜行者早点休息。车驶过公交车站，广告牌上，三个少年站在卡通版的体育场上，笑容明亮。

到家已是凌晨，她蹑手蹑脚地开门，客厅亮着一盏灯，她微微一怔。她和蒋先生睡觉时，都习惯性地关掉所有灯，所以……他还没睡？

她提起行李，放到沙发边上，锁好门，一转身，就看到穿着睡衣的蒋先生站在门口，眼睛一眨不眨地看着她。

虽是初春，夜间却很冷。怕他受凉，她脱下外套，过去将人往卧室里推："吵醒你啦？"

蒋先生抱住她，磨磨蹭蹭地往里挪："你不在，根本睡不着。"

"哦，婆婆还住在酒店里吗？"

蒋潇云前几天就回国了，因为她在外地，所以至今没有碰上面，只能每天视频联系。

蒋先生显然对她的快速转移话题感到了不满，指着自己的下眼睑："有黑眼圈了。"

小周凑过去亲了一下："黑眼圈没啦！"

"还有这只眼睛。"

小周又凑过去亲了一下。

"还有这里。"他指着自己的嘴唇。

小周沉吟道："嘴唇的黑眼圈……可能是胡子没刮干净。"

"是吗？"他抱着人，压倒在床上，低头含着她的嘴唇，轻轻地舔舐了一会儿，用下巴蹭蹭她的下巴，"那你仔细检查一下。"

心疼老婆太累，体检终究没做全套。

小周洗完澡躺在床上，抱着枕头，一边看蒋先生整理箱子，一边闲聊："你们已经开过董事会啦？"

蒋先生说："嗯，开了。"

"结果怎么样？"

"伊玛特和罗少都不准备购买，如无意外，颜睿将成为森微的最大股东。"

小周见他要将一件毛衣放进衣橱，忙道：“啊，这件还没洗，你放着，我明天放洗衣机里。”看着蒋先生将衣服放入脏衣篓，她才接着问，“那高老板和罗少是什么态度？”

蒋先生说：“找颜睿之前，我就透过口风，他们有心理准备的。”

“颜睿知道森微的股东都是谁吗？”

“当然。”

小周感慨道：“真是初生牛犊不怕虎啊。”

高老板和罗少的毒舌之名，举世皆知，果然只有中二少年，才敢单枪匹马与之为伍。

比如张二少、颜二少。

等蒋先生收拾好东西上床，小周已经趴着睡着了。

他轻轻地将她的手放进被窝里，她睡得正香，被吵醒时有些不悦，迷迷瞪瞪地睁开眼睛，嘴巴还微微噘起。

“睡吧。”他亲了亲她的嘴。

“嗯。”她的声音带着些许幽怨，翻了个身，将半张脸埋入枕头里。

蒋先生怕她呼吸不畅，又拨了拨她的脸。

她的眉头一下子皱紧了，两只眼睛偷偷地睁开一条细缝，似乎在暗暗地观察。

蒋先生差点笑出来，回头就准备拿手机拍下来，但小周动作更快，等他准备好手机，摆好姿势，她又仰面睡熟了。

十八号的行程很紧，小周一大早先带吴赫赫去八卦小子的经纪公司谈彩排事宜。

因为八卦小子的倒霉体质，每次演唱会都会多租一天场地，以备万全。小周就多要了一点彩排时间，希望吴赫赫多感受独自走上演唱会舞台的氛围，演出时能减少紧张。

另外也感谢他们信守承诺，吴赫赫成为演唱会嘉宾之后，他们第一时间替换了公交车站的宣传海报，把他换了上去。小周昨天看到的三个少年，就是八卦小子和吴赫赫。

到了中午，她又忙里偷闲，赶去酒店见蒋潇云。

去的路上和蒋先生打了个招呼，可惜他有会议要开，抽不开身。

小周说：“没关系，我们吃饭的时候可以视频连线，四舍五入就当一起吃过了。”她在外地出差的时候，蒋先生就是用这个方式让她参加周、蒋两家的聚餐的。

快到酒店的时候，蒋潇云打电话来，让她直接到中餐厅的包厢。

包厢里除了蒋潇云，还有一个风度翩翩的中年男子。

难得在婆婆身边看到年龄相当的男士，小周下意识地仔细观察了一下，只见他眉眼清秀、五官端正，而且身材保持得很好，穿西装坐着都能感觉到身姿挺拔。

蒋潇云向小周介绍道：“这位是天堂鸟剧团的柳峻柳团长。”说完转头对柳峻说，“这是我儿媳妇，周晶晶，也在为祖国的演艺事业添砖加瓦。”

柳峻起身，递名片给小周：“小蒋的太太年轻有为啊，以后有用到之处，尽请开口。”

天堂鸟剧团在话剧界赫赫有名，不少原创剧本被影视公司看中，准备拍成电影电视作品。

以初见而言，这承诺太重，显然是醉翁之意不在酒。

小周偷瞄蒋潇云。

蒋潇云抓住她的手，微笑道：“既然是长辈的心意，你就收着吧。”

虽然他们隔桌而坐，但小周还是感觉到了这对中年男女之间那么点与众不同的气氛。

吃完饭，小周告罪离开，又迫不及待地去接章金城，提前一个半小时把人送去综艺节目。既然是游戏，自然要学习规则，会玩的人才能让节目变得好看。

她和章金城一起研究了一下套路，想出了各种损招。

小周哈哈笑完，摆手说道：“不要不要，这样不好。做人留一线，日后好相见。和你一起玩的都是娱乐圈的前辈，你要是真的敢这么套路他们，一集爽完，一生雪藏。”

章金城说：“人生难得一集爽啊。”

小周想了想，认同道：“也是。”

两人对视一眼，又哈哈笑起来。

当时的他们，并没有想到化妆间装着隐形摄像头。这一幕被忠实地记录了下来，做成花絮，播出前一天节目组才跟她打招呼，说要放出去。

小周心道，这根本就是打算先斩后奏的吧？

其他嘉宾陆陆续续到来，节目正式录制，小周旁观。

章金城一开始还守着前后辈的界限，处处小心翼翼，玩疯了以后，完全“目中无人”，各种花招齐上阵。小周看着看着，不由得露出了欣慰的笑容。很好，战前计划几乎都用上了，没有浪费她贡献的智慧。

胜利总是青睐有准备的人。节目最后，章金城不负众望地拿下了第一，气得其他嘉宾把他的绰号从“小嫩草”“小可爱”改成了“小鬼头”“老骗子”。

玩了一天，他回去的时候还有些兴奋，一直在检讨自己游戏过程中的某些失误。

小周问：“如果下次还有机会，你愿意再来吗？”

“当然。”很快，他又实诚地说，“不过八分太贵了。”

小周摸摸他的脑袋：“真是傻孩子。你不会以为我们以后都要用积分来兑换资源了吧？”

“那……”他眼睛亮起来。

她说：“又不是铁饭碗，你啥也不干，公司每个月还送积分给你花。想得美！”

章金城眨了眨眼睛：“那怎么办？”

“当然靠人气和实力啊。”小周微笑着恐吓他，“表现不好的话，随时可能一集爽完，一生雪藏。”

本着有福同享，有难同当的原则，章金城回去之后就把这句话传播给了自己的两位小兄弟。

后来的很长一段时间里，三兄弟都活在这八个字的阴影里。

送完章金城，小周回去时已近深夜一点，她打电话给蒋先生，他居然还在公司加班，于是她又拐去张氏集团。前台已经下班了，只有保安在巡逻。

保安打电话给蒋先生，确认过她的身份才放行。

等电梯时，保安突然捧着个包裹跑过来：“蒋特助的包裹，因为蒋特助一天都在开会，办公室关着门，所以前台让我转交。请你带上去吧。”

小周接过来，发现包裹有点沉。

从电梯出来，蒋先生已经在门口等着了，看她拿着东西，连忙接过去，问道：“夜宵？”

“不许动摇你太太减肥的决心。”她说，“是你的包裹。”

蒋先生扬眉，低头看包裹上的寄件人名字，随即，脸色就微微变了。没有很明显的表情，但小周还是感觉到他身上散发出了生人勿近的森冷气息。

“不会是仇人寄的吧？”她小声问。

蒋先生淡淡地说：“差不多吧。”似乎不愿多谈。

把人送到办公室里，他抱着她亲了亲：“会议还没结束，大概还要半个小时，你先在这里睡一会儿，睡着也没关系，我到时候抱你回家。”

小周说：“我观察了一下电梯的内部结构，好像没有平台可以让你抱累的时候，把人放着歇一歇的地方。”显然她还记得他带她去大学，从天台抱着装睡的她下楼时，因为体力不济，将人放在扶手上歇息的事。

蒋先生慢悠悠地说：“虽然近期的运动量略嫌不够，但之前补充的体力还在。”

她才不会想歪呢！

第45章

蒋先生离开之后，四四方方的办公室一下子变得宽阔无垠、广袤无比……一定是他太占地方了。

十一点多的时候尚有困意，到了下半夜，她的精神就像孙悟空刚出了五指山，浑身上下都是使不完的精力。她随意逛了一圈，就坐下来，点开《明星天梯》的视频。

最近公事私事各种忙，已经落下好几期没追，上次刚好看到庞朵雅要打分，不知剪辑以后，效果如何。

她看视频，一向开弹幕。

拉过片头广告，就看到十几万条弹幕接踵而来，密密麻麻地遮盖画面，都是控诉庞朵雅打分不公。打完分数以后，还有一段她的小采访，小周之前没见过，不由得好奇地关掉弹幕，专心致志地聆听。

“这世界上没有完全公平的原则。高考也有地域之分，反正规则立在这里，你来，你就要接受。如果不服气自己被淘汰，你就应该想想，为什么同组另外一半的人可以留下来。你成不了那一半的人，今天不淘汰，你明天也会淘汰。你成了那一半的人，也不等于你安稳了。大浪淘沙，只有金子才能留下来发光！”

这种趾高气扬的语气，应该会被骂得更厉害吧？

果然，打开弹幕，一堆人说她站着说话不腰疼。

评论重复太多，她拖着进度条，快速阅读，不到一刻钟就看完了两集，最新一期是集训公演，小周特别关注了一下三小只的表现，见他们个个台风稳重，发挥稳定，在同组的十一人中脱颖而出，深感欣慰。

评论到这一集，终于不再是千篇一律地刷庞朵雅黑幕了。尤其宣布三十六强时，声乐组获得压倒性的胜利，评论全都在刷“逆袭”“牛”“大快人心”“想看庞朵雅气吐血”！

虽然视频播出滞后，重温那时的场景，恍如隔世，但沸腾的喜悦极容易传染。

蒋先生开完会回来，就看到她对着手机嘻嘻嘻地笑。

“看什么这么开心？”他拿起挂在衣架上的大衣，牵起小周的手往外走。

小周说：“节目的视频。今天会开到这么晚，明天能休息吗？”

蒋先生说：“明天才周二。”

小周拿出手机，指着上面的日历：“今天是周二，明天已经是周三了。”

“老婆大人英明，幸亏早早地把你娶回家，不然我日子都过得稀里糊涂的，可怎么办啊？”蒋先生关好门，准备上锁，她突然想起放在茶几上的包裹，忙推他：“包裹，你把包裹忘记了。”

蒋先生的手顿了顿：“老婆真棒，你不说我都忘了。”

同样是称赞，这句就略显不自然。

小周见他夹着包裹出来，单手关门，便体贴地将东西接了过去，轻轻地晃了晃：“东西不大又有点沉……会是什么？”

蒋先生冷笑道：“农产品吧。”

农产品？冬瓜吗？小周觉得不像。

坐在车里，她抱着包裹还在琢磨，蒋先生看不下去，就让她打开。

拆包裹最快乐了！

小周拿出钥匙，快狠准地戳开胶带，然后嘶啦一下打开，露出一个金店标志的盒子，上面还附着一封信："还要继续打开吗？"

"先看东西吧。"

她拿出盒子，颠了颠分量，笑道："不会是金子吧？"

然后……真的是一对百年好合的金摆件，如果没有掺假，这个分量，起码价值二十几万吧？

蒋先生似乎也愣了下，脚在刹车上轻轻地踩了踩，才恢复如常，继续前行，只是脸色比刚才更难看了。

小周偷瞄了他好几眼："是……贿赂吗？"

"不是。"他察觉到自己语气有些生硬，吸了口气才说，"是我父亲送的。"

"哦。"

她知道蒋先生是单亲家庭，对父亲一向讳莫如深，说不好奇是不可能的，但是，她更担心自己的好奇会碰触到他的伤疤，所以结婚这么久，也从不提起。

车厢内的空间统共这么大，蒋先生自然感觉到了她的小心翼翼，握着方向盘的手指微微发紧，心情却不似以前那么彷徨。行驶在凌晨街道上的车里，是他和妻子两个人的世界。

而在这条街的尽头，是他们的家。

他成家了。

怒火的余焰慢慢熄灭，他打开阅读灯："你读读信里说什么。"

既然是奉旨阅读，小周就大胆地拆开来。信纸的背景居然是淡淡的兰花图案，取出的时候，还附了一阵兰花清香，让她不禁对这位素未谋面的公公的品位产生了敬意。

"展信佳。冒昧来信，希望你不要感到突兀。我想写这封信很久了，但每每想起你说我十几年不闻不问，手中之笔就有千斤之重，难以提起。近来，耳闻你业已成家，我不在场，也深感喜悦，思索良久，亦感是时候完成这封信了，你若不愉，便当作是一个自私、胆小、卑微又无能的父亲的自白吧。

"回望我的人生，工作上庸庸碌碌，生活里一塌糊涂，要说唯二骄傲之事，一是娶过你母亲这样光彩靓丽的女人，一是有你这样聪慧优秀的孩子。我曾经很努力、很努力地想要追随你们的步伐，想要与你们比肩，也成为受人赞誉的人物，然而，麻雀就算飞上枝头也只是麻雀。很多个不眠之夜，我常常思考，如我这样低微怯弱的人，何德何能在这样的家庭中担当着丈夫与父亲的角色？这份幸运，让我惶恐不安。”

读到这里，小周有点不敢往下读了，窥看蒋先生的脸色。

蒋先生脸色平静，还有余暇关心她：“口渴了吗？嗓子疼就别念了。”

“不渴，不疼。”她舔了舔嘴唇，继续读了下去。

“你母亲是我生平仅见的开朗豁达又通情达理之人。她绝不会说我的不好，但有些真相，我仍想亲笔告知。我与文娟相识，是你小学五年级的时候，她来学校实习，校长要我关照她。她并无特别之处，与你母亲更有天渊之别。起初，我与她只是谈得来，似是同类的惺惺相惜吧，我们都是普通且平凡的人。”

“感情发生变化的时候，我们立即察觉，并共同选择离开。你应当记得，你六年级下半学期时，我工作调动，去了另外一所学校，而她也回了家乡。”

蒋先生发出一声又轻又冷的嗤笑。

小周立刻停下来，张大眼睛温软地望着他。如果不是在车里，如果不是两人身上还系着安全带，她一定已经扑过去抱住了他。

蒋先生说：“从我小学毕业的那个暑假开始，他就没有再管过我，平时说话也很少，就像一具行尸走肉，每天都活在自己的世界里，好像我和妈妈是牢头，囚禁了他的精神自由。”

想到这一段，他仍感痛心。为免在情绪激动的时候驾驶，他将车停靠在路边，然后打开窗，侧过头去，吹了吹微微湿润的眼眶。

“他也提到了这一段，说感到很抱歉。”小周说完，就实现了解开安全带，扑过去搂住他的心愿。

妻子发间的香气如镇静剂一般，让蒋修文的情绪慢慢地镇定下来。

“他的冷暴力持续了六年。我妈妈第二年就知道他和那个实习老师的事情了，为了挽回家庭，她先是推掉所有去外地的工作，后来连本地演出都很少参加了，就这样持续了五年，他仍把自己当作囚犯，日复一日地憔悴下去。是，他的身体没有出轨，但这更加可恨！我很多时候都在想，他为什么不干脆一点，坏得彻底一点！反正控制不了自己，那就去放纵好了！何必假惺惺地留下来，仿佛还坚守着最后的底线，其实是害人害己！”

小周轻轻地抚摸他的肩膀。

蒋先生冷静了一会儿，才说：“最后，为了他的健康，我妈妈提出离婚。”

小周想起刚认识“衣多藏之笥”的时候，他就一身戾气，偶尔提到家庭与婚姻，也是很不屑的样子，可怕的是，他态度偏激，但逻辑缜密、口才出众，深具洗脑功效。要不是她那时候满脑子都是作业和高考，他的话总是左耳进右耳出，大概当年的自己已经成了一名问题少女。

算了，今天蒋先生最大，这笔账还是先记下吧。

感觉到蒋先生松开了手，她重新坐正，目光略过信中忏悔的内容，读出了最后一段：

“我虽然没有见过你的妻子，但一定是位出色、优秀的人，你眼光一向不错。你结婚之日，我大概走不开，就不参加你的婚礼了，但请你相信，在世界的某个地方，我将诚心祈祷你的未来幸福、安康。最后，由衷祝愿，你与你的妻子能互相扶持，彼此理解，相守到老……落款是，余柏松。”

“在世界的某个地方”读起来有些怪，小周问：“他不在这个城市吗？”

“他去了那个实习老师的家乡。”

“那个实习老师一直没嫁，他们就结婚了。”

这个结局听起来真的是，好不现实啊。

她想到另一个问题，指着腿上的金摆件：“这个……怎么办？”

蒋先生沉默了一会儿，重新发动车：“先拿去验一下是不是真的。”

小周怀疑自己的耳朵出了错：“啊？”

第46章

明明不是受贿，但蒋先生和小周这一晚上，睡得比受了贿还不踏实。

第二天一大早，趁蒋先生在厨房忙活早饭，小周悄悄地给蒋潇云打小报告。

蒋潇云说："既然是他给的，你们收下就是。那位老师前几天病逝了，他卖掉房子，搬去了学校的职工宿舍，手里有钱，东西的来源应该没有问题。"

小周吃惊地说："那他以后怎么办？"

"不用担心。等他退休以后，我会以修文的名义，每个月给他汇赡养费。他那里房价不高，租房肯定是够的。不过你切莫和修文提，他嘴上不说，心里要不高兴的。"蒋潇云幽幽地叹了口气，"我倒不是同情他，只是法律和道德标准在这里，修文到底是他的儿子，要是一点不照顾，出了事，有人会说闲话。小钱能打发的事，我们不遭这个罪。"

小周感觉到她已经完完全全从那段婚姻中走出来了，十分欣慰，但听到的秘密又让她不安："其实，您不必告诉我的。"

知情不报，就是包庇罪啊。

蒋潇云说:“指不定我比他先走，到时候就要你每个月汇款了。”

小周想了想:“要不，一次付十年，您看怎样？”

“万一他活不了这么长呢？”

这话小周不敢接，只在心里为她的周全暗暗点了个赞。

早饭后，等蒋先生消化了一段时间，小周把婆婆告知的消息转达给了他。

蒋先生点头道:“怪不得他能想起我们。”

这话不好接，小周顺口问:“你今天几点上班？”

“下午再去。”但他的手已经从衣架上拿下了外套,“走，我送你。”

小周知道他晚上没睡好，体贴地婉拒道:“今天去公司，行程不赶，打个车就过去了。你在家里休息吧。”

蒋先生拿起昨天被放在玄关柜子上的金摆件和压在下面的证书:“顺便去验一下。”

居然不是随口说说的吗?

看出她的疑惑，他认真地说:“事关我们的‘百年好合’，不真怎么行？”

小周突然担心办婚宴的那一天，蒋先生会拿着验钞机站在门口，一一验收来宾的礼金。

为免蒋先生拉着她进店，小周的行程突然有点赶。

对上蒋先生了然于胸的眼神，她表现得十分忧虑:“我离开公司这么久，孙兆麟和王星语可能已经沿路偷了无数个窨井盖让我栽跟斗了。”

蒋先生清了清嗓子道:“蒋太太，如果你查看过银行卡的话，应该发现了，你的丈夫极其富有。”

小周捂着胸口，不敢置信地说:“难道蒋先生想让你极其能干的太太成为全职家庭主妇？”

蒋先生说:“不，我的意思是，我可以铺上万丈红毯，让你如履平地。”

小周说:“你有考虑过红毯的承受能力吗？它平坦是因为它下面的地很平。”

蒋先生很纠结:“但是‘铺上万块木板’听上去一点都不美好。”

小周对比了两个画面，不得不承认两者在画面上，的确效果迥异。

这个月东奔西跑，基本没有在森微露过面，孔小杰前两天还暗示她，孙兆麟和王星语经常找陈总谈心，难得今天有空，小周想着也去陈总面前表表功。不管陈总欢不欢迎，都是她的心意啊。

到十楼时，她在走廊看到了一个人，背影略眼熟，等他回过头来，才发现是节目之前淘汰的选手，舞蹈组的文定西。

小周惊讶地问："回来看孙老师？"

文定西笑笑，没有深谈的意思。

经纪人办公室的门开了，王星语探头出来，冲她招手。

小周突然产生了一种复杂的感觉，好像在游戏中接了任务，一定要找固定的NPC聊天一样。

她一进办公室，王星语就把门关上了："你也知道了？"

小周说："天文地理、物理化学……你指哪个？"

王星语一向看不惯她遇事从容淡定、满不在乎的样子，心中暗道，我要是有蒋董事长这样的老公，天塌下来也能用牙签支着。但看不惯归看不惯，她现在把孙兆麟当头号强敌，自然要实行"远交近攻"的策略，拉拢她。

"孙老师去了陈总办公室，想聘请文定西当助理。"

小周愣了下，随即想起她和王星语都把原来的助理从台前留到了幕后，只有林杏菲被她硬生生地挤走了，留下孙兆麟一个人孤苦伶仃地单跑。

"他只有朱玉轩一个艺人，不忙吧？"

王星语冷笑道："这是忙不忙的事吗？这是刷好感值啊！"

小周想了想，文定西因为是名牌大学的毕业生，在网络票选中，人气的确还不错，处于中上游的水平，但比他强的也不是没有……

王星语看她一脸懵懂，心里暗暗生出她运气是好，但脑子终究不如自己的优越感，语气放缓了许多："你看节目的最新一期了吗？"

"熬夜看了。"

"那你一定看到评论了吧？"

"看到了。"

王星语说："那么多人嘲笑他，他当然坐不住了。尤其是他后面还抢了朱玉轩，抛弃了他亲自挑选的十二个选手，想也知道到时候风评会是什么样的。"

小周有点茫然。昨天的视频她是跳着看的，主要关注点在庞朵雅身上，并不知道大家说了孙兆麟什么。

幸好王星语下一句就给她做了注解："谁叫他自作聪明？一来就和庞朵雅绑定，受到波及也是……没办法。"因为提防小周，她不敢讲得太难听。

小周说："这样啊。"

"不过想用一个文定西来洗白自己，他还是太天真了。"王星语当过艺人，深知有时候网友讨厌你，就是单纯的讨厌你，感情上不需要理由，最多骂你的时候找几个理由，让语句的内容丰富多彩一点。"看着吧，到时候保不齐网友还要追问林杏菲去哪儿了，让他黑上加黑。"

小周觉得王星语真的是娱乐圈奇女子，一会儿拉拢孙老师孤立自己，一会儿又想联手自己对付孙老师……她没有出生在三国时期，真的是浪费人才。

她忍不住猜测，当年利用貂蝉挑拨吕布和董卓关系的王允大人，是她的先祖吧？

本就是来露个面的，既然陈总在忙，她干脆正大光明地早退了，顺便回去看看蒋先生验真伪的结果。

蒋先生还没下班，小周拉着周妈去菜场买晚餐的食材，准备在今晚一展厨艺。周妈抓紧机会传授毕生所学，小周用心学习之余，忍不住感慨："妈妈，你为什么不能头顶头地把全身功力都传给我呢？"

"欺负我没看过武侠片吗？头顶头地传完，我就油尽灯枯了！"周妈忍不住拍了没良心的闺女好几下。

"这个问题我当时就想过了，为什么不能传一半，留一半呢？"小周很认真地探讨起这个问题来。

周妈说："全部传过去才能当一流高手啊，传一半只是二流，谁要看一个二流高手打谁输谁的故事啊？"

这个问题困扰了她这么多年，居然被周妈轻易地化解了。

小周以前学过做菜，但长时间不做，周妈怕她荒废了技艺，一定要在家里炒了两个菜让她带过去。

有了现成的菜，想要大显身手的壮志就磨灭了一半。

她干脆就做了一锅海鲜汤。

汤虽然简单，但香味很浓。

蒋先生闻着海鲜汤进门，站在玄关处就开始称赞蒋太太贤良淑德、持家有道。

小周轻飘飘地端着汤出来，笑容甜美："洗洗手就可以吃饭了。"

简简单单的一句话，却让蒋先生的眼眶微微红了起来。

小周吓了一跳，忙跑过来，手掌在围裙上擦了擦，伸手去摸他的脸。

蒋先生突然抱住她。

"哎，围裙脏。"

"你会不会离开我？"曾经拥有，更害怕失去。

小周立刻抱住他："当然不会！我是这么这么这么地深爱着蒋先生。"

蒋先生身体一僵，微微拉开两人的距离，捧着她的脸，说："再说一遍。"

小周拿出手机，把这句话仔仔细细地录下来，然后发给他："你想听多少遍都可以，饭凉了，我们先吃饭。"

蒋先生不肯放人走："以前我一直害怕我会步我妈妈的后尘。"

小周回身，眉毛一竖："你觉得我是这种人？"讲完发现自己有隐射蒋先生爸爸的嫌疑……好吧，不是嫌疑，她就是这个意思，"我除了美貌，哪里让你觉得我朝三暮四？"

蒋先生说："我外婆的婚姻也很坎坷。"

发现蒋先生对家庭和婚姻的心理阴影面积有点大，小周拍了拍他的肩膀，安慰道："你放心，我们周家子女，开天辟地以来，就婚姻幸福、生活美满，绝对没有抛弃伴侣的先例。别说我了，你加入我们家的族谱之后，也会受到魔咒的保佑。"

蒋先生终于跟着她走了几步，但关注点已经歪了："你们家有族谱？"

当然没有。顺口胡编的小周扯开话题:“对了，那金摆件呢?你验过了吗?是真的吗?”

蒋先生叹了口气，语气竟然有些失望:“是真的。”

手头多了二十几万有什么可叹气的?小周说:“赶紧放进保险箱，扩充我们家的黄金储备。”

“不行。”蒋先生很是抗拒,“保险箱里有结婚证。”

小周心道，结婚证还能被污染是咋的?

蒋先生环视客厅，随手把鞋柜上的金摆件拿出来，放在正中央的位置:“就这里吧。”

小周不好明面上反对，只能迂回地暗示:“放在这里太明显，万一有朋友来，问是谁买的……”

蒋先生立刻打开鞋柜，将东西塞进去，表示眼不见为净。

她家有个藏了二十几万的鞋柜，位置近门，还不上锁……刺激。

第47章

小周在家里休息了半天，又忙得天昏地暗。

二十三号，靳磊办歌友会；二十八号，八卦小子的演唱会，吴赫赫担任嘉宾；三十号，章金城的握手会；下个月六号，靳磊的小型演唱会。之后，她才能松一口气。

歌友会举办顺利，靳磊头一回单独面对这么多歌迷，兴奋得一夜没睡好，第二天人还没回来，就开始在群里跟另外两个小伙伴嘚瑟："我发现，我可能是组合里唯一的人气担当。"

刚从睡梦中被消息提示音吵醒的吴赫赫："是气人担当吧？"

靳磊立刻发了几张小周拍摄的现场图："感受到了吗？"

吴赫赫："令人窒息的气氛？"

靳磊："是冉冉升起的巨星气质！"

章金城："冉冉升起的不一定是太阳，也可能是热气球。"

吴赫赫："哈哈哈哈……"

靳磊："你们这是嫉妒。"

吴赫赫:“哎呀，突然想起二十八号要当演唱会嘉宾，我要好好练歌了。”

章金城:“哎呀，突然想起大后天要播我的节目，我要好好睡觉了。”

靳磊转头去了隔壁房间向小周告状，认为他们组合的内部氛围不和谐，需要经纪人介入，对破坏分子进行严厉批评。

小周迟疑道:“这个不太好吧？”

靳磊语重心长地说:“我们组合才刚刚成立，就已经出现了内部排挤和鄙视链，必须要整顿风气了！”

小周说:“让他做五十个俯卧撑，怎么样？”

“好好好！”靳磊点头如捣蒜。

小周退后一步，用下巴指指床尾的空地:“来吧！”

靳磊:“……”

综艺节目播出的那天，小周特意找了三小只留在傅睿的工作室一起观看。

虽然全程观看了录制现场，但节目效果往往取决于后期剪辑，小周怕章金城一个新人拿了冠军，会被节目组黑一波，制造话题，之前还特意托厚厚找同学去打过招呼，不求有功，但求无过。

好在节目组很正直，无意黑红，剪辑得有理有据、不偏不倚，每个嘉宾的形象都很正面。

闻讯赶来的蒋先生刚好看到了结尾，章金城在一众嘉宾的掌声中接过了金胸章。

电视机前的章金城也适时地掏出那枚金胸章，做作地显摆着。

靳磊说:“不能怪老章阴险，只能怪敌军太无能！”

章金城谦虚地说:“大多数点子都是小周姐出的。”

靳磊看向小周，小周点头承认，他的口气立刻不一样了:“敌军的无能只能说明，小周姐的智慧已经到了踏雪无痕的境界！”

小周坐在沙发上，蒋先生在她身边的扶手上坐下，顺手搭着她的肩膀说:“这点我深表赞同。”

这恩爱秀的，三小只忍不住起哄。

傅睿有点坐不住了。其实他对小周早就没什么心思了，但看到她和蒋先生在一起，不知怎的，就生出了几分尴尬，于是借口上厕所避开了。

如蒋先生这般人，对方是“还喜欢”“曾喜欢”或“不喜欢”，他都能一眼识别，于是他低头问小周：“傅老师还没有女朋友吗？”

小周眨了眨眼睛，感叹道：“眼光太高。”

蒋先生笑了笑：“嗯，眼光的确不错。”

演唱会那天，靳磊和章金城早早地拿着小周给的贵宾票入场，为嘉宾打气。吴赫赫在化妆间准备的时候，还特意和八卦小子提了下这事，八卦小子立刻兴奋地问他们坐在哪里，可不可以拉上来一起做游戏。

吴赫赫：“还有游戏环节？”

“哈哈哈哈，本来是没有的，但我们可以临时加上去啊！”他们说的时候，还特意看了下门的位置，以防经纪人突然杀出来，“我觉得演唱会一定要有惊喜。不仅歌迷要惊喜，我们要惊喜，经纪人也要惊喜。”

“对啊对啊，一定会很好玩的，哈哈哈哈。”

听他们一唱一和地做了决定，吴赫赫觉得自己虽然不是他们的经纪人，却感到了一阵心塞，突然间理解了八卦小子一天到晚遭遇天灾人祸还能幸存到现在的原因——积极地面对人生，无怨无悔地作死。

八卦小子上台后，他们的经纪人就给了吴赫赫一个开过光的护身符，这让他想起了八卦小子的各种传说，精神一下子紧绷起来。

小周安慰他：“没事，是福不是祸，是祸躲不过。护身符这东西，你只有遇到事情了才知道灵不灵。”

这句话，对十分钟以后的经纪人也很适用。他本就提心吊胆地坐在台下，好不容易熬到两小子平平安安地唱完三首歌，刚准备接应他们换衣服，就听他们突然说要做游戏。

“游戏的名字叫作唱歌接龙，我唱上一句，你们接下一句，谁接得又准又好，就可以获得我们亲笔签名的T恤！”

八卦小子已经玩嗨了，压根不看经纪人的脸色，直接跑到台子的另一边去。那里刚好坐着章金城和靳磊，吴赫赫已经通风报信过，他们知道自己会被点到，默默地在下面酝酿准备。

八卦小子先象征性地找了两个歌迷，送出T恤之后，才拐到他们两个前面，一搭一唱地说：“天哪，这两个歌迷颜值都这么高！一看就知道随他们的明星。”

“他们也可能是路过进来歇一歇，不一定是我们的歌迷。”

“那我们可以考考他们。”

“考我们的歌。”

“如果不是歌迷的话怎么办？”

“那就逼着他们入会，反正今天我们人多，现场都是我们的小弟小妹，哈哈哈哈……”

吴赫赫这些日子为了当嘉宾，除了练习自己准备的歌，还把八卦小子的歌翻来覆去地听了很多遍，有事没事还会唱一唱。耳濡目染之下，章金城和靳磊也学了不少，他们答的两道题，歌词没完全答对，但调都是对的。

八卦小子给了他们两件衣服后，自顾自地开玩笑道：“我们只出了两道题，他们只能拿两件衣服。”

“他们这个组合好像有三个人，这么好的衣服，回去一定会抢。”

“肯定要打起来的！哈哈哈哈哈……好期待啊。”

小周站在他们经纪人旁边，同情地看着他越来越黑的脸色，突然有那么一点点理解了邹芸辞职的心情。

总算等到八卦小子介绍嘉宾出场。

吴赫赫上台之后，经纪人追着八卦小子往后台走，看来要大大发作一场。

小周的目光很快回到台上。

三小只里，靳磊长相最好，章金城各方面均衡发展，吴赫赫参加伊玛特选拔的时候，还是个龅牙，差点第一刷就下去，但一开口，凭着嗓音条件，就被声乐老师直接留下了。只是他经历变声期之后，嗓音不如以前那么清亮，节目初期有点迷失自我，好在经过傅睿的调教，如今学会了发挥自己嗓音的独特性。

行家一出手，就知有没有。一曲唱毕，现场掌声如雷，丝毫不逊八卦小子。

吴赫赫顺势感谢了一下观众席里的靳磊和章金城，才下台，走到最后一格台阶，一个工作人员突然冲过来，对他指手画脚地说着什么。

走过去会合的小周看到这一幕，突然生出一股不祥的预感。

果然，吴赫赫为难地看了小周一眼，来不及说话，就又被请到了台上。他处理紧急状况的经验不足，回到台上后，整个人有些发木，停顿了一会儿，才举起话筒说："突然想起，我……我准备唱两首。"

观众静默了一会儿，发出些许善意的笑声。

"我这首就唱《我们是双子座》。"

一样是八卦小子的歌，而且不在今晚的演出单里。

闭上眼睛，忘掉紧张，就想着练习时的感觉，他沉着地唱完这首歌，然后看向台下，工作人员依旧在摇手。

吴赫赫舔了舔嘴唇。

唱歌简单主持难。他觉得自己现在就是一条鱼，差不多要旱死在岸上了。但接下了任务，硬着头皮也要唱下去："那我，再唱一首吧。"他说的时候有些紧张，生怕观众们不耐烦，将他轰下去。

他不知道的是，八卦小子的粉丝都是经过大场面的，看他被工作人员重新叫回来，就知道自己的明星多半又出事了。当突发状况经常发生的时候，他们也就练成了一身钢筋铁骨般的淡定，为免吴赫赫紧张，还纷纷鼓掌鼓励。

等他唱完第四首，工作人员终于做了个可以下台的手势。

吴赫赫走到后台的入口时，两腿都是软的，身上都是虚汗，要不是小周看着有些娇弱，不像能撑起他的样子，他大概当场就能昏死过去。

好不容易回到化妆室，他第一时间就倒在椅子上，由内而外地发出感叹："我的妈啊。"

小周拍拍他的肩膀："表现得很好。"

靳磊和章金城也在微信上对他今晚的表现给予了肯定。

吴赫赫有气无力地说:“他们怎么了?”

小周说:“一个喝了冰水,拉肚子,一个去喊人的时候,地上有水,滑了一下,摔的时候磕到了鼻子,出血了。”

吴赫赫半天无语:“我以前一直以为八卦小子倒霉是他们的人设,是经纪公司故意炒作的。”

小周说:“你在这个圈子里待久了就知道,只要经得起时间的考验,不管它的故事多么曲折离奇,也是唯一的真相。”

第48章

八卦小子的演唱会还没结束,“他们又怎么了”系列就上了热搜。

正好小周手里还有一个吴赫赫的热搜份额，干脆不动声色地消化掉了。于是紧跟在全民吃瓜猜八卦小子到底又遭遇了什么之后，吴赫赫的唱歌视频也爬上了热搜。

大众对选秀歌手的印象总是参差不齐，对吴赫赫歌声的评价也有高有低，但是对他主持时的急才，大家都评价很可爱，一看就是他这个年纪的小男生才有的青涩。

刷着评论的吴赫赫深感不服。

三小只里他排老二,一直认为自己和章金城是同一辈的，远比靳磊成熟三个代沟。

章金城说:“也可能是靳磊太幼稚了，让你对自己的定位产生了幻觉。”

靳磊很不服气:“小学同学聚会的时候，我是最成熟的一个。”

吴赫赫摇头叹气道:“一场同学，你怎么能这么恶毒地贬低他们？”

靳磊生气地抱胸:“哼，章金城，你明天的握手会，我不去了。我的小型演唱会也不邀请你们参加。”

然而第二天一大早，闹钟还没响，他就收拾好行李，催促章金城和吴赫赫早点出发去机场。等握手会结束之后，又开始查阅自己演唱会所在的城市，和小周说要提前两天过去，找地方好好玩一玩。

理由很充分:“很快就要变成大明星了，到时候走到哪里都会有狗仔队，太不方便，不如现在多出去玩玩。”

于是提议被采纳。

正好该忙的小周和王曦瑶都忙完了，干脆和他们一起过去旅游。

收到通知的蒋先生转头就去找老板请假了。

张复勋心情复杂地看着自己的心腹爱将:“你有没有感觉到你最近变了？”

蒋修文微笑道:“是的，婚姻让我变得很幸福。”

以前的你绝对不会在老板面前秀恩爱！张复勋在心里默默地咆哮，然后想起，以前的蒋特助连个女朋友都没有。

“森微的事情结束以后，你有什么打算？”今年他们在海外有几个大项目，集团高层里，只有蒋修文和张知适合，有能力，会外语，还年轻。但张知前两天已经毫不犹豫地拒绝了，所以蒋修文是不二人选。

蒋修文说:“如果可以休年假的话……”

“不可以！”

张复勋断然拒绝之后，还有些不放心:“你之前请了那么多假，今年就不要请年假了。”

蒋修文淡定地说:“不符合《劳动法》。”

张复勋瞪大眼睛，似乎没想到自己苦心栽培的心腹爱将竟然堕落如斯:“难道你打算以后都围着老婆转，一点事业心都没有？”

蒋修文说:“我年纪不小了。”

“你知道就好。”他冷哼了一声，总算缓和了口气,“现在不努力，以后想努力也努力不动了！”

蒋修文的目光默默地掠过张复勋发根新长出来的白发，微笑着说："该攒的老婆本已经攒够了，是时候享享清福了。"

张复勋发现结婚后的蒋特助简直是张知的成熟版，每句话都戳人心窝子。

他挥挥手："随你随你，但是原先的工作还是要做好的。"说完心塞地想，他连自己的儿子都管不住，哪有心情去管别人家的孩子？最多找蒋潇云诉诉苦。

蒋先生拿到假，回头就收拾好行李，默默地在家里等着小周前来领取。

晚上回家的小周知道他的决定后，沉默了两秒，问道："集团的效益真的还好吗？"之前开到半夜的那个会，不会是破产清算大会吧？不然为什么蒋先生结婚以后，总表现得很无所事事？

蒋先生说："每年的分红够我们到处旅游。"

小周意有所指地说："我这个年龄还处于事业的上升期。"如果张复勋在这里，大概要说一句"英雄所见略同"了。

蒋先生完全表示理解："我会做好后勤工作的。"说着，笑眯眯地端晚饭去了。

小周想起大乔为了不让张知压力太大，连房子都不敢买贵的，相比之下，想忙碌就忙碌，想清闲就清闲的蒋先生才更像是集团二代吧？

蒋先生猝不及防地加入行程，让小时候怕老师、长大怕领导的三小只有些紧张，吃了一天狗粮后，发现这位蒋先生这次来只带了恋爱脑，便放松下来，该吃吃，该喝喝，还有人买单，简直不能再开心。

小型演唱会结束后，小周组的最后一个行程也结束了。

她算了下嘟啦视频上三小只总体的支持率，以及另外两组的总支持率。

朱玉轩四月一日出了EP（迷你专辑），反响热烈，支持率占整个节目所有选手总和的百分之五十二，提前奠定了冠军席位。

王星语虽然有四个选手，但因为行程选择失误，加上选手本身支持率也没有明显优势，与三小只也拉开了不小的距离，除非四个选手中有个人能摘下面具，说其实我的真实身份是某当红小鲜肉，不然翻身的机会不高。

同样，在孙兆麟眼里，另外两组也没什么反超的机会了。他特意请朱玉轩吃了顿饭，提前庆功。

朱玉轩默不吭声地吃完，转头就借口买东西，自顾自地打车走了。

过了十分钟后，他出现在另一家餐厅里，左耀山正在包厢里等他。见他出现，左耀山口气不善：“你知道现在几点了？让老子等儿子，天下没这个道理。”

朱玉轩说：“我要五百万。”

左耀山冷笑道：“这是你求老子的态度吗？”

“你不是嫌我浪费时间吗？”

“别跟我用这种口气说话！不管你心里怎么想，我都是你爸！”其间，有服务员进来上菜，他立马换了张脸，笑眯眯地夹菜给朱玉轩，“一天到晚在外面，也不知道回家吃饭。爸爸不找你，你还不发短信了？多吃点肉，人都瘦脱形了。”

服务员一走，筷子“啪”地放下，入戏出戏之快，无愧于影帝之名。

“你要五百万干什么？”

此类影帝级表演，朱玉轩从小看到大，已经懒得理会了：“我要和森微解约。”

“我当初让你不要进娱乐圈，你是怎么答应我的？我跟你妈离婚，你要负主要责任！太不听话，看着就生气。”

“你近视一千度，还能看到什么？”

左耀山想拍桌子，又怕被外面听到，外强中干地说道：“你给我闭嘴！别以为你妈联合我经纪人搞走了小楠我就会回心转意！爆出你是我儿子又怎么样？我怕啊？”

朱玉轩面无表情。

左耀山外表看着光鲜，其实好名又好色。当初他妈能和他结婚，也是因为怀了孩子，威胁他不娶她就向媒体曝光。

这次终于有了自己想娶的人，难得刚了一把，逼着他妈把婚离了，一转头，因为自己的身世被揭晓，怕被人说他是抛妻弃子的负心汉，又灰灰地分手了，连背地里联合他妈搞小动作的经纪人也不敢得罪，生怕对方把他的真面目揭露出来。就这样的德行，因为荧屏上老演硬汉，就催眠自己真的是硬汉了，也是可怜又可笑。

“你看什么看？”左耀山最讨厌他冷漠的样子，好似自己在他眼里是什么看不上的东西，“你还想不想要五百万了？”

“给不给都一样。”朱玉轩起身往外走。他并不担心左耀山不掏钱，到时候事情闹大了，为免被人说教子无方，他肯定会出面解决的。

“你给我站……”左耀山看门开了，嘴里的话立刻就拐了个弯，“慢走啊，下次再一起吃饭。”

回去的路上，朱玉轩习惯性地点开了王曦瑶的朋友圈，一张张地点开她新发的自拍，僵冷的面容终于松弛下来，含着自己都未曾察觉的笑意，给每条都点了赞。

将近决赛的时候，EF转让股份的消息终究是瞒不住了。孙兆麟、王星语都第一时间打电话给小周确认消息的真实性。小周就装糊涂，用反问句把人打发了。

后来陈总亲自给了准话，王星语就发微信说她：“你嘴里能不能有点实话？”

小周：“你真的很烦人。”

王星语直接把她拉黑了。

小周感叹，世态炎凉啊，她董事长太太的头衔只是摇摇欲坠，还没拿下来呢，茶就开始凉了。

后来王星语又想把她加回来。

小周就当没看到，电话也不接，仿佛很生气，晚上还与蒋先生“生气”地庆祝了一顿：“原来删掉联系方式，真的能感觉到这个人在你的生活中消失了。”

蒋先生提醒她：“大后天决赛，她还是会出现的。”

“偷得浮生半日闲，就算是两天看不见她，也是好的。”

蒋先生说：“有没有考虑跳槽？”他知道她和陈墅的关系不好，而陈墅的人品又很不怎么样，他担心自己离开之后，陈墅会伺机报复。

小周喝着橙汁，说：“考虑过，但眼下也没有好的下家。”

蒋先生说：“开个个人工作室怎么样？”

小周说：“资历太浅，人脉也不够。”她大多数人脉是高勤的，依赖性太强，还不能独当一面，但她理解蒋先生担忧的心情，“反正，最坏的打算不过是辞职以后和你环游世界，一点都不可怕，很值得期待啊。”

蒋先生若有所思。

“你在想什么？”

“我在想，怎么整一下陈墅。”他微笑道，“夫债妻偿。”然后他们就能实现最坏的打算了。

第49章

胸怀宏图大业的蒋先生在决赛之前也没找到激怒陈墅的方法，所以小周与陈墅在决赛之夜相见时，气氛依旧在彼此不顺眼的“友好”下进行。

王星语穿着大红色的低胸礼服，俨然做好了上台领奖的准备——一共三位参赛选手，再不济也有季军可拿。她站在旁边，等小周与陈墅周旋完，立刻将人拉了过去。

“你怎么不加我微信？”

小周装傻：“我们不是早就加了吗？”

“你不知道我把你拉黑了？”王星语十分怀疑。

小周立马装出很生气的样子：“那你太过分了！”

“我们加回来吧。”

王星语丝毫不觉得自己无理由拉黑人又让人加回来是件多奇葩的事，大大咧咧地拿出手机，小周非常配合地加上了。王星语在表情包里找了个友好的打招呼表情，然后……发现自己被拉黑了。

怕王星语再过来纠缠自己，小周跑到三小只的化妆间躲着。昨天晚上，她已经给三小只分析过眼前的形势了，包括森微最大的股东易主，以及今天之前，网络投票的总体形势。

三小只的心态很好:“第二名能出道吗？”

小周说:“那当然，但是第一名会得到一份条件更优越的新合约。”

靳磊为难地说:“我们三个人，一份合约不够分的，还是给玉轩哥吧。”

另两个深表认同。

小周知道他们在说笑，跟着开玩笑道:“你们以后的收入可能也不够花，不如给我吧？”

“够花够花！”

三小只纷纷举手发誓自己是勤俭节约的好孩子。

总决赛正式开启。

赛制与集训公演一样，由公演现场和网络投票两部分组成，每组可以交叉表演三首歌。

朱玉轩准备的是两首抒情歌曲，一首摇滚;三小只是一首青春励志歌，一首欢快的情歌，以及一首沈慎元儿歌专辑的主打歌;王星语是唯一一个将选手拆开表演的人，分别两两组合，各唱一首，剩下一首四个人一起唱。算是她难得公正的一次。

不管私底下的关系如何，到了舞台上，每个选手斗志十足，都努力地呈现出最光辉亮丽的一面。到主持人采访的时候，经纪人与经纪人之间，经纪人与选手之间，都吹捧得分外虚伪。

“星语是位非常开朗的人，经常有一些奇思妙想，让我深受启发。”

“孙老师是我的前辈，他的敬业精神非常令人钦佩，我一定要向他学习。”

小周一边说，一边觉得胃酸快要呕到喉咙口了。

王星语和孙兆麟也很上路。一个说小周为人幽默，有亲和力，是自己生命中非常重要的朋友。一个说小周固守原则，又不失变通，是新一代经纪人中的佼佼者。

好不容易熬过这个环节，三个经纪人在摄像头不关注自己的时候，神情都有些不自然，似乎都不想回想自己刚才说了什么鬼话。

主持人依旧是钟尧。他读着名单的时候，非常感慨："虽然我当导师的时间很短暂，但我一直关注着这个节目，尤其是朱玉轩，可以说是一路看着他走过来的。我认为，他能取得今时今日的成绩，和我当时的教导是离不开的。毕竟，他报了我的演讲课嘛。"他把话筒递到朱玉轩面前，问，"你觉得呢？"

朱玉轩接过话筒，沉着地说："我很感谢钟老师让我学会了怎么样去勇敢地表达自己。今天能够站在这里，已经超出了我参加节目前的预期。我原本只是想让大家听到我的歌声而已。"

站在他旁边的小周不由得回想起他海选时说过的话——说好的为了钱呢？

朱玉轩说："所以，我觉得……我已经够了。"

钟尧下意识地凑过去问："你说的'够了'是指什么？"

朱玉轩说："我决定，退出决赛。"

包括小周和王星语在内的节目参与人都下意识地看向了孙兆麟。对方的脸色已经不是黑，而是白。

观众中有不少朱玉轩的粉丝，此时尖叫声迭起，很多人声嘶力竭地喊着："不要！"

朱玉轩仿佛不觉得自己引起了多大的风波，自顾自地说："很感谢节目组和森微给我这个机会，不过这是我深思熟虑后的决定，希望大家理解。"

看你的经纪人快要气绝身亡的样子，应该不太能理解吧？

钟尧反应极快地说："人生会遇到很多岔路口，不往前走，我们永远不知道前面有什么样的风景。但这不是一个人的事，《明星天梯》这个节目里，经纪人的参与度极高，我想你和你的经纪人商量十分钟，然后给我们一个更详细的结果。"

孙兆麟立刻过来，拉着朱玉轩下台。

钟尧继续采访小周和王星语拖时间，过了一会儿，孙兆麟一个人上来了，直接说："我尊重朱玉轩的决定。他是个成年人，会为自己的言行负一切责任。"

事出突然，孙兆麟已经掩饰不住内心的愤怒了，语气里的恶意和威胁也自然而然地流露出来。

钟尧立刻打圆场：“艺人和经纪人的关系就是如此密切，是共进退的战友，也是懂彼此的知己。无论艺人做出什么决定，经纪人最后都会无条件地支持，反过来也是一样。好，我们先休息一下，今晚决赛的最终结果一会儿揭晓。”

朱玉轩退赛没有与任何人商量过，小周虽然有预感，却没想到他敢在直播的时候说出来。整个节目组都已经乱成了一锅粥，再将人拉回来已经不可能了，只能让小周和王星语继续PK。为了增加看点，总导演还建议在七个人中间选出一个最佳人气奖。

小周站在旁边，看着他们折腾，就目前的形势来看，她成为最后赢家的可能性极高。

王星语脸色很复杂，一方面对孙兆麟幸灾乐祸，另一方面又对小周羡慕嫉妒，还时不时瞟过来几眼，一副我有很多话要说但现在不想和你说的样子。

小周庆幸自己果断地拉黑了她。

决赛继续进行。

小周组果然以碾压般的优势胜出，最佳人气奖颁给了靳磊。后面几期播出的特训里，因为人少，靳磊的表现十分抢眼，靠着卖萌和耍嘴皮，收获了不少粉丝。

决赛一结束，小周就回家了。晚上惊吓、惊喜太多，心累。

她在路上收到了不少恭贺短信，从蒋先生、大乔，到狗痣、邱奕宇，不管熟的，不熟的，喜欢的，讨厌的，都一股脑地发过来，比过年还热闹。

她也是这个时候才知道，自己的事业竟然受到了这么多人的关注。

高勤发得比较晚，小周都已经洗完澡准备睡觉了，他才发来一条，却很劲爆：“伊玛特的艺人部副总监虚位以待，随时欢迎。”

小周的眼睛一下子大了，推了推身边的蒋先生：“你帮我看看，是不是诈骗短信？”

蒋先生对比了“诈骗短信”和自己手机通讯录里高勤的手机，锁定了“诈骗者”的信息:“的确是来自伊玛特的诈骗短信。”

小周很纠结:“我要不要回去?”

虽然不爽于自家老婆这么容易被拐走，他还是贴心地反问了一句:“你想不想回去?”

“唉，降了一级。”她说,“靳磊他们拿了第一，我作为经纪人，就能升任为森微的艺人总监，但回到伊玛特还要加上‘副’字。”

蒋先生“理智分析”:“多一个字，那不是赚了?”

小周抓着他的手指假装啃咬:“不许开玩笑。”

蒋先生的手指抓准机会，想往她嘴巴里伸，立刻被吐了出来。

小周噘嘴看他。

蒋先生说:“我没开玩笑。”

“你希望我回伊玛特?”

“有高勤在，我只要担心你欺负别人，我怎么收拾残局就好了，不用担心你被人欺负。”毕竟颜二少风评不怎么样，王星语、陈墅、孙兆麟又一个赛一个地烦人。

小周也这么想，但是……“那我去森微的意义又在哪里呢?”

蒋先生说:“镀金，便于回来升职。”

好有道理，要是没有森微艺人总监这个头衔，自己一定还在伊玛特熬资历。

反正是随时虚位以待，小周就没有太纠结，第二天照常去公司。公司只有孔小杰在，过了一会儿，王曦瑶来了，眼睛浮肿，显然一晚上没睡好。

两人坐在办公室里，小周故意说反话:“看朱玉轩退出比赛，你兴奋了一晚上没睡着?”

王曦瑶神秘兮兮地说:“朱玉轩向我告白了。”

“你确定是告白，不是好人卡?”

王曦瑶说:“他问我，他打算去傅睿工作室，以后的薪水可能不高，这样的男朋友好不好?难道不是告白?”

小周摸着下巴，沉吟道:“听起来，好像只是调查一下自己未来的行情啊。”

小周问:“那你的意思呢?”

王曦瑶说:“说实话，我觉得他脑子不大正常。一会儿这样，一会儿那样，变得太快。我年纪也不小了，真谈恋爱，还是想找个能定下来的人。原来嘛，有‘西施’滤镜，看他哪儿哪儿都好，后来他当了叛徒，滤镜就消失了，我现在想想，我们不太合适。”

小周:“你打算拒绝?”

王曦瑶又有些舍不得:“那倒不用太直接，先观察观察吧。反正我现在也没有其他目标。”

小周恋爱经验少得可怜，给不出什么建议，只好说:“哦，那你眼睛擦亮点。”

王曦瑶琢磨着，是在国外待太久，有语言障碍了吗?这句话听起来不太像祝福啊。

第50章

小周在公司里待了一会儿，没遇上其他人，就给自己和王曦瑶一起放了个假，跑去找蒋先生吃午饭。蒋先生下楼的时候，在电梯里遇到几个高管。

刚从海外调回来的大胡子高管想介绍自己的外甥女给他认识："只怪你太上镜，年会照片里这么多人，就你卓尔不群，让她一眼就中意了。她明年毕业就能回国，你看怎么样？见一见不要紧的吧，当交个朋友？"

其他高管一脸看好戏的样子，蒋先生只好抬起戴着婚戒的手，状若不经意地摸了下下巴："我看，您还是再看看今年年会的照片吧。"

大胡子高管还没领会，蒋先生已经看到站在门边装迎宾的蒋太太，立刻将人拉过来，郑重又隐含得意地介绍道："我太太。"

那高管差点惊掉了下巴："这，这……去年上半年不还单着吗？"

其他高管调侃道："就是你走了以后才找到的。你走得真好啊。"

蒋先生和他们打了个招呼，扬扬自得地带着太太去过二人世界了。

吃饭的时候，小周还感慨比赛结束以后，森微人心就散了，感觉这一届的经纪人不大好带，饭一吃完，就接到了陈墅让她下午去上班的电话。

蒋先生笑道:“看来，还可以拯救一下。”

小周以为是大家一起上班，卡着点到十楼，却没有看到孙兆麟和王星语。孔小杰时刻关注她的动向，办公室一有动静，他就过来了。

“陈总在等你。”

小周扬眉:“就找我一个？”

“嗯。”

“虽然是正常上班时间，但空荡荡的办公室总让我觉得自己在加班。”小周原本想放下包，想了想，又提在手里了。眼下的气氛有点像鸿门宴，她总要有些趁手的家伙防身。

孔小杰和她有些交情，所以稍微提醒了一下:“颜睿上午来过了。”

她上午也来过啊，这都没碰上，说明……没有同事缘啊。

小周的脑袋里迅速画了个关系网——颜睿和颜夙昂是同父异母的兄弟，关系一向不好，但颜夙昂和高老板、大乔的关系密切，所以，自己受到连坐，被打成了异己？

说不定高老板就是猜到这个结局，才给了自己一条退路。

推门不过一秒，她的脑子已经绕地球一周。

陈墅原本在看电视剧——蒋董事长在位时期，他实在太闲，追了几部，结果入迷了，到现在都戒不掉。看她进来，他飞快点了暂停，打开文档，摘下耳机，捋了捋头发，又是人模狗样的陈总经理。

“昨天散场时人太多，还没有恭喜你，拿了冠军感觉如何啊？”

小周说:“感觉升职加薪就在眼前，人生很快就要抵达巅峰。”

“升职加薪是必须的，巅峰未必。好好干，森微的未来就靠你了。”陈墅亲自给她倒了杯茶,“我早上和颜董碰了个面,颜董你知道吗？蒋先生应该说过吧？”

小周不接茬，微笑道:“是‘睿智冲天’的颜董吗？久仰大名了。”

陈墅笑道:“是他。他昨天看了直播，对你印象深刻。我跟他说，提你当艺人部总监，他二话不说就答应了。”

小周内心微讶，不由得露出高兴的表情。

陈墅继续道："薪水、福利都按之前说好的来，年终奖颜董说酌情翻倍。"

"酌情"真是个很让人酌情的词语。

但以他的性格，以及他们之前的关系，陈墅能做到这一步，小周已经很高兴了，一时间也打消了回伊玛特的念头。毕竟，她刚刚带着三小只拿了冠军，转头就要跳槽，传出去也不好听。

陈墅说："不过呢，颜董对艺人部的要求比较高，希望负责人能够专心致志地管理部门，所以，你升职之后，手里的艺人就先交给孙兆麟老师负责吧。"

她就说今天的天空怎么这么美呢！原来是在这里等着！

小周的怒火噌地就起来了，手里的包差点飞过去。

她似笑非笑地说："森微建立的主旨就是精减人员，公司上下有一位专业的负责人就可以了。我在陈总您手下工作了这么久，对您的工作能力和敬业精神都有十二万分的信心。就算是艺人部总监，其实就是你手下的一个兵，哪至于升职了就给裱起来挂着了，不合适。"

陈墅说道："你的想法我明白，但颜董的想法你也要明白。森微以后会和睿智冲天合并，到时候就是大公司了，负责人肯定很忙的，你还要带艺人，怎么可能呢？"

高老板怎么能？

但这话不想说。

睿智冲天是个什么样的情况，圈内人谁不知道。森微和它合并，不能说"下嫁"，只能说"堕落"。小周至此对这份工作已经不抱希望了。刚才还在想，自己拿了冠军就走人，太难看，现在想的是，难看总比难受强。

陈墅见她不说话，又说："颜董说了，艺人部要招人，经纪人、艺人都要招。我们没有人事部，这个你可以先做起来，发广告、要资金跟我讲，我立马批。靳磊他们三个交给孙老师，你也可以放心的。朱玉轩这次……"原本想夸几句，想起朱玉轩原本是她的人，话到嘴里就拐了个弯，说他不知轻重，捅了这么大的乱子，害他老子左耀山还要掏钱给他擦屁股。

小周嘴里含糊地应着，心中去意已决。

谈了一下午，看窗外，天都黑了。

陈墅亲自送她下楼。小周想，这条件他肯定也心虚得很，不然不至于这么大的阵仗。

人快到门口了，陈墅的脑袋突然凑过来。

小周心里对他有防备，下意识地避让了下。

陈墅不免尴尬，干笑着压低声音说："听说伊玛特和罗少都有意卖股份？"

小周虽然是第一次听说，心里却一点都不意外。别说颜二少是个有着什么样传说的男人，就看陈墅此时此刻的嘴脸，就知道森微的前途一片光明——只有眼前这一片是光明的，其他片都是暗的。

小周坐车回家的时候，满脑子都在想三小只怎么办。

有高老板在，她回伊玛特是不用操心的，但三小只签了合约，艺人违约金很高，就算她带着他们去伊玛特，由伊玛特承担，但三小只拿到的合约就不会太好了。伊玛特至少要先把付出去的钱给赚回来。

而且，伊玛特是圈内出名的天王殿，和唯杰的天后宫相对。

公司里男明星太多，封亚伦、大乔这类封神的、快封神的且不说，光是三小只差不多年龄的小鲜肉，就将近两位数。他们想拿资源，还得蹭《明星天梯》的热度，但看朱玉轩的现状，无数脑残粉转脑残黑，各家水军齐齐落井下石，几乎全网黑，那还是不拿冠军的呢。三小只敢拿了冠军跳槽，森微就敢死磕到底。

蒋先生听到开门声，急忙过来迎接，门一开，就看到自家老婆满面愁容地站着。

看她眉头一皱，就知道有人作妖，他问："陈墅说什么了？"

小周回过神来，推他进去："你先做菜，我慢慢跟你说。"

肚子饿了，不许厨师偷懒。

于是，蒋先生站在灶台前做菜，小周在旁边把陈墅今天的话原原本本地说了一遍，还说了自己的打算："我现在就是放心不下三个小的。"

蒋先生将菜从锅里捞出来："孙兆麟的工作能力你觉得怎么样？"

小周抱胸，客观评价："专业能力合格，人品不合格。"

"带艺人呢？"

小周噘了噘嘴，从侧面抱住他："你同意把三小只交给他？"

"《明星天梯》这么成功，森微和嘟啦不可能只做一届。收视率和关注度只是前期，后期能不能捧出一个真正的明星，让节目名副其实，才是决定节目生命力的关键。孙兆麟是个很善于抓住机会的人，这次朱玉轩的事让他栽了个大跟头，他需要一张漂亮的成绩单翻身。"

"所以我怕三小只吃亏。"

"那就教他们怎么不吃亏。"蒋先生说，"你回伊玛特之后，也和他们在一个城市待着，微信电话随时能联系，做不成同事还能做朋友。而且，我记得森微之前的合同条件并不苛刻。"

因为森微一开始的定位介乎于明星工作室和经纪公司之间，所以合同条件相对宽松，比伊玛特大多数艺人约还好。

小周顿时想通了，踮起脚，在蒋先生的脸颊上亲了亲："不愧是蒋特助！看问题果然犀利通透、高瞻远瞩！"

"晚上记得付咨询费。"

蒋先生笑得意味深长。

蒋太太不甘示弱，哼哼唧唧地说："分明是提供售后服务。"

晚上，蒋先生让蒋太太明白了，售后服务太到位，也很要命。

第51章

第二天早上，腰酸背痛的蒋太太要求缩短保修期，被蒋先生严词拒绝：“蒋家服务，质保终身。”

蒋太太忍不住嘴贱了一下：“总有力不从心的时候。”

蒋先生深表赞同，然后决定在力不从心之前，努力从心。

服务到后来，蒋太太连连“从心”——尿得不要不要的，蒋先生这才悠悠然地放了个服务假，约定大后天再继续。

起床后萎靡不振的蒋太太一边煎蛋，一边默默地在心里筹划着大后天夜不归宿的计划。老谋深算的蒋先生比她还想得早：“大后天有家新民宿在A县开业，我们去试住一下吧。”

“我要准备跳槽，很忙。”

“朋友给了我试住券，可以免费体验。”

“忙归忙，该休息的时候还是要休息的。”免费体验击中了小周的心脏，她毫无骨气地选择了同意。

休息的事情定了，接下来就要考虑工作的事。

小周给高老板发了个微信，大意是要面谈跳槽的事，高老板约了晚上在某家清吧见面。蒋先生知道后，死活要跟去，当然，表达还是很含蓄的:“请老婆带我去见见世面。”

“好的。”

小周到岗上班。虽然决定要走了，但该做的事情还是要做好，至少留个好口碑。

今天孙兆麟也来了，看神色，已经从最后一刻失败的打击中调整过来了，一见面就主动说恭喜。

森微自陈墅而下，小周最佩服的人就是他——阴险狡诈，还能屈能伸。他们明里暗里交手了这么多次，招招致命，再见面，居然还能客客气气地点头打招呼，可见……自己并不是疾恶如仇之人啊。

人之将走，要不拼个鱼死网破，要不往事一笑而过，小周显然是后者，她礼貌地道谢，一如初相见，只在心里祝福他早日踢铁板，早日摔跟头。

小周认认真真地坐在电脑前，开始写森微经纪人的工作描述。一般而言，工作描述主要写的是业务流程和权限范围,但她偏偏在前面加了一大段道德规范，写完之后，她拿去给陈墅看。

陈墅很迷惑:“这个是规章制度吧？”

小周立刻改口:“部门规章制度加工作描述。”

因为要从她手里抢走三小只,陈墅这两天态度好得离奇,二话不说就同意了,还称赞道:“写得很好。”

得到肯定后，小周转脸就把它和招聘广告一起贴出去了，还联系公关公司，让公司大号跟着贴了。孙兆麟立马转发，随即王星语、三小只等也相继转了。

因为对经纪人的道德规范要求很高,受到了网友的一波好评,公司被授予“娱乐圈正经公司”的美誉。

陈墅看到微博广告有点蒙，不明白招聘的内容为什么写这么长。

小周说:“节目刚结束，热度还没退，我们要努力制造话题。”她积极的工作态度，立马得到了领导的赞许。

临近四月底，天气并没有暖和多少，街上的行人依旧穿着厚厚的大衣。厚重的衣服掩盖住了大多数人的身材曲线，但总有些人是例外，比如蒋先生。

当他从人群中走来，周遭就仿佛开了模糊滤镜，在斑斓的世界里，独他一人清晰夺目。

也可能是她开了情人滤镜。

小周推开门，看到台阶下的蒋先生时，脑海中闪过了以上的想法。

“咔嚓”。

不知是谁偷拍时没关快门声，发出了突兀的声响。

正下楼迎向蒋先生的小周顿住脚步，朝着声源看去。那里站着一个二十来岁的青年，大概入行没多久，还没有养成狗仔“来无影去无踪”的基本操守，闹出的动静不仅惊到了小周，更吓到了自己。

四目相对时，他不知所措地站着，连跑的意思都没有。

这倒有些难办。

小周想了想，突然大跨步地朝他冲去，青年下意识地逃跑，跑出五六米，又回头来看，小周已经牵着蒋先生往车的方向走了。

蒋先生将小周微凉的手塞进自己的大衣口袋里:“何必吓他?突然跑这么快，容易崴脚。”

实在不算跑得快，除了开始两步冲得有点猛，后面几步差不多是原地踏步了。进入娱乐圈，这是迟早的事，有了一回就有第二回，追是追不过来的。

但他这么说，小周也不反驳:“蒋先生，你可能要沾我的光，要变成备受瞩目的名人了。”

蒋先生貌似愉悦地点点头，顺势打开了车门:“我等这一天很久了。”所以明明看到了人，也不准备追究。

小周抱着他，仰头看着他的脸，似乎要在这个昏暗的傍晚，用自己眼里的星星照亮对方的表情。

他反手抱住她："怎么了？"

"真的没有关系吗？"

"当然。"蒋先生笑着说，"娶老婆之前，我已经想清楚每一样福利了，样样令我爱之如狂。"

小周抽回手，红着脸坐进车里。

时至今日，她依旧对蒋先生的情话毫无抵抗能力，看来，蜜月期很坚挺，老夫老妻的状态依旧遥不可及。

蒋先生先送小周到清吧的门口，自己去停车。她原本想一起去，被他以"手太凉"为由，挡了回来，只好先进门。

高勤坐在靠角落的位置，和他一起的还有封亚伦。

小周有点紧张。她今天刚遇到狗仔，很怕还在后面跟着，一坐下就说了顾虑。

高勤气定神闲地说："习惯就好。"不动声色地流露出娱乐圈大佬的底气。

封亚伦递菜单过来，问："喝点什么？"

考虑到蒋先生要开车，她点了两杯果汁。

高勤慢悠悠地问："不喝酒吗？反正是下班时间，天色正高勤黑。"

小周心道，她可不可以猜测……他请她回伊玛特，其实是为了方便算总账？

蒋先生进来的时候，小周已经经历完狂风骤雨，硬生生地把话题扯到挖角的和风细雨中来。

高勤说："之前梁韵伊的事，造成了一部分的广告违约，伊玛特为了垫付违约金，资金链压力很大，基于这个考量，我决定退出森微。但目前来看，完全退出不太可能，最终结果，要么是增加新的股东，要么是颜睿拿到绝对控制权。"

蒋先生微笑着打了个招呼，安静地落座，没有打断他们的谈话。

小周说："马总同意？"

按照惯例，每当高老板做出一个决定，马总总要跳出来找一下存在感。

高勤微微一笑，丢下重磅炸弹："他决定卸任总经理职务，由我接替。"

小周说："天哪！最近没打雷，谁劈得马总开窍了？"

封亚伦冷不丁地插了一句："爱情。"

小周起了一身鸡皮疙瘩："马总不会和……复合了吧？"

高勤说："如果你是指他的前妻，她已经和周向野登记结婚了。"

没想到今天晚上能吃到这么多瓜，小周整个人呆若木"瓜"："周向野不是立志当明星的人吗？"

高勤暗示道："立志和人生是两回事。虽然坐实了前任马太婚内出轨，但马总没有赶尽杀绝，还是给了一笔不菲的安家费。"

"周向野人生跑道转换得很快嘛。"感慨完，小周想到了实际的问题，"我回伊玛特的话，靳磊他们能不能一起回去？如果回去的话，能拿到什么合约？"

高勤毫不犹豫地回答道："新人约。"三小只虽然拿了选秀冠军，但本身没有作品，很难在男星如云的伊玛特一下子得到重用。

小周沉默了。答案并不意外，毫无惊喜。

高勤没有纠缠这个问题："岑纯为梁韵伊的事负责，下个月离职，你接替她的位置，到伊玛特之后，不必担心手下没有艺人，具体名单，等你入职那天我再告诉你。"

第52章

谈完正事，四个人又聊了一会儿天，到十点多才散了。

高勤的车停在隔壁的小停车场，不同路，几人在门口告别后，小周和蒋先生手牵手往停车场走。夜里清冷，走着走着，蒋先生就把小周搂到了怀里。

小周小声说："你今天话很少哎。"

蒋先生笑道："我在你心里是个话痨吗？"

"难得看到你展现出名门淑女的风范。"

他将人裹紧，低声重复："淑女？"

小周挣扎着跑开，回头还做鬼脸。

蒋先生慢吞吞地追上去。

来之前，他是有心理准备的，准备接受一波亲友审查，毕竟，他以前与伊玛特诸人的关系不太和谐。但见了面，就感受到彼此爱屋及乌的气息，有小周做纽带，聊天氛围很轻松，不需要强打精神应对，如同多年老友，沉默着也不觉得尴尬或被忽视，十分轻松惬意。

招聘广告贴出去之后，应聘者如云，大多数是《明星天梯》选手的粉丝，专业五花八门也就罢了，还问能不能兼职。这些在王曦瑶手里就被刷掉了，能到小周手里的，十不存一，却也没有合适的，然后陈墅给了她一个大大的“惊喜”。

他录用了邹芸。

小周只听过她的“传说”，还算淡定，倒是孙兆麟的表情十分精彩，绚烂得跟脸上炸开了烟花似的。但看陈墅，笑出了一脸褶子，与鱼尾纹层层叠叠的邹芸相映生辉。

陈墅还要请客，小周找了个借口溜了，然后约三小只出来吃饭。

决赛过后，三小只身价倍增，广告约纷至沓来，但符合形象定位又价格适当的少之又少，且在洽谈阶段，所以三小只最近依旧在傅睿的工作室学习。

他们拿到冠军以后，傅老师的教学不但没有松懈，还提高了要求。练了一整天，筋疲力竭的三小只一入包厢，就唉声叹气地请求投喂。

菜早就点好了，小周叫服务员上菜，顺便提醒他们注意形象：“我的身边都出现记者了，你们身边应该更多。”

“怪不得我今天出门的时候被什么东西闪了一下，我以为是汽车后视镜反光。”靳磊激动地说。

吴赫赫说：“这有什么好开心的？”

靳磊两只手托腮，陶醉地说：“我仿佛看到了我们走出机场时，万人围堵的场景。”

小周很是同情他们。

根据节目的热度，他们几个如今走出去，肯定有粉丝相随，只是参加节目到现在，他们都没有走出去过，一直在基地、工作室两个地方来回跑，自然也没什么激动人心的场面。

吴赫赫对小周说：“昨天晚上，孙兆麟找过我们。”

小周扬眉：“做什么？”

“画大饼和挑拨离间。”章金城说，“他说公司让他接替你当我们的经纪人，承诺了很多好处，还说你可能要把朱玉轩签回来，代替我们。”

小周呵呵冷笑道："签回朱玉轩……你不如问他敢不敢。"

靳磊小声说："我觉得玉轩哥哥挺好的。他实力很强，而且在工作室学习工作都很刻苦。你真的不考虑他吗？"

她略过了这个话题。

"其实这次来，我是有件事要对你们说。"

做出离职决定时，小周是爽快的，可是对着三小只充满信任的纯净眼眸宣布时，她又隐隐有些心虚。

"我打算离开森微。"

三小只脸色都变了，靳磊激动得差点跳起来，打翻了手里的玻璃杯。服务员进门上冷菜，稍微缓和了三小只焦躁的情绪。等他一走，靳磊迫不及待地问："你不当经纪人了吗？"

"我打算回伊玛特，我本来就是伊玛特派遣过来了，现在只是……荣归故里。"她打算以此作为离职的理由。

吴赫赫问："是不是因为孙兆麟又要抢你的艺人？"

这的确是导火索。

小周想了想，还是实话实说道："过两天，我会升任艺人部总监，根据公司规定，不能再带艺人。"

"过分了！"靳磊拍桌而起。

小周听到动静，下意识地问："疼不疼？"

靳磊望着他，委屈巴巴地说："心疼。"

得亏她年纪大，嫁得早，老公帅，生活好，不然很可能扛不住一个少年的撩。

小周干咳一声："我到伊玛特之后，一样会带艺人。我想问问你们的意向，是留下，还是跟我走。"

靳磊想也不想地回答："跟你走！"

另外两小只也期待地看着她。

"听我说完。"小周喝了口水，润润嗓子，"伊玛特最近资金紧张，如果为你们支付违约金的话，合约待遇不是很高，只能签新人约。"

吴赫赫立刻看向了章金城，章金城脸上难掩失望。

他们三个都是从伊玛特出来的，对合约等级分类了然于胸，知道新人约的条件较为苛刻，分成少是一方面，最重要的是，如果几个资源没有起色，就要打回冷宫继续熬。

“先别急着做决定，听我分析利弊，你们自己衡量一下。去伊玛特，好处是经纪人非常可靠，非常温暖，非常善良，会竭尽所能地为你们争取资源，相处和谐，不会出幺蛾子。”知道马总退位，她说这话底气十足，“但缺点是，新人约的限制很大，条款内容不太友好，且公司内部竞争很激烈，刚开始拿到的一定是有限资源，而不是优先资源。”

靳磊张了张嘴，想说话，但转头看两位哥哥都陷入了沉思，又默默地合上了嘴巴。

小周继续道：“森微呢……从上到下都很不靠谱。可以预见的，公司内部将硝烟弥漫，经纪人可能能干，但不可能可靠，你们身在其中，要步步为营。好处也很明显，起码在接下来的一年，森微的顶级资源都会优先堆给你们。‘睿智冲天’在行内虽然名声一般，但财大气粗，森微背靠大树，在资源上，可能比你们在伊玛特能拿到的要好很多。”

吴赫赫问：“周姐，你希望我们选哪个呢？”

小周很惆怅：“我打从心眼里希望你们能跟我走，但是，森微可能更有发展前途。”

靳磊屁股粘着凳子，啪嗒啪嗒地挪到她身边：“我想跟你走。”

小周看向另外两只。

他们迷茫地看着彼此，满心的犹豫不决。

服务员推门进来上菜，打破了几近静止的画面。小周连忙起身招呼：“先吃饭，吃饱了再慢慢地想。”

这一想，就是好几天。

小周也没催。她忙着度假……和升官。和蒋先生一起从民宿回来的第二天，她就有了专属的办公室，门口还贴了块“艺人部总监”的牌子。

小周美滋滋地拍照，然后发朋友圈，伊玛特的朋友们又争先恐后地过来发表评论了。

大乔:“森微果然是个神奇的所在。”

沈小朋友:“恭喜！人生这么重要的时刻，不请顿饭发泄一下吗？”

高老板:“‘艺人部’和‘总监’之间的空隙有点大，适合嵌一个字进去。”

封小伦:“恭喜。”

罗少晨和张知都点了赞，蒋先生摸过来的时候，觉得黄花菜都凉了，内心愤愤不平，凭什么自己开个会就错过了为老婆歌功颂德的机会？

阵不能输，人更不能输。

蒋先生:“一个月后，又有一家民宿开业了。”

小周回复蒋先生:“……”

经过昨天对民宿套房大床的全方位试用之后，她看到民宿，满脑子都是不和谐的画面。

三小只最终决定留在森微。

章金城和吴赫赫感到非常歉疚，说出决定的时候，两颗脑袋几乎要连接地平面。但是，他们在伊玛特实在太久太久了，经历过太多太多次希望破灭，如果是C级以上的合约，他们也许还敢搏一搏，但是新人约，简直是重复昔日的噩梦。他们太想出道、蹿红，太怕重蹈覆辙。

一比二输掉的靳磊有些不甘心地站在后面:“小周姐姐，如果我们在这里待得不开心，可以去找你吗？”

“随时可以。”

小周抬手摸摸他的头……好舒服，然后忍不住又摸了一下。

“既然你们选择留下，以后就要多长几百个心眼。”小周拿出他们拿到冠军后和森微重新签订的合约，“这份合约是我草拟的，有很多条款对艺人非常有利，我现在一一和你们解释清楚。我会告诉你们，经纪人做什么是违反合约的，一旦发生这种情况，你们要怎么留下证据来保障自己的权益。”

小周不愧是师范大学的优秀毕业生，诲人不倦，一顿饭吃了十分钟，谈了三小时，服务员进来加了好几次水，评价表每人填了一张，眼睛暗示得都快抽筋了，才将人送走。

小周心事重重地走到门口，回头又划了个重点："整张合约都是重点。"

三小只觉得现在自己的脑袋里被灌输了各种各样的坑，谁来踩就坑谁。

第53章

递辞呈，是在小周升任总监一个月后，她将艺人部里里外外的事情都捋顺了，才找陈墅谈，理由就是先前对三小只说的那个。

陈墅一脸惋惜地说：“你走之后，我如断左膀右臂。”

小周安慰他：“在我心里，陈总就是拥有三头六臂的神人。”

陈墅顿时不想逢场作戏了，假惺惺地恭贺她鹏程万里、前程似锦，然后“人性化”地缩短了一个月的离职期，允许她交接完毕就可以离职。

小周转头和同事们告别。

决赛结束后，王星语在家里调整了好一阵子，回来之后，心态完全变了。这么假设，如果说话人的名字用拼音首字母来代指，她有时候会分不清WXY指的到底是王星语还是王曦瑶——王星语有些话的口吻和王曦瑶极其相似。

小周直白地问过她，到底受了什么刺激。

她直白地说：“你看不出我已经站在你这边了吗？近朱者赤，同党之间，语气相似不是很正常吗？”

现在……这边要撤退了。

王星语看小周的眼神，好比秦香莲看陈世美，就差给她刻个“渣”字。

虽然不厚道，但是，那一刻小周的确感觉到了辜负她的爽快。

宣布那天，她下班，王星语舍身拦电梯。

四十八公斤的身躯，踩出了十五个壮汉的沉重感，小周缩在电梯的角落，差点窒息。

“你走之前为什么不跟我打声招呼？”

“我刚刚不是打了吗？”

“你没有和我商量！”

小周试图呼唤她的理智：“可能因为，我们没那么熟？”

王星语愤怒地说：“我为了你，最近一直在对付孙兆麟！”

“比如说？”

“不跟他打招呼，不给他好脸色，说话的时候冲他！”简直一腔真情错付白眼狼。

小周“恍然大悟”：“哦，我说当初你怎么这么对我呢？原来是在对付我啊。”

电梯门开，王星语愤怒地往外走。

小周跟在她后面，踌躇着要不要提醒她，外面很冷，而她没穿外套。

工作交接得很快，陈墅回收了一部分，又给了孙兆麟一部分。为免孙兆麟“步她后尘”，失去手下的艺人，他没有升任总监，而是“代总监”。

小周也懒得计较了，带着王曦瑶，离职后的第二天就去伊玛特报到，受到了热烈欢迎。

小美特意买了一束向日葵，放在她的办公室。

小周很感动：“没想到我在你心目中的位置这么高大，居然像太阳！”

“我也没想到。”小美实诚地说，“我只是想着，我们又能一起嗑瓜子、聊八卦了。”

高老板上午不在，下午一来上班，就把小周叫到办公室去了。

小周熟门熟路地拉开椅子坐下，环顾四周，感慨道："高老板真的很念旧啊，升职了也不换个办公室。"就算马瑞还是董事长，需要办公室，但马瑞隔壁还有个差不多大小的办公室。

高勤说："那里风水不好。"

高勤随手给了她一个文件："这里有一份名单，你先选几个艺人，余下的你再交给别人。"

小周翻开第一页：

乔以航。

"您是不是拿错了？"她把文件夹竖起来，亮出第一页给他看。

高勤头也不抬地说："不喜欢就分给别人。"

小周直接把这一页取下来，折好放进自己的口袋里，拉上拉链。她又选了一个出道多年半红不紫的女演员和一个出道两年没什么存在感的少年，三个艺人的资源完全不重合，带起来比较省心。

临下班，高老板突然来串门，问她晚上怎么安排。

小周毫无防备，随口说："蒋先生来接我回家吃饭。"

他点头："刚好我有空，一起吧。"

高老板一向是高深莫测的，但是当他特别高深莫测的时候，就说明肚子里的坏水已经激情荡漾了。

凭着第六感及受迫害的多年经验，小周觉得高老板此举，必有深意。

小周后悔自己刚才没说带着蒋先生回娘家吃。

顶着高老板虎视眈眈的目光，她大着胆子给蒋先生打了个电话，暗示道："你最近不是特别忙吗？今晚是不是也要加班？不如我自己回家吃饭吧？"

"真的不忙吗？真的真的不忙吗？你别骗我哦。"

"那好吧。今天高老板和我们一起吃饭，你路上小心。"

用暗号阻拦失败，小周颓丧地放下手机，对蒋先生的未来充满了担忧。

到下班时间，蒋先生的车离伊玛特还有两公里，高勤在伊玛特地下群发布了自己要去小周家吃饭的消息。

大乔:“我刚好在附近。”

吱吱:“我刚好在大乔附近。”

沈小朋友:“真巧!我刚好准备去附近。”

封小伦:“谁顺路接我?”

文文家老婆:“我家椅子可能不够。”

沈小朋友:“真巧!我还没出发,我家有椅子。”

文文家老婆:“菜也可能不够。”

大乔:“我家的菜太多了,刚好吃不完。”

大乔:“你还有什么不够?”

文文家老婆:“什么都不够,就是朋友太够了。”

紧接着晶晶家老公冒头,发了地址和定位,还说了句:“欢迎。”

然后“什么都不够,就是朋友太够了”这句被撤回了,小周重新接了一句:“光临。”

连外出拍戏的大乔都出现了,一伙人来得这么整整齐齐,显然早有预谋。小周扼腕,给三小只科普了这么多避坑术,轮到自己时竟然一点都没用上。事到如今,只能走一步算一步了。

蒋先生开车来接她时,后备厢里已经塞满了刚买的食材。大乔他们先一步抵达,怕被认出来给小周他们带来麻烦,就一直躲在车里,等小周到家,才分批鬼鬼祟祟地上门。

蒋先生在里面洗菜切菜,大乔和张知就站在门口监工,还时不时点评几句。

“菜叶这么黄,是烂了吧?啧,不会买菜。”

“土豆切得这么粗,没法入味,不会切菜。”

“油放得这么多,不健康,不会做菜。”

蒋先生淡定自若,但小周听不下去了,冲着厨房门喊道:“那是白菜!蒋先生做的是炸土豆条,给我们垫肚子的小零食!不是酸辣土豆丝。”

大乔充耳不闻，推着张知往厨房走了一步，然后关上门，隔绝了蒋修文的外援。

小周问高勤："大乔的经纪人还能换吗？"

高勤点头："可以，用命换。"

沈慎元终于可以坐下来好好盘问小周的恋爱史……哦不，已经是婚姻史了。

小周讲得跌宕起伏、抑扬顿挫、精彩绝伦，将自己和蒋先生的故事塑造得比许仙白娘子更曲折离奇、鲜甜美味。

高勤总结道："早恋失败、网恋不果后，不小心成为大龄女青年，不得不吃回头草。"

小周扭头，冲着厨房喊："缺不缺调料？拿寡人的五百斤砒霜来！"

由于人质已经落在了对方手里，大乔终究没有对蒋修文下狠手，只是各种花言巧语地灌酒："小周漂不漂亮？漂亮你干一杯，不漂亮我干一杯。"

小周已经将酒挪到大乔面前了，蒋先生又抢回来，一饮而尽。

沈慎元觉得很有趣："小周贤不贤惠？贤惠你干一杯，不贤惠我干一杯。"

喝得有些上头的蒋先生大脑运转速度明显有了卡顿，迟疑了三秒才为难地说："我们一人一半吧。"

沈慎元："……"

一顿饭吃到半夜。

大乔、沈慎元和蒋先生都喝得有点多。走的时候，小周扶着蒋先生送客。大乔走到一半，突然回头说："周六日是个好女孩。"说完，他突然站直，一脸惊奇道，"咦，我为什么会说周六日？周六日是谁？"

小周头疼地挥手："慢走！"

大乔就晃悠悠地走回来了。

张知半蹲下，在封亚伦和高勤的帮助下，将人背走了。

沈慎元倒是很听话，罗少晨说按电梯，他就抬手戳了几个，被说按错了，就很委屈，扒着面板在那里看，罗少只好说他对了，这才将人拉走。

封亚伦和高勤走得很正常——就是半夜三更戴着两副墨镜，看着有些诡异。

好不容易送走他们，小周开始收拾残局，才收了两个碗，就被抱住了。蒋先生的头埋在她的肩窝里，大着舌头说:“我要练酒量……结婚的时候，不能倒下。”

她捧着他的脑袋，说:“如果蒋先生只打算结一次，那倒下一次也没关系吧。”

蒋先生眨巴眼睛:“对，没关系。”

看来醉得不轻。小周叹气。

他突然站起来，搂着她往沙发上倒:“平时多补补就好了。”

等等！为什么你喝醉了，路都看不清，脱衣服还这么顺手?

小周手忙脚乱地抵挡，发现完全不是对手。喝醉——且当作喝醉吧的蒋先生简直势不可挡。

“你到底有没有醉？”她抓不住手，只好去抓他的脸。

蒋先生突然停下，慢慢低下头，与她贴着脸，滚烫的温度传递过来，带着酒气，熏人也撩人:“遇见你之后，就长醉不醒。”

气氛如此暧昧，只能弃械投降。

她又何尝不是呢?

遇见蒋先生，遇见这场爱情——

一生一醉，一醉一生。

蒋宅还没迎来女主人的时候，蒋先生就期盼着哪天她来了，能给这个家添点生气。后来，蒋太太存在感太强，她在的时候，整个屋子都生机勃勃、热情洋溢，就暂时忘了这一茬。

直到某天，蒋先生去客卧打扫，看到熟悉的白墙黑柜大方灯，这才又想起这件事来，与小周一提，得到了她的积极响应。

小周的房间是周妈设计的，初搬入的时候，尚有许多意见，诸如想改成一张圆圆的公主床，想要一张帐篷一样尖尖的床帐，床头要拉一串满天星般的小黄灯，天花板画一片星空，最好能夜视的那种……后来住久了，审美麻木，她眼里的房间只有整洁度的等级。

蒋先生的信任让她重燃斗志。收到任务之后，她立刻在微博关注了几个室内设计的大V，潜心钻研各种装修风格，跟艺人外出的时候，还埋头苦学。用心之深，一度让她新带的两位艺人担心她转行室内设计师。

好不容易确定了风格，她拉着蒋先生开始跑各大家居店。原先的硬装很好，虽然色彩单调，但简洁时尚，设计感强，小周很满意，所以决定从软装入手。

先锁定的是盆栽。看了很多张阳台的样板图，放满多肉的小木架充满了生活情趣，旁边再放上一张茶几，两张藤椅，意趣油然而生。

然后是地毯。冷冰冰的地板上多了张毛茸茸的毯子，立刻就有了温馨感。

再是各种各样的工艺品和装饰画。蒋先生的家里原先也有两样，但很不起眼，放在书里，跟个镇纸似的。小周买了一大堆，家里各处都照顾到位了。

还有靠垫、茶具……

回去的时候，因为购买力超群，卖工艺品的店特意派人帮他们搬东西。

十几个箱子，把家里的玄关都堵塞了。

小周看着很不满意，决定连夜收拾出来。蒋先生负责拆包裹兼摆放，小周负责设计兼指挥。折腾到半夜，她开着灯欣赏，又拍照欣赏，看来看去，都觉得……

“好像不大协调。”

“不会。很不错。”

任何东西，只要加入了蒋太太挑选的属性，在蒋先生眼里就是无条件好看。

蒋太太和蒋先生在一起久了，知道他间歇性眼盲的症状，干脆拍了照发到群里。

大乔在拍夜戏，候场正无聊，第一个跳出来，问:“这么晚了，你还在逛街？”

小周不动声色地回他:“你觉得这家店怎么样？”

大乔:“产品定位极不明确，没达到中西合璧，只有中西何必。东西还可以，但商家品位堪忧。”

蒋先生努力为自己的太太挽回颜面:“这是正流行的混搭风。”

却抵不住大乔一身正气:“跟风失败。”

蒋先生搜索大乔出道时的照片给小周，力证他的审美观并不符合主流。

小周说:“那我挂微博上去问问？”

感情上一败涂地但理智犹存的蒋先生深沉地说:“高端品位总是曲高和寡，与大众审美格格不入。”

小周很无奈，幸亏自己意志坚定，深有自知之明，才能在蒋先生的糖衣炮弹中，保持清醒的头脑。她把买的东西，根据风格分类，然后把偏西式的留下来，果然顺眼多了。

余下的……

她一边收拾一边问："你记不记得我说过，我还有一套房子？前阵子精装修交付了，刚好是新中式风格，我们可以把这些东西搬过去。"

作为一个坚定的爱妻党，蒋先生当然是高呼夫人英明有远见，一次逛街解决两套烦恼。

又一天，小周开始布置新家，因为蒋先生不在，所以这次周妈出马，她一边帮忙，一边吐槽，到最后，身心受创的小周不得不举白旗投降："母后大人身娇体贵，日理万机，实不该屈尊做此等粗活！还请摆驾回宫，余下的交给小的继续打理就好。"

从早到晚只动嘴皮没动手的周妈驳回她的提议："我不看着，谁知道你买的是新房啊，还以为是拆迁户呢！"

这话太伤人了。小周愤而发言："拆迁户怎么了？拆迁户的家就不能有情调很小资吗？"

知道小周会反驳，没想到会这么反驳的周妈一时乱了阵脚，犹豫了下，她竟点头说："有道理。"然后又补充道，"你布置的房子根本比不上人家拆迁户。"

此处有尊"亲妈"待领，欢迎勇士赴死。

晚上，蒋先生一回家，小周就分享了自己大战周妈凯旋的经历。

丈母娘与太太的战争，不宜第三人介入，蒋先生巧妙地转移话题："硕果如何？布置完成了吗？要不要我帮忙？"

小周立刻投入布置成果中去，拿出手机展示照片。

看到一半，她说："妈妈问我什么时候把房子租出去。"

"租出去？"蒋先生惊讶。

"嗯，贷款还没结清，以房养房最好了。"

蒋先生抱住她不说话了。

“怎么了？”小周伸出手指，戳戳他的额头。

蒋先生抬眸：“你的房子，我还没有住过。”

小周噎了下：“那你先住一下，再租出去？”

蒋先生更生气了：“你想把我用过的给别人用吗？”

的确不想。小周苦恼地问：“那怎么办？”

蒋先生故意沉吟了一会儿，才说出了一个折中的办法：“老婆，我们租一套房子吧？”

自己的房子都没有租出去呢，还租一套？“圈地运动是不对的。”

“租你的那套，当别苑。”蒋先生计划得好好的，“不同的环境，一定会有不同的感受。”

别以为我没发现你说感受的时候，眼睛有点发绿。

小周手脚并用地想把人拉开，可是已经晚了，蒋先生在短短三秒钟完成了狼人变身……

自从小周回到伊玛特，王星语就与她单方面和解了，并极其一厢情愿地敲定了双方的闺密关系，主要表现为，每三天必有一条主动发起的微信，每一周必有一场无差别攻击的吐槽，每个月必有一场注定没有回应的邀约，让小周经常产生把她送回微信黑名单的冲动。

又一次毫无营养的模式化问候后，小周忍无可忍地问："你是设定了定时微信发送吗？发的消息能不能有点内容？"

王星语秒回："周六下午一起逛街？"

小周："没时间。"

王星语："你才设定了定时的微信回复吧？"

小周苦口婆心地开导她："强扭的瓜不甜。"

王星语："那我有个瓜，你吃不吃？"

小周回复得很快："什么瓜？"

王星语："周六下午一起逛街慢慢聊？"

小周简直要被对方锲而不舍、死缠烂打的精神逼疯了，得亏她们之间没啥暧昧关系，不然很容易搞成社会事件。

王星语见她久久不回，按捺不住地问她："你知不知道王曦瑶在外面打工？"

小周发了张"搬砖去了"的表情。

王星语："不想知道就算了。"

三分钟后，王星语忍不住了："她在给傅睿工作室洽谈业务。"

小周扬眉，这件事她倒的确不知道。她原本带王曦瑶到伊玛特，是想像高勤培养自己那样培养她，但是没几个月，王曦瑶就打算考研，辞职备考去了。

一个小周不容两个WXY。王星语兴致勃勃地打小报告："是不是伊玛特工作太轻松了？"

小周反问她："是不是森微的工作太轻松了？"才有这个时间天天盯着别人。

王星语大概是真的气狠了，三十分钟都没有动静。

王曦瑶的私事，小周本不打算多嘴，但转念一想，又觉得她刚入社会没多久，还是个小女孩，父母又不在身边，自己身为"大姐姐"应该多关心关心，于是发了条慰问短信过去，问她备考得如何。

王曦瑶倒是个直肠子，直接自爆了："最近在傅睿的工作室帮忙，只能抽空温书，但我感觉问题不大。"

小周感觉自己被嫌弃了："伊玛特是实心的吗？难道在伊玛特一点空都没有，还要你去傅睿那里找空隙？"

王曦瑶："那不一样。离开伊玛特，是早走晚走都要走，晚走不如早走，傅睿工作室是可持续性发展。"

小周一针见血地问："是傅睿工作室的工作可持续性发展，还是傅睿工作室里的某个人的可持续性发展？"

王曦瑶发了一个"嘻嘻嘻"的表情。

小周："说好的再也不看脸了呢。"

王曦瑶："嗯，我现在就是看他表现。"

王曦瑶："放心，我有分寸的。我先观察观察，不行，考上了研，我不是还可以染指我同学吗？反正我还年轻，路还很长，多看看风景，不吃亏。”

小周的膝盖突然中了一支“还年轻”的箭。

沉淀了四十多分钟，王星语终于缓过神，又发了一条过来：“哼哼，那我万一在森微混不下去，你要收留我。”

看着她可怜巴巴的语气，对比王曦瑶的“青春张扬”，小周的内心生出了一种名为“怜爱”的情绪，正考虑着要不要干脆答应她周六下午的邀约，就见她又急吼吼地补了一句：“职位和薪水要和你一样，艺人起码是乔以航那个等级，最好是封亚伦……”

这种人不拉黑，难道留着添堵吗？

番外三·宝宝篇

在蒋妈妈归期、两人八字、良辰吉日、工作档期等多方面的综合考虑下，小周与蒋先生的婚礼最终定在九月二十五日，取谐音“就爱我”和“久爱我”。

蒋先生联系了那位酒店集团大中华区总裁屈杰，预约了室内、室外两个场地，紧接着是选婚纱、选喜糖、拍婚纱照……

小周被折腾得筋疲力尽，最叫人抵触的还是婚俗。什么当众吃苹果，分享心情，当众表白，闹洞房……想想就头大。她半夜与蒋先生密谋“私奔”。

“我们可以举行半旅行婚礼，多好！包下一个自助餐厅，来一个客人，收一个红包，给一张自助餐券，迎宾后，直接穿着婚纱去机场，开始度蜜月。该有的都有了。”

蒋先生半睡半醒，神志不清，说道：“老婆真聪明。”

小周第二天宣布了自己的决定，然后周家炸锅了。

周妈还没捋袖子，周爸已经上场了：“不行！绝对不行！我周家嫁女儿，一定要风风光光！什么旅行结婚？一点都不庄重！”

周妈赞同道:“自助餐像什么！还要客人端着盘子走来走去的，哪像婚礼！”

小周说:“电影里都是这么演的。”

周妈冷哼:“所以是电影！因为不现实！”

小周被炮轰得毫无立足之地，晚上的时候，向蒋先生求援。

蒋先生总觉得这个提议好似在梦里见过。看老婆大人充满期待的眼神，他含蓄地说:“宾客太多，自助餐太挤，到时候来宾年纪大的话，容易引起事故。”

小周抱着枕头在沙发上打滚。

蒋先生问明她排斥的理由后，笑了:“婚俗就是图个热闹，你不喜欢的话，我们可以用其他方式热闹。”

“什么方式？”

“抽奖？”

“那不是很像企业年会？”

“嗯，应该很受欢迎。”

好像有道理。

小周将自己代入来宾，认真地想了想，抽奖和闹洞房哪个更有吸引力？显然是前者。抽奖还有中的希望，洞房闹得再凶，最后都是别人家开花结果。

这次由蒋先生出马和周爸周妈谈，不费力不费时地达成了双方都满意的结果。出门的时候，周妈还塞了两个大柚子给小周。

小周抱着一个柚子，边下楼边问:“家里这么多水果，我妈为什么送我柚子？”

蒋先生一手拿着另一个柚子，一手牵着她，冷不防听到这么无聊的问题，竟也毫不慌张:“富含维生素C。”

“会不会是因为柚子听起来很像幼稚？”

一楼楼道的感应灯亮得很慢，四下灰沉沉的，但蒋先生的声音很温柔:“当然不会。”

迈下最后一级楼梯，小周突然抱住蒋先生:“我妈嫌弃我，难过。”

蒋先生手里的柚子差点被撞出去，他稳住身子，反手摸她的脑袋:“父母是这样的。如果你在外面受了委屈，他们会给你鼓励，为你加油打气；如果你成绩斐然，事业顺利，他们会时不时地打击你一下，不让你迷失方向。只能怪我老婆太优秀！”

“所以，”小周抬起头，露出得逞的笑容，“你承认我妈嫌弃我。”

女人抓中心思想的方式果然不看结果，只看关键词搜索。

身经百战的蒋特助华丽地倒在了美人计下，英明尽丧。

一生一次的人生大事，累归累，做还是要做……然后就更累了，连吃饭都不香了。拍完婚纱照的第二天，小周去了趟医院，出来的时候，整个人脸上都散发着喜悦的光芒，还特意跑到张氏集团楼下接老公下班。

和同事一起出来的蒋先生刻意放慢脚步，沐浴着四周“艳羡”的目光，讲话的声音格外温柔：“你怎么来了？”

“告诉你一个好消息！”

小周喜滋滋地说：“我们不能举行婚礼了。”

蒋先生怀疑自己的耳朵坏掉了：“好消息？”

晴天一声霹雳！请问“好”在哪里？

小周执起他的手，放在自己的小腹上，目光温柔地看着他。

蒋先生顿悟，一秒从地狱飞升成仙，恨不能学电视剧里的一样将人抱起来转两圈——终究不敢，此刻的小周在他眼里犹如易碎的瓷器，连抱都是小心翼翼的：“几个月了？你怎么过来的？一个人来的？怎么不叫我开车去接你？”

“因为想和你分享好消息呀！”

对着爱妻理直气壮的高兴脸，理智回归的蒋先生意味深长地问：“你的好消息是不能举行婚礼了？”

兴奋微敛的小周同样回归了理智：“当然不是。这是个令人痛心的坏消息！我简直太难过了！但是，预产期和婚期太近了，实在没有办法呀。”

“没关系，可以改期。”蒋先生抚摸她的头发，温柔地说，“我一定会给你一个盛大又完美的婚礼。”

小周心道，不那么一定也可以的。

回去的路上，小周向周妈禀报了这个消息。

周妈消化了两分钟，立刻接受了事实，还调侃地问：“你们谁给小宝宝发喜帖了？”

请假篇

婚礼一时半刻举行不了，但假期仍然可以有，只是从婚假变成了陪产假。

张复勋神色复杂地批了假。想当年，蒋助理还是条单身狗，日常加班不肯走；如今成了家，单位就像加油站，不到万不得已，路过了都不会停下来看一眼。

但难能可贵的是，蒋先生婚后的办事效率更高了，仿佛脑袋开了光，每天都是灵感。

相较之下——

张复勋生气地拨了通电话：“你最近在忙什么？为什么很久没看到你在公司出现了？”

莫名其妙的张知：“我在澳大利亚出差，你不是知道的吗？”

“我知道啊，但是你出差多少天了，怎么还在出差？”

张知被自己的渣爹气乐了：“我前天打招呼，昨天出发，今天抵达，你说我为什么还在出差，知道得很清楚的张董事长？”

“混账东西！这是对你爸爸说话的态度吗？谁问你出差的事情了？我现在问的是你讲话态度的问题！”

张复勋发了一通脾气，生气地挂掉了电话。

朋友篇

虽然谈恋爱时期的蒋先生就很难约，但结婚之后的蒋先生根本就没法约。他的朋友们对此颇有微词。那名开餐厅的朋友被选举为代表，出来与蒋先生谈判。

朋友说：“你知不知道你已经多久没有关心过我们了？这么重色轻友，真的好吗？”

看着爱妻午睡可爱脸的蒋先生觉得非常非常好。

朋友说：“你老婆不是怀孕才两个月吗？还不到陪产的时候吧？”

蒋先生叹气道：“没办法，我家晶晶最近口味变化很大。一会儿要吃北京烤鸭，一会儿要吃南京盐水鸭，一会儿要吃烤羊排，一会儿要吃煎牛排……为了满足她，我只好四处奔波，实在不得空。”

“这样啊。”朋友的气势一下子弱了，觉得蒋先生真心不容易，自己居然在这种时候还无理取闹，实在太不够朋友了。

挂了电话之后，朋友对另一个朋友提起这件事，另一个朋友气得哇哇大叫：“你是不是傻？你当外卖跑腿是假的吗？就是手机上动动手指的事，很忙吗？”

对哦，当初自己还亲自送过外卖。

他心酸地啃手机：“蒋修文你个大骗子，还我的同情来！”

教育篇

预产期前一个月，准妈妈还在没心没肺地追电视剧，准爸爸已经焦虑到天天失眠了。幸好小公主很贴心，生产过程中没怎么让妈妈受罪，乖乖地出来了。

荣升爸爸的蒋先生开心不过五秒，又焦虑起小公主的婚姻大事来。

尽管小周一再强调周家强大的命运基因一定会让小公主婚姻顺遂，骗……哦不，找到一名和蒋先生一样内外皆美的白马王子，但蒋先生依旧认为未雨绸缪很重要。

每当小公主睡不着，他就会捧起她的小手，语重心长地讲述成功女性的励志故事，美其名曰“婴教”。嗯，效果也是很明显的。小公主每次都熬不住爸爸的念叨，睡得可香可香了。

有一次，他婴教的时候被周爸听到了，本打算看一眼就走的周爸默默地放下了手里的包，坐在摇篮边，执起了小公主的另一只小手……

《周末修禧2》完